乡愁文丛　王剑冰　主编

田　野

刘　华　著

中原出版传媒集团
大地传媒

大象出版社
·郑州·

图书在版编目(CIP)数据

田野/刘华著.— 郑州：大象出版社，2017. 5
(乡愁文丛/王剑冰主编)
ISBN 978-7-5347-9233-5

Ⅰ. ①田… Ⅱ. ①刘… Ⅲ. ①散文集—中国—当代
Ⅳ. ①I267

中国版本图书馆 CIP 数据核字(2017)第 073147 号

乡愁文丛
王剑冰 主编
田 野
刘 华 著

出 版 人 王刘纯
策　　划 王刘纯
责任编辑 杨 兰
责任校对 裴红燕
装帧设计 王莉娟

出版发行 大象出版社(郑州市开元路 16 号 邮政编码 450044)
发行科 0371-63863551 总编室 0371-65597936
网　　址 www.daxiang.cn
印　　刷 北京汇林印务有限公司
经　　销 各地新华书店经销
开　　本 787mm×1092mm 1/16
印　　张 15.25
字　　数 149 千字
版　　次 2017 年 5 月第 1 版 2017 年 5 月第 1 次印刷
定　　价 32.00 元

印厂地址 北京市大兴区黄村镇南六环磁各庄立交桥南 200 米(中轴路东侧)
邮政编码 102600 电话 010-61264834

找得到灵魂家园，记得住美丽乡愁

——“乡愁文丛”总序

王剑冰

我们强调保护中国的传统文化，而传统文化当中就有乡愁。乡愁是中国人热爱家乡、牵念故里的独特情结，是一种美好自然的文化观念。社会越是变化、越是浮躁，这种情结就越显珍贵。乡愁也是一种寻根意识，记住乡愁，记住美好的童年，记住美好的向往，也便是铭记我们的根本。

我们每个人都是故乡的一片叶子，这片叶子无论飘落多远，都无法摆脱大树对于叶子的意义。一个人的身上总有着故乡的脉络，流着故乡的血，带着永远不可改变的DNA。一个个的人也可以说是一个个村子的化身，他们走出去，分散得到处都是，却不会把村子走失。

说起乡愁，那是一种与生俱在的情怀，住在心中的故乡常常鲜活在那里。故乡是安放你的灵魂、温暖你的寂冷的地方，是接纳你的疲惫、抚慰你的忧伤的地方。翻开一页页被繁忙弄乱的过往，记忆中的余香总在儿时的故乡。那里有我们最亲密的玩伴、最爱吃的食物、最漂亮的衣衫、最天真的憧憬。而芬芳入梦的，多是亲人亲切的面容与温馨的相聚场面。那些亲人或已故去，或还在乡里。现在多数人对故乡的感觉同对年节的感觉一样，那种热闹团圆、香气弥漫的味道是乡情中最重要的部分。“每逢佳节倍思亲”，所以归乡最多的时刻是年节，带着满满的怀想、满满的辛苦，万水千山相携于途，构成最为壮阔的乡愁景观。古往今来，人们因为各种缘由漂泊在外，但总是要找机会赶回故里。金圣叹曾列举“不亦快哉”之事，其一即是“久客得归，望见郭门，两岸童妇，皆作故乡之声”。然而他们的欢喜中又带着那种“近乡情更怯，不敢问来人”的复杂心理。漫长的时光已然流逝，乡愁的话题始终没有停息，情怀早已渗透于诗歌典章，直至后来，还有余光中、三毛、席慕蓉不约而同地同题《乡愁》。

诚然，远在故乡之外的游子，生发的多为眷念之情，即使老杜有“漫卷诗书喜欲狂”“便下襄阳向洛阳”的返乡之举，回到家乡也还是要再出去，因“莼鲈之思”而辞官归返的张季鹰毕竟是少数。还有，余光中的《乡愁》或代表了一些人对于故乡的认知，那就是故乡即是母亲（或双亲）的代名，对于故乡的怀念即是对于母亲的怀念，回故乡即是为了看母亲，母亲不在了，故乡的概念便模糊起来。随着生活的变化，有人也不可避免地遇到了回乡的矛盾，记忆与现实发生了冲突，那种期待值与仪式感渐渐折损，许多美好已然变成了永久的追忆。所以有人会说："我是真的爱家乡，不过爱的可能是记忆里的家乡。"确实，没有一成不变的事物，这是时间所带来的不可逆转的事实。然而不可逆转的还有那份强烈的牵绊，永恒的顾念并未因此而中辍，情感的执拗还是同那些疏离与怨怼扯断了关联。生生不息地以文字表达出来的乡愁，也成为中国文学中一个特有的传统。

作家们大都已离开生养自己的故土，但我们却能看出那种深深的乡愁情结，这其中有写生养自己的故乡的，也有写生活过的第二、第三故乡的，还有赞美如故知的他乡的。文丛中，地域山水皆有代表，民俗风情各具特色，多方位地展现出人与历史、人与环境的关系，彰显对亲人故土的真挚情怀以及对世态人生的深切感慨，给我们带来亲近，带来回味，带来启迪，让我们感受到温馨而深挚、苍郁而辽阔的文字力量。

我们说，在意乡俗年节，提倡尊崇温情，爱护碧水蓝天，留住美好记忆，是和谐社会建设的内容之一，也是复兴民族文化的核心之一。这样会把我们赖以生存的环境保护和建设得愈加贴近期待与理想，也会使我们愈加容易找得到灵魂家园、记得住美丽乡愁。大象出版社倾心打造这样一套阵容壮观的“乡愁文丛”，就是带有这样的初衷。该文丛是具有欣赏性、研究性、珍藏性的文学工程，也是一种文化的记忆与期望。“故乡今夜思千里，霜鬓明朝又一年。”随着时间的挥手远去，这种记忆与期望会愈加显现出它的意义。

2017年初春

目 录

节日的宁都

我因一位摄影家五彩缤纷的眼神而向往节日的宁都。他连年在节日里造访宁都，他的眼里尽是关于民俗世相的影像。

节日的宁都是什么样子？从一些摄影作品里，一些片段的介绍里，我捕捉着它的神韵，它的气息。

节日的宁都是隆重的。它被缠绕在一根根竹篙上，是林立的鞭炮；被填充在一杆杆鸟铳里，是喜庆的轰鸣；被粘贴在一只只彩灯上，是精巧的剪纸；或者，它端坐在一抬抬花轿里，是形形色色的戏剧人物。

节日的宁都是乡土的。它在一座座祠堂里听戏，笑得前仰后合；它在山路上、河堰上庄严地游走，神圣的步履惊醒了冬眠着的土地；它在夜色笼罩的田野上狂欢，灯火长龙的舞蹈映红了所有的脸、所有的心。

我在平日里多次到过的地方，竟让我如此陌生。看来，结识一方土地，需要抵达它的节日，抵达它的内心，抵达乡村每个盛大典仪的现场。庄严的神情，是探问它的来路的方向标；欢乐的氛围，是了解它的性格的说明书。

我好奇地走近节日的宁都。

第一次，我虽没有进入，却距离它很近很近了，就在中秋节的前夕。我看见一条细瘦的小河，用自己浅浅的流水，在洗刷一座村庄。一河的板凳、竹椅、八仙桌，一河的桶、盆、砧板和床架。一河的老人和孩子，在清洗一河平凡的日子，清洗生活的每个旮旯。平常的风俗习惯，因为满河的喜气，宏大的场面，而充满了富有魅力的仪式感。

这个场面一下子唤醒了我的记忆。把一个家搬到河边、井边，甚至拆下门板，洗刷一遍，用清洁的心情来迎接皎洁的月圆时分，曾是随处可见的景象。少年时，我就曾在所有门板被洗得刷白的长街上，看十五的月亮怎样把店铺里的月饼抢购一空。如今，这种淳朴的风俗习惯，恐怕在别处乡村已难得一见了。

没想到，传统习俗依然顽强地生长在宁都民间，且风姿不减。最是动人的当属中秋之夜。月圆时分的宁都，聚集在祠堂前的壮汉，他们高举着的一竿竿竹篙火麓上，生长着一簇簇耀眼的火苗；追逐着月光的孩子，他们手持的芋荷梗子上，插满了祷祝平安的线香；浑身弥散着擂茶芳香的妇女，正以皎洁的心情“迎月光姊姊”。

我因此惊奇大约算不上矫情的。于是，去岁，我忍不住走进了正月的宁都。

虽然是临时动议，宁都的朋友很轻易地就把我的行程给安排得满满的——正月十三到达，晚上去黄石镇听宁都采茶戏；正月十四，上午访问竹笮乡的宁都道情，下午是石上村的“割鸡”仪式，晚上有江背村的“扛灯”；正月十五那天有一些选项，比如，上午可看黄石中村的傩戏或田头镇的“妆古史”游村，下午再赴石上村看鞭炮燃放仪式，傍晚是该村的担灯游村，这个元宵之夜更是精彩纷呈，形形色色的灯会遍布山野间，可惜，一年太长，一夜太短，我们只能就近顺便去观赏增坊村的桥梆灯表演。

宁都让我大饱眼福。好比正月间不怕来客，酒菜都是现成的，喜庆的民俗活动也是现成的，即便茫无目标地游走在乡间，或许也能碰上十分新鲜的活动。

我乘车前往田头镇的路上，就听得连绵的丘陵间传来一阵吹打、几声响铳，留意车窗外，只见一群孩子站在山包上呐喊，赶紧停车看个究竟。原来这是一支抬菩萨游村的队伍，专为去年所建的新房驱邪祈福。

队伍来到一幢新居门前。端坐于一抬抬神轿上的菩萨，在鞭炮声中受用着屋主人的膜拜。其中有两尊菩萨被抬进厅堂，一问，他们是“汉公”“汉婆”，想来，守在门外的就是汉高祖的各位将军了。游历赣南乡村，时常可见汉帝庙。汉帝庙祀汉高祖刘邦及张良、樊哙、萧何、韩信等，这是因为刘邦重农抑商、减轻刑法、轻徭薄赋、释放奴隶，深得民心，故被尊为“米谷神”。尽管清代官府曾下令不宜祀奉汉高祖，但赣南的汉帝崇拜至今流风不绝，除了天高皇帝远，恐怕也渗透了客家人对中原故里的万般缱绻吧？

抬菩萨游村的队伍，让我想起先前听说的“送甑盖”“谢甑盖”“打甑盖”等独特的婚俗礼仪。所谓“送甑盖”，是指人们给头年娶亲的人家送礼的道贺形式，它的礼品是特定的，有红漆的饭勺、筷子等，其中无疑蕴含着生子添丁、儿孙满堂的祝福；“谢甑盖”则是收受方的答谢礼仪；而“打甑盖”却是道贺的赞颂礼仪。

有意思的是，为了给新人道喜唱赞，正月的宁都乡间居然活跃着一支支甑盖队，他们记住了去年邻近村庄那些结婚的人家，于正月初四出动，走村串户登门道贺。甑盖队的成员有手提甑盖的喝彩师，专管鸣放鞭炮、接受红包的总管人，还有六位吹鼓乐师。想想看，奔走在田野、村舍间的这支喜气洋洋的队伍，又是多么滑稽的队伍。

甑盖队进门前先给东家放一挂爆竹，然后，由一手拿甑盖、一手拿一扎红漆筷子的喝彩师高诵赞语，同时以筷子敲打甑盖，众人应和：

甑盖到你大门边——好啊，
一对石狮笑连连哪——有啊，
石狮开口迎甑盖呦——好啊，
荣华富贵万万年——有啊。

甑盖队接着到厅堂、厨房去喝彩，然后，把甑盖举到新郎、新娘、其父母以及其他直系长辈头上敲打。敲打之间也伴有唱彩，彩词内容都是即兴创作的吉利话。其时，屋里挤满看热闹的村人，他们跟着唱彩齐声吆喝：好啊，有啊。

显然，筷子寓意“早生贵子”，至于饭甑的甑盖如何也成了道具，就不得而知了。大概是因地制宜吧？其实，在民俗活动中，很平凡的生活器具常被人们信手拈来。我在相邻的于都县看过村民表演“甑笊舞”，人们手持甑笊环绕成圈，舞之蹈之，队列逐渐收拢，拥作一团，随着一阵吆喝，举过头顶的甑笊一齐发出哗哗的响声。所谓甑笊，就是用竹筒剖成的刷把。

田头镇的“妆古史”却是讲究。我赶到那里的时候，城隍庙前已是人头攒动。在一支鼓乐队洋鼓洋号的引领下，一顶顶披红挂彩的木轿挤进人群，停放在城隍庙与对面的戏台之间。木轿以红布遮顶，正面装饰得五光十色、富丽堂皇，剪纸、扎花、贴画，有各种纹饰，还有人物、珍禽等图案。每顶木轿都贴有不同的剧目名称，如《天官赐福》《刘玄德招亲》《女驸马》《朱砂印》《错路缘》《三请梨花》等。一些男孩女孩分别化装为各个故事的主角，听任大人们把自己“装”进历史里，有的委屈得哭了。

城隍，为古代神话所传守护城池的神，被道教尊为“剪恶除凶，护国保安”之神，唐代郡县皆祭城隍。田头镇的城隍庙始建于明万历年间，多次维修，至今香火旺盛。庙内有一副楹联甚是惊警，称“城市乡村极恶巨奸难逃油锅刀山，隍镇山庄慈善广布易脱苦海血河”。人们礼拜神明，为的是保佑自身，可能是怕独敬一个城隍还不保险吧，于是，又在城隍庙两侧建了东岳庙和汉帝庙，旁边还有七仙庙和老官庙。不管是哪路尊神，跪倒便拜，见庙便烧香，正是中国老百姓对宗教持实用主义态度的生动写照。而在山多林茂、江河密布的江西，偏远闭塞的地理环境、北人南迁带来的驳杂的民俗信仰、湘楚文化与吴越文化的传播交融，这些条件决定了这块土地更是诸神狂欢的地方。宁都作为中原汉人南迁的早期定居地，各路尊神也在这里比邻落户，和平共处，一同受用着俗世的香火。

朋友笑称此地为“信仰超市”。想来也是，对于信众，十分的方便。听说，这里每年正月十六都要举行“出神”活动，人们将汉帝庙、东岳庙、七仙庙和老官庙所有的五十三尊神像洗刷一遍后，分别请入装饰一新的木轿，在神旗、凉伞的引导下，游遍镇街和所辖的村庄。左邻右舍一个也不得罪，想必能让自己的祷祝多几重保险。

我在正月十五所见的“妆古史”游村，不知是否为次日“出神”的热身。装入“古史”的木轿，待到高跷队演员化装完毕，随着一阵鞭炮炸响便出发了。依然是鼓乐队在前，接着是神旗、高跷、木轿，殿后的是旱船、蚌壳和乌龟。踩高跷的八个演员分别扮作《西游记》《八仙过海》等故事中的人物，有的年纪已经很大了，我在取景框里仰望着他们的气喘吁吁。藏在蚌壳和龟甲里的，是两个年轻女子，蚌壳里的女子很是得意，老是敞开蚌壳任由人们拍照，扮乌龟的女子却一直别扭着，我始终没有看到她的脸。

队伍在熙熙攘攘的人群中穿行。队伍要在偌大的镇上游走一圈再回到城隍庙。为了让高跷队演员休息，半路上准备了农用车，坐在车斗上稍作休息即可，不必卸去高跷。最悠闲惬意的，该是坐在木轿里的大约五六岁的孩子，那些刘玄德、樊梨花们。但他们一个个表情懵懂，或有疑惑不安，似乎在为自己的装束、为今天的热闹而纳闷，好在都有自己的父母守护在木轿边。

田头镇的“妆古史”，让我联想起头天夜晚看到的江背“扛灯”。那是一种大型花灯，用竹篾做成五层骨架，装裱着吉祥寓意的剪纸、贴图以及灯谜、联语、诗词等，花灯的上面各层有门楼，额书戏名，内中装置微型的戏剧人物，并用头发系着人物，巧妙利用每层灯火的热动力，使人物旋转起来。听说，如今江背村中只有一位老人会做这种“扛灯”了，为做当晚用于游村的九只花灯，竟耗费了老人半年的时间。时间证明了工序的繁缛和技艺的精细。

回想那些旋转在花灯中的戏剧人物，我忽然觉得，这“扛灯”何尝不是一种“妆古史”呢?

宁都乡间乃至整个赣南客家对“古史”的迷恋，非常生动地展示了一个地域的文化风貌和精神气质。我以为，诸如“妆古史”之类的民俗活动，既是人们寓教于乐的一种教化手段，更是人们祈福纳吉的一种仪式。“古史”中的主角，被尊崇着、供奉着，人们像抬菩萨游村似的，把附着于这些形象的祥瑞之气播撒到每个人的心隅，很显然，这些戏剧人物已经成为人们心目中的神灵。而且，由于他们所象征的仁、义、忠、信等品德，正是民间理想中道德诉求的反映，因此，他们成了人们最可亲近的神灵。

他们端坐在木轿里，张望着狂欢的人间，天真的眼睛里半是好奇半是诧异；他们行走在高跷上，如行走在天地之间，小心翼翼的步履迈过了人生的坎坷。

节日的宁都人神同欢乐，节日的宁都心灯相映红。是夜，正是元宵之夜，宁都又被装置在形形色色的灯笼里，是绽放在灯笼中的灯花，是装裱在灯笼上的剪纸。所有的村庄都有穿梭的灯火，所有的水面都有荡漾的灯影。

暮色苍茫中，我随着石上村的担灯队伍出村，走过河堰，走上山冈，走近了增坊村的桥梆灯。那是一条浩浩荡荡的灯火长龙，它由二十多条大长凳连接而成，每条长凳置十余只方形灯笼，灯笼分红白二色，白色的灯笼上贴红色剪纸花样。问起来，说法不一致，一说红色象征婚育人家，一说红色乃头年喜添男丁户所赠。究竟若何，当这条灯火长龙在田野里狂舞起来，也就顾不得追问了。

寒夜里的禾田是这条长龙的舞台。龙的舞蹈，其实是身体的游戏，身体的狂欢。打头的长凳就是龙首，殿后的则是龙尾，一夜的闹灯要到龙首咬住龙尾方告结束，而龙尾岂肯轻易就范？于是，扛着桥梆灯的汉子们追逐着、躲闪着，长长的桥梆灯在满是禾蔸的田里盘旋翻腾。难怪有人说，耍桥梆灯需要武术步伐功底，不然难以支撑胜任。想来也是，在现场就不时有人被甩得踉踉跄跄。

龙首总是咬不住龙尾。元宵之夜因此而漫长无涯。人们好像沉浸在节日里、陶醉在自己的祈愿里不肯出来。

节日的宁都，尽情享受着自己的节日。这是内心充满信仰的人们才能享受到的欢愉啊。

爱唱山歌的修水

在修水跑了两天，也没见着稍大些的平畈，前后左右的车窗尽是山景，蜿蜒曲折的道路总有河溪相伴。时值仲秋，从山下往上看，山腰上层层叠叠的梯田，长长短短的金黄色，在坡面上画下规整而富有变化的直线，像五线谱或者简谱上的各种符号，而零零落落地散布在山坳里的村舍大约就是一个个音符了。

我不懂音乐。可是，遇见爱唱山歌的修水，再看山景，情不自禁地就把溪涧和云岚想象为旋律，把风声和鸣泉想象为节奏，把漫山的春茶和秋菊想象为歌词，把每一面山坡和每一丘禾田想象为一册册歌本。其实，在很久很久以前，山岭和田野果真是一座座歌台。人们以山歌为锄头垦荒种植，播撒栽种下去的还是山歌。山歌是劳作时的喘息和吆喝，是身体的疲累和疼痛，是心头的牵挂和向往。所以，劳动的歌声也可以成为待客的酒和茶，甚至成为酒后茶余让客人陶陶然入梦的眠床。

听说，在修水乡间，若是客人上门来了，夜晚无法安顿，主人会索性搬出山歌铺开来，一半作床，一半为褥，就这么彻夜唱歌，陪着客人欢乐到天明。他们的心躺在歌声里，同床共衾，相依相偎，盖的是歌声，枕的也是歌声。我把他们的歌声想象为我幼时见过的旅店里的大通铺，或者是我中学时代下乡学农睡过的打在祠堂戏台上的地铺，垫着很厚的稻草，拥着彻夜不眠的兴奋。我想他们的歌声一定是用本地多有种植的某些植物的纤维织成的，比如棉花和桑蚕之丝，能御寒，而且温馨。

除夕守夜，更是离不开歌声了。人们在自家高大的厅堂中央点燃年柴蔸，全家人围火而坐唱夜歌。怕经不得熬，打瞌睡，唱夜歌时还有击鼓的。在那个辞旧迎新的夜晚，歌声一定会是丝丝缕缕的风，扇旺了那个燃烧的老树蔸。一个经年历久的树疙瘩，在全家老小的歌声里毕剥燃烧，用毕生的心愿照亮一个短暂的夜晚，这该是多么浪漫的守望！

我忽然热衷于寻访那些岌岌可危的民间艺术，在很大程度上，是被浸润其中的浪漫情怀感动了。感受着那些来自民间的乐声和舞步，我发现，有了它们才构成了完整的历史生活的本相。哪怕苦难的生活，也并非只有呻吟和喘息；愉悦自己，似乎原本就是一种生命本能。所以，即便是呻吟和喘息，也是可以被赋予旋律和节奏的。而且，地处幕阜山区的修水，指着苍茫的历史深处告诉我，愈是在孤独而贫困的环境里，人愉悦自己的本能表现得愈强烈。譬如，我到过的金盆村，沿着山沟里的垄田散落在两侧的山弯中，最大的自然村怕是也不过三五家，零零落落的房屋一直绵延到深山里。这种松散的居住状况大致反映出原始的生产形态。可是，恰恰在这里，我领略到一种叫“十八翻”的打击乐，它由鼓、锣、钹、镲及唢呐等乐器组成，即使为我们演奏时缺了唢呐，也还有六位乐手。是不是孤独而浪漫的心聚集在一起，相互敲打，才有了十八种变化的锣鼓点子？

想来，当先民们举家迁至地广人稀的幕阜山区，垦荒造田，休养生息，他们的生命就和山里的一切息息相通了。唱不尽的山歌，大概就是唱给重峦叠嶂听的，唱给林子里的警觉的生灵听的，唱给自己的屋舍田园听的，而他们自己则陶醉在大山的回声里。

“十八翻”的鼓手，正是山野里的歌手。几番鼓动后，他歌兴起来了，眉飞色舞的。可惜我听不懂当地方言，经人们七嘴八舌转译，好不容易记下了其中的《击板歌》：

> 新打禾镰叮咚滴答，总磨总白总放亮，这么大的姑娘怎么这么不恋郎。恋郎莫恋奉新担脚贩，恋郎要恋宁州老表会写会算会讲啊榜眼探花状元郎，一夜风流到天光。

虽然歌手长得瘦瘦小小，其貌不扬，但是他自豪的歌声、得意的表情，一定和历史上宁州老表的儒雅风流有着血脉渊源。也许，相传至今，仅存那股气韵了，然而，它却依然生动着。

修水的朋友给我介绍当地的民俗，说到“怀远人”，说到“锄山鼓”，那些民俗忽然就有了距离感。我不知道修水管客家人叫“怀远人”，是对当年打闽粤赣三角地区迁来垦荒的客家人“慎终追远”心态的提挈式描摹，并以此指代他们呢，还是缘于他们为落籍而勤奋劳作，曾争得了“怀远都”之名的历史。这声称谓本身就充满了沧桑感。至于在修水武宁一带流传的山歌形式“锄山鼓”，它的起源更是久远了，有人说这是奴隶主的勾当，也有人说是秦始皇筑长城时想出来的招儿。琢磨起来，都有道理。它紧密配合劳作的节奏，由鼓师击鼓领唱，以此为集体劳动助兴、鼓劲的独特形式，令我的思想禁不住像一只鸟，往山的深处飞去，往岁月的深处飞去。

听着民俗介绍，我有时觉得很遥远，有时又觉得很贴近。这时，一位朋友情不自禁地唱起来了——

日出东方一点黄，娇莲出门洗衣裳；手拿棒槌轻轻打，下下打在麻石上，一心想着我的郎。

好不动人的“一点黄”！没有娇饰，更没有造假，它确实是早晨的嫩嫩的太阳，和娇莲一样质朴清纯的太阳。由此，我怀疑在一些影像里，会不会有人拿着落日冒充朝阳。他们的太阳怎么会那么红呢？红得好像抹了唇膏。

洗衣裳的娇莲令爱唱山歌的修水歌兴勃发。又有朋友忍不住了。她歌唱的时候肯定把我们当作一架架山峰了，唱得那么投入，那么动情：

打个哈欠泪汪汪，今日么事喽想郎；昨天想郎挨了打，今天想郎受了伤，眼泪未干又想郎。

有首《骂媒歌》最是有趣，看似一把鼻涕一把泪地骂媒，言辞之间却是索要嫁妆：

爹呀娘呀，嫁女嫁到朱溪场，一床被子一只箱，箱子里头空光光。怪不得爹也怪不得娘，就怪那媒人烂肚肠……

这位娇莲还没出门就胳膊肘儿往外拐了，她令在座的两位小青年兴奋不已，他们不断插话介绍本地风情。当时忙着记录歌词，我竟忘了该请他们唱一段的。我相信，他们也能唱。

我想起六年前第一次来修水，和一群诗人泛舟湖上，有几位当地的青年诗人你一句我一句唱起修水山歌，不料想，岸上竟有山民和船上的陌生人对起歌来。后来登岸上山，见一中年男子赶着牛迎面而来，已擦身走过，大家才恍然，想必那山歌手就是他了，赶紧喊住他，要他单独唱一支听听。我记得当时他侧脸望了我们一眼，没有停下脚步，也没有答应，牛依然顾自前行，他仍是悠悠然紧随其后，这时，他仿佛是牛的仆人。但是，他还是唱了，不为邀请，不为听众，只为他的牛和他的山。所以，他唱了些什么我一句也没听懂。

那粗犷而真挚的歌声忽然打破了深山里的寂静，当远处依稀有三两声鸟的回应时，歌词对于山歌就显得不重要了。我想，他的歌声里大约也会有一位娇莲吧？

凭着对那位放牛汉子的记忆，和生活在县城里的修水朋友对山歌的记忆，我敢说，尽管时过境迁，在爱唱山歌的修水，山歌仍健康地活着，也许它只是偶尔飘出口中，却久久地回荡在许多人的心头。在民间艺术芳菲已尽的今天，修水山歌真如躲藏在林中、俏立于崖畔的一树树桃花，分外惹眼。

既然如此，那么，在这块适宜山歌生长的土地上，出现一两个歌星也是理所当然的了。我拜访的乡村歌星名叫黄群林。修水作家叶绍荣早几年出版的笔记体小说集《苍生野史》，非常生动地刻画了修水地方的各色人等，黄群林就是其中颇具传奇色彩的乡间名角。我从叶绍荣的小说里径直跨进了黄家，而黄群林二话没说，马上就把我带进了他的歌声里。

他的家极为简陋，偌大的厅堂里只有一张方桌和几把小竹椅，我悄悄探头看了两侧的厢房，寒酸的景象不免让我相信他一定居住在别处——居住在他自己的心房里——那里一定布置、摆设得富丽堂皇，挂的是歌，吊的是歌，铺的是歌，藏在橱柜、箱子里的都是歌。他告诉我，假如每夜让他唱三小时，他能连唱十个夜晚，内容不重复。大约唯有在山歌里生活起居的人才能如此吧？

黄群林天生一副好嗓子，幼时便跟着老奶奶学会了好些儿歌、山歌，在十二岁时学打锄山鼓。当时村里请来鼓师，为集体劳动的队伍擂鼓助阵，他听了三天就敢上阵当鼓师。如今，他虽年近花甲，仍然中气十足。他话不多，问一句，答一句，慢条斯理的，显得很憨厚。他大概已经习惯于用歌声发言。村里有赌博的，他唱着山歌去劝赌；有夫妻不和的，他用歌声去劝和。修水民间把利用现有的山歌曲调即兴填入歌词的形式，叫作“见子江”。黄群林就是运用见子江现编现唱的高手，他的歌词来自在乡间影响深厚的古书《增广贤文》和《劝世文》，来自他自己的人生经验和生活态度，而唱腔则采用百姓喜闻乐见的采茶调和赣北民歌过山调。

他的歌词真诚、直率，且有一种剜肉割疮般的狠劲儿，叫人惊警觳觫，不信请看——

他劝“子要把母来看重”：娘奶不是长江水，不是山林树木浆，口口吃娘身上血，娘到老来脸皮黄。

他劝“婆要把媳来看重”：自己女儿别人媳，死后还要媳扶灵，装香插烛都是媳，女儿不能转娘门。

歌声里寒锋逼人，却也是声声泣血。

黄群林手握烟筒坐在自家厅堂里，为我们唱了一首又一首，中间停歇时还忘不了抽袋黄烟。我喜欢听他唱锄山鼓，他击鼓而歌时，脖子上青筋暴鼓，脸涨得通红。

“吔嗨啲，嗨吔啲吔嗨啲……”品味着他的歌声，我得知，修水县有个“双井之春”音乐会，如今已经是第二十届了；而我在修水的这两天里，省电视台的业余歌手大奖赛已进入争夺冠军的对决，好像整个修水都在忙着给一个叫朱洁的中学生拉票，好些话题不知不觉间就转到朱洁那儿去了，好吧，我也给修水投上一票。

附记：2007 年的什么时候，我听说黄群林已经去世。一直想找个机会去修水，问问他的具体情况，不觉间，拖了几年也未能成行，只好通过电话询问了。

黄群林因患气管炎逝于 2005 年的农历六月初六。也就是说，在我登门造访的半年之后，他和他充满黄烟味儿的歌声一道逝去了。我极可能是他最后的听众。听说，在他病重期间，为家乡建桥，他竟捐了七百元钱，而自己却无钱治病。关于他的家境，由上文中的简单描述，读者也是不难想象的。他最值钱的家当唯有歌声。难怪，区区气管炎也足以夺命！

农历六月初六是江西乡间的婆观日，或称鄱官节。婆观是民间信奉的虫神，传说每年的这一天，虫神婆观会借助太阳神的威力出来除邪杀虫，因此，百姓们都要把家里的东西搬出来晒，包括宗谱、书籍、字画等，当然，对于黄群林来说，该晒的还有那些古书和歌本。然而，他的家人把一些歌本放在他身边，让他带走了……

埋下了歌声的土地，会长出怎样的植物？

擂山为鼓，击鼓而歌

去上汤乡的九宫村要经过船滩乡。船滩乡文化站的所在地是一座老电影院，拾级而上，进得大门，但见一幅巨大的喷绘宣传画，衬托红字标语的背景，正是武宁锄山鼓表演的宏大场面。朦朦胧胧的山势，影影绰绰的人群，唯有一位肩挎锄山鼓的汉子，跳出画面，挥臂舞槌，那气势把我对锄山鼓的全部想象都击活了。

我想象那鼓声来自冥冥渺渺的遥远地方，来自混沌初开的蛮荒时代。它是小心翼翼穿行在峡谷中、悬崖边、密林里的一条条山路或者一行足迹。蜿蜒，崎岖。荆棘遍布，林瘴升腾。它把拓荒者的决心演绎成阳刚的声音，可能和深山里的寂静有关，也可能恰恰相反，和深山里的喧闹有关。鼓声，该是人与大自然交往的一种礼节吧?

我想象那鼓声来自身上绷紧的肌肉，来自全身的每一个部分。我想，它也可能是征服险恶、驱赶邪祟的一种方式，是护卫自己身体的一种方式。这是一种浪漫的方式。它用内心的丰富情感来抚慰疲累的身体，使艰辛的身体在劳作中获得了激情，获得了想象，使身体的累和痛有了欢快的节奏和旋律。

关于武宁锄山鼓，当地朋友介绍称：锄山鼓又名催工鼓，是武宁、修水以及湘、鄂、赣边区一带民间盛为流传的一种独具风格和浓厚民间特色演唱的山歌。传说起源于秦始皇修筑长城时，秦始皇见民工们因愁苦、劳累而窝工，便命翰林编歌为民工击鼓演唱，以助兴催工，加快工程进度。至于这种形式何时被民间效仿，用于集体劳动的场合，就无从追究了。但是，它既然依存于集体劳动的氛围，那么，在追溯它的源头时即便联想到原始公社也不过分。

这是日常劳动中的鼓声和歌声。所以，它是野性的，不为宗族观念所濡染，不受祭祀仪式的束缚，它配合劳动节奏的鼓点，激起的是个体的自由的歌唱，营造出来的正是欢乐活泼的氛围。如果说，乡村的民间艺术往往依存于维系宗族关系的需要的话，山野上的谣曲却是例外，而锄山鼓更是让音乐渗透在劳动之中，让劳动着的身体陶醉于音乐之中。

我从锄山鼓山歌中体悟到人对身体的重视。最初的印象是从武宁作家柯小玲及跟着她学山歌的青年女歌手熊金莲的歌唱中得到的。因为如今的农民很不好组织，我们须赶到九宫山下的九宫村才能听到原汁原味的锄山鼓，大概那里的鼓师、歌手在家吧。半路上，她俩在上汤乡的会议室里为我们唱了起来——

> 我们山歌牛毛多，黄牛身上摸一摸，吓走一个两个三个四个五个六个七个八个九个十个老歌手，填满十个九个八个七个六个五个四个三个两个一个山窝窝……

酣畅淋漓地歌唱，仿佛把全部身心都调动起来了，气在运行，血在奔涌，心在跳跃。方言因为被赋予旋律而变得粗犷优美，衬词因为得到了气韵而变得耐人寻味。那歌声如一阵清新的山风，令困乏的身体顿时清爽振作；那歌声如一碗甘醇的谷酒，令平静的内心陡然亢奋起来。任何一个听众，稍稍熟悉了山歌的曲调之后，大概都会忍不住投入歌声，用他的心情，用他的声音，或者用他怯怯的、躲闪在嗓子里的哼唱尾随其后。

我就是那个尾随者。我喜欢《到山来》中那句灌注了生命激情的“嗨吔嗬吔嗨嗬”的咏叹。车盘旋在曲折狭窄的山路上，我盘旋在荡气回肠的歌声里。

九宫山坐落在赣、鄂两省的交界处。传说当年的李闯王李自成战死在山那边，当地朴实的湖北人一心为了自己的清白名声，可能怕日后有口难辩招惹是非吧，也不怕累，竟悄悄扛着他的尸首翻山越岭，把个曾经叱咤风云的英雄扔到了江西境内。山这边的武宁老表当然也不肯平白无故地驮此冤枉，又把人给湖北送了回去。也不知闯王最后是怎样入土为安的，总不至于成为孤魂野鬼吧？

当年打发过闯王冤魂的武宁老表，大概就是九宫村的先人。现在村民提及此事，只是为了证明本村与湖北比邻的地理位置。如今九宫山的山顶，却被湖北人捷足先登，开发为旅游景区。看来，山那边的林子里果然住着九头鸟。

山这边，林木稀疏而低矮。一条条梯田，从山脚爬到山腰间，正是禾黄时节，绵延的群山间密布着金黄色的层层叠叠的曲线，景色自是动人。不过，想来在深山里靠着如此的山林、如此的田园，要维持生计怕不是很容易。可是，让我多少有些意外的是，山民的房子却不逊色于县城近郊农村的。

一幢幢新楼得益于外出务工的山民。而锄山鼓的鼓声、歌声，肯定也将随着山民们越走越远的脚步声，越来越遥远，越来越微弱。那些梯田也许就是从前留下的一盘盘录音磁带，那些胶着于记忆中的磁带还能走动还能发声吗？

接下去的情节却令人兴奋。山上山下的歌手一起集中到村主任家来了。起初，他们只是围着大门看热闹，当鼓师为我们唱了几段山歌后，一个个便按捺不住了。他们的表现欲一般有个渐进的过程，先是在门外人群中挤占一个比较显眼的位置，同时，辅以开怀大笑或激动地告诉，吸引屋里的眼球；然后，借机哼上一两句显露才华，人也乘机进了屋。一旦我们眼前一亮，邀请他们唱歌，他们反而倒要忸怩一会儿，让人费尽口舌干着急。真正能够说服他们的，还是歌声。他们拗不过自己的歌兴。

两位鼓师，高的姓阮，矮的姓王，他们坐在厅堂里边击鼓边唱。被他们抱在怀里的鼓，像我们常见的腰鼓，鼓槌却简单，就是一截竹篾带着指头般大小的竹节。高个鼓师年纪较大，声音既轻又含混，矮的倒是能唱，却老是忘词。这时便群情激昂了，你一句我一句，大家七嘴八舌帮他凑。也难怪，上次大家在一起唱山歌，恐怕还是当公社社员的时候。

兴头上，有人挺身而出了，先是一个壮实的后生，接着是一位年轻妇女。那女子一直毫无顾忌地咯咯笑，她的歌声也老是被自己响亮的笑声打断。最后，她的歌声甚至她红通通的圆脸紧绷绷的身体，都被自己的笑声淹没了。因为她唱的是，女子逮住“丈夫不在家”的机会顾盼相好时的复杂心情。她难为情了。凭着她的性格，我仿佛听见她唱在少女时代的情歌了，好不叫人痛惜的歌声：

我跟情哥隔道墙，餐餐吃饭想着郎，我吃只麻雀留条腿，吃个鸡蛋留个黄，情哥喂，人家疼姐我疼郎。

锄山鼓山歌除了在劳作时可即兴放歌的内容丰富的各种山歌小调，还有一整套根据作息时间编的歌谣，分别唱于早晨、半上午、午饭前后、傍晚等各个时段，其内容描述的也是一天里的活动和情绪。歌声里，日出日落，人去人归，山乡日常的劳动、生活场景历历在目，有许多的艰辛，更有许多的温馨。那温情脉脉的回味和想象，就是对身心的抚摸和慰问。

比如，山歌中的早晨就缠绵于温存之中：

鸡正啼，高挂明灯郎穿衣，十指尖尖扶郎起。桃红脸，笑嘻嘻，嘻嘻笑，笑嘻嘻，白肉相依难舍离。

真是春宵一刻值千金。而到了半上午，水一般的女子则滋润了干渴的目光：

送茶娘，送茶娘子走茫茫。送茶娘子茫茫走，送了香茶早还乡。

午饭前后最是情绪跌宕：

象牙筷，两边摆，什么好菜都出来。两边排出相思椅，中间搭起八仙台。

饭后黄，饭后日头火难当。饭后日头当不起，晒死愁眉在路旁。

到了傍晚，那些劳累了一天的汉子，则把他们的歌全唱给自己的娇莲了。我注意到，他们特别在乎娇莲的眼睛，好像那里才是家，才是夜晚和眠床。不妨再录两段：

犀牛郎，犀牛望月姐望郎。犀牛望月朝北斗，娇姐望郎早还乡。

日斜西，娇莲斜眼又斜眉。打把斜刀挖墙眼，打把斜剪剪亵衣。

这“亵衣”只是我的判断，歌声里是听不准的，当地方言读“xie”为“qia”，至于何谓“qia衣”，歌手们也说不清楚。那么，它有可能就是“斜衣”了，喻娇莲的心不在焉状。不过，联想到早晨那不免让人觉得扎眼的依依难舍的“白肉”，我还是很主观地把它记作“亵衣”。另一个理由是，以“愁眉”指代劳作者的修辞手法，证明山歌是雅俗并存的。锄山鼓山歌中，这类有关身体的形象俯拾皆是，而且，往往凸现身体细部，以实现生动传神或惊世骇俗的效果。可见，锄山鼓的歌词在内容上也表达出了对生命、身体的关切。

既然如此，大量的爱情之作中，出现一些率真地袒露生命欲望、追求身体快乐的歌谣，也就不奇怪了，比如：“郎是珍珠姐是宝，珍珠换宝两不亏，如何贪得姐便宜。”又如：“别人说我单身好，日里容易夜里难。”真实的心理一旦化作山歌，回荡在千山万壑之间，那就该叫作坦荡了。

在这个访问民歌、山歌的秋天，我到过不少地方，每每要求歌手唱几首听听，他们开始都会以“黄”为由不肯启齿。经再三要求，瞻前顾后唱了，唱得小心翼翼，听来却是干净得很。比如，我在赣南听到的最“黄”的民歌，不过是“妹子想我立瓜（黄瓜）食，我想妹子坐底下”，它却叫歌手为难了好一阵子。看来，民间把爱情视为洪水猛兽的时代烙痕还是很深的。九宫村则不以为然，九宫村虽有几分含羞，一旦开怀却是阳刚气十足。

九宫村索性扛起锄头，在村边的禾田里摆开了阵势，为我们展示劳动的艺术。开场之前，村主任笑嘻嘻地给每个参与者发了一包香烟，这可能是如今当村主任的领导艺术，所以他发烟的动作很有性格，盯住人家的衣袋一塞就是，自然而且麻利。那个壮实的后生告诉我，他住在山脚下，其实山下的人家也能拉出表演锄山鼓的队伍，有点儿不甘示弱的意思。

在刚刚收割完的禾田里，劳动不过是装模作样，慵懒的锄头也就对鼓点漫不经心了。两位鼓师在排开的队伍前面不断走动，击鼓而歌，一唱众和。要是回到从前，谁若偷懒，鼓师就会贴近他，用鼓声给予鞭策。所以，锄山鼓又称催工鼓。它是山野里的督战队，田园中的司号兵。可是，它是人性化的，是温情体贴的，它用热烈的节奏激动着那些经过煅打、淬火的锄头，它用飞扬的歌声感召着那些负重劳作的人。当情绪被充分调动，队伍里的那位后生与鼓师对唱起来，中间夹着多人诙谐风趣的串唱，而在场的人全都投入了伴唱，有时则变化为集体的领唱。伴着鼓点的歌声此起彼伏，参差错落，造成一种忽远忽近的声音效果。活跃的气氛撩逗得人人想开怀放歌，活跃的形式鼓舞着歌手的自信心，哪怕嘶声吆喝。

尽管只是随意的演示，我也感受到了锄山鼓独有的艺术魅力。它把平凡的劳动艺术化了，或者说，这种艺术植根的土壤是劳动者的身体，是劳作中的身体感受，譬如疲累和饥渴，譬如时时似浮云掠过的心思。这还不浪漫吗？连脉搏、呼吸和喘息都变成了山野上的歌声。而劳动因为这尽情尽兴的歌声，成为生命的舞蹈，成为身体的狂欢。多么盛大的狂欢！

难怪有山歌如此自豪地描述它对女性颠覆性的杀伤力：

郎在高山唱山歌哟，姐在房中哇织绫罗。哪个山歌唱的是那样个好，唱得阿姐是手软脚软脚软手软织不得绫罗是射不得梭，我绫罗不织听山歌……

寻访鄱阳渔鼓

文字里的鄱阳令我兴致勃勃。那是民间艺术的鱼米之乡。它是雍容华美的，又是古朴深邃的，如脱胎漆器；它是率真放达的，又是清新悠扬的，如鄱湖渔歌；它是苍凉粗犷的，又是温婉醇厚的，如鄱阳渔鼓。

作为江西道情的一支，我想象鄱阳渔鼓应有波光粼粼、熏风阵阵、白帆点点，应有漂在湖上的草洲，掠过水面的河豚，追逐飞舟的江鸥。因为，它一定伴着安泊在码头边的樯桅、沉醉在酒馆茶肆里的漕工和被夜晚从湖里捕捞上来的渔人，它是他们的桨和舵、酒和茶、生命中的抚慰和欢乐。

我要去访问鄱阳渔鼓，却不是为了自己的想象，而是为了一个叫人感伤又惊奇的故事——

我的同事小李，为调查民间艺术资源之事，去到鄱阳。看罢脱胎漆器，又要寻访鄱阳渔鼓。四下探问，大多浑然不知，偶有恍然忆起。唯一让人欣慰的告知是，可能还有个传人，不过，他是个盲人，已经好些年不见其踪影了，或许不在世了吧？

小李是鄱阳人，与亲戚聊着寻访的结果，挺灰心的。亲戚沉吟片刻，道：他要真是个盲人，那就好办了！

——如何？

——跑到大街上随便找个盲人一问，不就知道了吗？他们之间相互都认识。

原来，在一个黑黢黢的世界里，有那么一群人，他们各自高擎心灯，让对方辨识，为彼此照明。

此法果然奏效。亲戚上了一趟街，立马就把那位盲艺人的住址带回来了。小李按照那条线索，很快就找到了他家。他不过年近花甲，却有好几年没出过门了，既然流行歌曲横行于世，想来他也是知音难觅，无奈得很。

可是，这位艺人并非鄱阳渔鼓的传人。

他倾尽一生演唱的是鄱阳鼓书。

我的寻访不曾开始，便可料知结果。那么，我就把寻访当作一次追忆和缅怀吧。

渔鼓，亦称道情，曾普遍活跃于江西各地，形式大致相同，曲调则因方言、语音不同而形成多种风格。我朦胧记得，儿时似曾相识，它是被一个年轻女子竖抱在臂弯里的竹筒，它是那个女人击筒伴奏的歌声。我记得她身后藏着个小女孩，那才是属于她的明亮的眼睛。当年真该问问，她是随远方的火车流落到我的小城，还是走信江来自鄱阳。她在铁路边的宿舍区挨家挨户唱着，后来，不知道那双天真的大眼睛把她带向了何方。

此刻，我从鄱阳几位朋友的口中，追寻着关于渔鼓的蛛丝马迹。言谈之中，历史如雾，一群群，一团团，在浩渺的湖面上奔走，鄱阳古城时隐时现，明明灭灭闪烁其间的是一些词语和诗句，比如“舟车四达，商贾辐辏”，比如“十里长街半边商，万家灯火不夜天”。樯帆之间，酒旗之下，楚骚遗风、吴越旧习、中原古韵顺水随舟而来，在此登岸靠港，自是交汇混杂，相互影响；就像在南戏和弋阳腔的基础上发展起来的高腔，与乱弹、徽剧、秦腔、昆曲等皮黄声腔糅合形成了饶河戏一样，想必南北的民间说唱艺术也在这里找到了共同的码头，它们交相辉映，共生共荣。

烟波之中，渔鼓的讯息微弱得时断时续。我仅仅得知，鄱阳渔鼓主要活跃在鄱北一带，演唱渔鼓用以伴奏的道情筒，筒底蒙以河豚皮的护心皮，蒙时，鱼皮是湿的，干后绷紧，击打便发出清脆的响声。我知道，流传在南北各地的道情，其道情筒一般蒙的是猪皮或羊皮，鄱阳渔鼓的渔区特色也体现在打击乐器上了；而它唱腔的特色在于，吸收了当地的鼓书、山歌、渔歌及民歌小调的旋律，具有浓郁的水乡风情，曲调富于变化。传统曲目以长篇为主，取材于历史故事和民间传说。新中国成立后，出现了反映现实生活的新曲目。20 世纪 70 年代，由当地的曲艺家陈先贤作词、作曲家黄河九作曲创作的《莲子情》等两个节目，先后在《海峡之声》电台播出。当年，黄老师还用那种宽宽的老式磁带录了音，如今磁带尚存，可惜却找不到能够放录音的录放机了。看来，黑色幽默有时也是生活的本真。

两位老师回忆着渔鼓，很自然地想到一个叫“牛子”的盲艺人。这个名字也在年轻人的唇边跳了一下，也许它触动了年轻人的童年记忆？若然，那么“牛子”就是一个被集体记忆湮没在深处的神秘名字了。

牛子已作古多年。牛子姓周，没有人知道他还有没有别的大名尊号。但陈、黄两位老师仍能你一言我一语地勾勒出他的音容笑貌。周牛子个头在一米六五左右，稍胖，大脸盘，天庭饱满；声音中气十足，但可能不太注意保养嗓子，演唱时嗓音有些沙哑，“像老化的磁带一样”，唱高腔时感觉要好些；牛子应变能力、记忆力很强，能通过声音来认人，哪怕人们有意变声逗他，他也能分辨得出来。

早年，牛子卖艺谋生所在之处，是鄱阳县城东门头的会仙楼茶馆。每天上午、晚上各一场，每场一两个小时，他演唱的内容有封神演义、施公案、彭公案等。

我寻访着鄱阳渔鼓，不知不觉，却又叩响了鼓书的门儿——朋友们领着我们去找牛子的传人，没想到，这位盲艺人恰恰正是我的同事先前访问过的那位鼓书艺人。看来，牛子是十八般技艺样样皆通，这也是和鄱阳渔鼓融汇鼓书旋律的唱腔特色相吻合的。

他叫徐安主，是牛子的大弟子，十一岁时就跟着牛子学鼓书，十四岁时进了县赣剧团的曲艺队，学拉小赣胡、吹笛子。听说这个曲艺队是特意为集合散落城乡的民间艺人而成立的，当年牛子也进去了，从徐先生的年龄判断，其时当在20世纪60年代初期。

徐先生听说我的来意，立即进了里屋，打开了录放机。原来，他已录下了自己执云板、敲圆鼓伴奏的演唱：

一人一马一杆枪／两个不和动刀枪／三气周瑜芦花荡／四郎失落在藩邦／伍子胥大骂昭关过／六郎镇守在山关／七擒孟获诸葛亮／八仙跳海老龙王／九反中原四太子／十面埋伏楚霸王……

这是鼓书的鼓板头，仿佛戏曲正本前的“跳加官”。我听不懂词，便盯着徐先生瞧，忽然觉得人们描述的牛子倒是活像了他，也是那样的个头、体态，也是那样的脸盘、表情，也是那样的中气和嗓音！

徐先生的妻子也是一位盲艺人。让我惊讶的是，徐先生腕上竟戴着手表，而且他们的家里收拾得干干净净，厅堂里挂着壁钟，里屋有一台电视机，门口还悬着一只鸟笼子。这一切全都属于明亮的眼睛！

录放机里，徐先生在唱各色人等的苦乐哀愁。作为盲人的民间艺人更需要某些特异的生存能力，比如记忆力，一般的鼓书文本，他们听一遍就必须强记住，复杂的，至多容你再听一两遍。然而，一旦唱起自己的生活，却是豁达得很，那乐观里甚至不无浪漫：

> 小小鼓儿圆趄趄／出在苏杭并二州／说书人用钱买到手／供家养眷度春秋／白天把它当战马／晚上把它当枕头／千里不带柴和米／万里不带点灯油／吃饭穿衣找它要／五湖四海凭我游……

从前须“买到手”的才艺，现在可是滞销了。我的同事曾问过他收没收徒弟，他不无揶揄地说：“而今收徒弟岂不要给人家付工资？”离开徐家后，我总在猜他养鸟的目的。哦，对了，笼中的一对儿鸟，不会是他最后的听众吧，或者，是他能够鹦鹉学舌的关门弟子？

一阵怅然之后，我还是感激这次寻访之旅。这是一次精神还乡，乡土的生活和艺术渐渐地隐退于记忆之中，但这记忆也足以激活我们的想象。我为今后只能通过想象来领略的民间艺术感动不已。

我感动于陈老师学唱的搬运号子、排工号子和成为黄老师创作素材的插秧号子。那是承载着生活重负的身体之歌，那是伴随着劳动节奏的生命吟唱。

我感动于串堂。那种走村串户、坐堂清唱的表演形式，十分灵活，一伙文场，一伙武场，仅需十来个演员就可以让老百姓过足戏瘾。它把饶河戏请出了祠堂、剧场，使之获得了更为广阔的舞台。

我感动于徘河。陈老师描述的徘河，发生在一个个意境优美的夏夜。那时，江湖边还没有圩堤；那时，指的是现在的老人还是少年的时候。没有圩堤的水边，漫漶的夜也没有圩堤，只有船如阵、桅如林，影影绰绰一座水之城、月之城，一叶叶轻舟载着唱小曲的民间艺人，流连在水月的街巷，徘徊于船家的庭院。所谓“徘河”，就是因此得名的吧？徐先生的妻子就是唱小曲的，我想，当年那穿过桅林、披着月光登上岸去的歌声里，一定有她的妙曼，她的甜润。

我感动于鄱湖渔歌。最动听的渔歌总是伴着桨声欸乃，唱在半夜时分。那时，夜捕的渔人离开夜深人静的湖岸，追着月光水色，划向万籁无声的迷蒙处。大约也只有此时此刻，渔人才是湖的主人、夜的主人、自己的主人，他们会很放肆地唱起来。我想象那自由的歌声一定会撩醒某座岛上的宿鸟，一定会追赶着游鱼在湖上撒欢儿，得意极了，那歌声甚至会跳进波光里裸泳。

说到夜捕，陈老师给我介绍了一种叫渔卡的渔具。那是用毛竹枝丫削成的竹针，使用时扭弯套上芦苇管，插入饵料。鱼儿咬钩，竹针便绷直了，撑在鱼嘴里，谁让它贪嘴呢。传说姜太公直钩钓鱼，用的正是这种很人性化的渔卡；而渔人夜捕，就是把“贪鱼”打捞进舱。莫非，夜半的渔歌因此才无愧无悔、无拘无束？

七十二岁的作曲家黄老师陶醉在夜捕的渔歌声中，而我陶醉在自己的想象之中。黄老师鼓舞着我的想象，他很确定地说：“等到秋天你来，肯定听得到。”

陈老师插话强调道：“要有望月。”

不必问为什么了，从今天起，我等着一个有望月的秋夜。

南丰石邮村的搜傩之夜

偌大一个石邮村藏在一片低矮的橘园里。村巷依然古老，橘树却是新栽的，我记得。

许多年前，我曾把夏夜往村委会的地上一铺，住过一宿。当年领我进村的是乡政府文书小黎，巧得很，这次来还由小黎陪着，不过他已是县委宣传部的人了。下午四点多钟，傩神庙里外就开始热闹起来了，我们都忙着抓拍，几乎顾不得回忆那个夏夜。

当年，我是凭着省舞协编印的《江西舞讯》上的一则讯息，糊里糊涂独自跑到石邮来的。进了村，才知道平时看不着傩舞，也别想看傩面，沮丧之余，甚是不甘，便借来族谱翻阅，也算不枉此行了。族谱用箩装着，族谱似是一种谷物，一册恰好一石，一页大约一斗。正值双抢时节，居然在村民家做起客来，吃了人家好几餐西瓜皮炖肉，还表扬那户浙江移民竟把西瓜皮做出了笋干的味道。如今想来，好好笑。连法兰西的女博士庄雪蝉都知道该什么时候来石邮，连续三年她独自一人不远万里来石邮过年，这回竟在村主任家住了半个月。

不过，那次经历让我收获了开光、偷水、搜傩这些神秘的字眼。这回我就是冲搜傩来的，不为别的，就为了探看这个词的内部真相。

它的内部很深，深达整个长夜、每条村巷、各家厅堂。所谓搜傩，即索室驱疫。石邮村自初一出神开始的跳傩活动，至此达到高潮，行将“周圆”，这也是整个跳傩过程中最隆重的仪式。

隆重，一个被滥用激素因此外壳庞大而内里空虚的形容词，一个堆砌形影却了无血色的概念，没想到，在这里，它竟鲜活如初，古朴如初。

它是一种虔敬的翘望，长有无数的眼睛，那些眼睛挤挤挨挨、层层叠叠，每对眸子里都投映着傩神庙的楹联，一联是“近戏乎非真戏也”，一联是“国傩矣乃大傩焉”。

它是一种冲突着的力量。扎在人堆里，通过身体与身体的亲密接触，我体会到了这种力量，尽管后边人潮如涌，前排的人仍能用他们的腰背和胳臂开辟出一条神道，那些阻挡的肉体分明传递着强烈的敬畏的情感。

隆重的意味深入到人们的心里，就是那燃得正旺的红烛，满堂缭绕的香烟，就是被挂上神龛的傩面，被塞进功德箱的心愿，就是庄严的两声炮响，随着炮响在人群中骚动起来的紧张。

搜傩之夜，首先是从傩神庙开始的。经过请神判筊、吃起马酒等仪式，傩班八伯敲锣打鼓走出庙门，应着那声炮响，猛然折返闯入傩神庙。我说“闯”，因为他们来得很是突然，风风火火的，惊惊乍乍的，气势汹汹的。戴着狰狞的面具，手舞铮铮作响的铁链，做骑马状到得堂前，凶神恶煞一般，追风逐电一般，想必，一切邪祟在那一刻都会受惊的。

伴随紧锣密鼓，钟馗在舞蹈，开山在舞蹈，大神在舞蹈；他们在香火诀和拜揖礼中舞蹈，香火和神链在他们的手上舞蹈。他们用舞蹈为傩神庙搜傩，用舞蹈演绎了生命的惶惑和奋争。当开山和钟馗拿起神链，转身绕过头顶，那就是告慰村人：鬼疫已被俘获。他们把面具推向头顶，露出真容，和傩班众弟子一齐喊唱《拜颂饭诗》。

傩班八伯身披的大襟便衣，一律红底，碎花、大花的图案却是驳杂。他们匍匐于堂前，叩拜端坐于神案上的傩太子时，满地披红。这时，在我眼里，他们的角色转换了，就不是神了，而是代表着芸芸众生的脆弱生命，是脆弱的生命所包含的最强硬的内在，比如坚定的信念和坚韧的乞愿。

所以，他们的叩拜其实是给自己的信仰下跪，给自己灵魂中的坚硬部分下跪。

所以，水泄不通的傩神庙里气氛庄严肃穆。我相信，此刻所有的心灵应是匍匐状。

所有的人家为这个夜晚敞开了大门，所有人在这个夜晚精神矍铄。傩神庙搜傩完毕，顿时爆竹大作神铳齐放，傩班弟子疾步出庙，按规定路线去附近庙宇道观参神，其后，便是去各家各户搜傩。举火把的、扛铳的、挑桶的、敲锣打鼓的，一行人慌慌张张，却也是威风凛凛。出了傩庙，傩班就消失在寒夜里了，只闻炮响和吆喝声渐去渐远，我和朋友们守候在一位村民家，等着远去的炮响再挨家挨户慢慢逼近。

各家各户灯烛通明，也在等候。不过，他们却从容得很，不论老的少的，好像都对搜傩的路线和速度了如指掌。待得傩神即将临门时，他们才手持线香举家迎接。

熊熊燃烧的火把照亮了傩班弟子的赞诗，粗犷奔放的舞蹈将掳走每个人心中的鬼疫。在各家厅堂里进行的搜傩，程式与傩神庙搜傩相同，但为各家唱的赞诗却根据各家的情况，选择不同内容的祈祝。一个夜晚要为近二百户人家搜傩，确实是很累的活儿，难怪在正月十五夜晚要进行“教傩”，把傩班中年轻的弟子严格集训一番，以便次夜担当重任。

夜，渐渐寒凉侵骨，也是人多拥挤看不真切，我们有了退意。回到县城，想想不甘，稍事休息后，于下半夜杀了个回马枪。这时，半个石邮坦然入梦了，半个石邮还在虔诚等候，半个石邮从此康健太平了，半个石邮仍在翘盼着风调雨顺。我睡眼惺忪地看着村巷，它们好像在打盹，有火把闪过，有炮声炸响，一激灵，它们又抖擞起精神。

约莫两个时辰后，我再进傩神庙。这会儿，庙里冷清多了，只有少许执着的观众，比如庄雪蝉。搜傩仪式开始时，我瞥见她端着相机站在人群后面，矜持而无奈的样子；各家搜傩完毕，接着要在庙里举行圆傩仪式，这倒是摄影的好机会。不料，庄雪蝉走近我，操着很溜的汉语问我懂不懂数码相机。那玩意儿坏得真是蹊跷，CF 卡（数据存储设备）内存还大着呢，却怎么也不能记录了。她远涉重洋，独守乡里，好容易熬到此夜此时，相机却出了故障，天可怜见的。我也为她沮丧。

圆傩的场面真值得存照。搜傩结束后，傩班回到傩神庙内，列队向傩神跪拜，由居中的主持者念“跳傩回饭单”，就是向傩神汇报这半个月的跳傩活动中有哪些人家供给饭点罢，其目的是媚神和酬神，祈求傩神保佑各家平安吉祥；而后，傩班收拾神器，将挂在神龛上的所有神像和傩太子取下，放进箱笼，在头人的带领下前往村外的河滩。

听说，在河滩上举行的仪式尤其神秘，外人是不得靠近的。我紧随傩班弟子身后，不免有些心虚。然而，并没有谁来阻止，看来，坚实的古老禁忌随着南丰傩舞的声名远播，风蚀崩塌在所难免。就像不许女人入内的傩神庙终于对女人准入一样，隐蔽在沉沉夜色、飕飕寒风中的圆傩仪式也终于在我等的镜头下曝光了。更有甚者，竟把电视转播车开到了河滩上，打开车灯，权作照明。我不知道那秘不示人的紧张、深不可测的庄严，怎么会和那明晃晃的车灯达成了默契。我真希望那探照灯似的车灯不要把它照射得纤毫毕露，神秘感是神秘的身份证，一旦它被彻底破解，它的魅力也就荡然无存了。

大伯望穿了拂晓前的暗夜，寻找着预先择定的太岁干支方位，插下一截柴棍，然后从箱笼中取出傩太子，安放在这个位置上。傩太子面前，依次放着傩公、傩婆、一郎、二郎等十余尊面具，那些面具稀疏错落地布局在河滩上，不知其中有什么讲究，诸神使用的道具则置于面具旁边。

大伯高举火把带领傩班弟子开始围着这些神像绕圈。由八伯组成的队伍，以傩太子为中心起点，绕过开山，绕过关公，绕过雷公，一圈又一圈，那是一条叫人眼花缭乱的路线，那是一种步履匆匆且小心翼翼地行进。每一次拐弯，专注的大伯脚下似有犹疑，他在搜索心中的路线图吗？而紧随其后的弟子则不时弯腰整整地上的神像，他们始终对照着诸神在自己心中的位置吗？

猛然间，高举的火把熄灭了，绕圈的队伍如群鸟惊散，四下奔跑，扑向各自的目标，分别抱起地下的神像，朝傩神庙方向狂奔而去，地上的箱笼、锣鼓等物也不管不顾了。

这个情节发生得如此突兀，自是令人震骇。在我看来，这和戴着傩面的舞者突然闯进傩庙时的情景，应是整个搜傩之夜最具冲击力的片段。不过，它不似先前那般风云叱咤，而似平地骤然风起，悄然又迅疾地席卷了去，好像怕惊动了谁。当神秘变成一种速度时，我们是该用情感还是该用思维，来求证我们心中的历史距离感呢?

关于傩舞，学者通过探究它的渊源、形态和演变，从中品味着它深厚的历史意味和文化蕴含。而我只是一个好奇的浅尝辄止的观众，打动我的，是浸润在这一民间祭祀活动中的强烈的生命意识，是那种借重超自然力的信仰崇拜表现出来的生命尊严。是的，我感受到了戴着面具的生命尊严。

如此原始的舞蹈能够幸存于乡间，是否与此有关呢?

我的确是个没有耐性的观众。眼看抱着神像冲进傩庙的八伯关上庙门又回来了，我以为他们来收拾地上的器物，整个活动该结束了，便离开了河滩。事后才知道，其后还有一次占卜全年吉凶的判筊，驱疫祈年的心愿全都凝聚在那充满悬念的一掷上了。

那位洋博士显然熟谙石邮村的跳傩活动，她仍流连于寒冷的河滩上，此时已是雄鸡三唱。

庄博士，但愿你把相机整好了，但愿你的 CF 卡装满生动鲜活的影像，装满一个东方民族的文化和精神的无穷魅力。

广昌孟戏《长城记》（三夜本）最后的演出

想想看，乡间两个演孟戏的剧团，一年到头只在春节期间分别演个两夜三夜，眼看就要出正月十五了，竟意外地巧遇最后一夜的演出，这是不是缘分使然？

我本来只是去看老房子的。尽管禽流感的消息传得很邪乎，广昌的朋友还是热情地给我舀了一碗鸡汤。鸡是驿前古镇上的鸡，是船形屋里的鸡，是傲立于雕花的青石户对上报晓的鸡。也许，可以更确切地说，是从云南按察使那座气派堂皇的门楼里昂昂然走出来的鸡。

喝着心灵鸡汤，不知不觉就被朋友对孟戏的片段性的介绍吸引住了。

他说，孟戏之所以叫孟戏，是因为古往今来它演的始终就是一出孟姜女哭长城。

他又说，广昌孟戏之所以有价值，是因为整本的孟姜女南戏本被认为早已失传，甘竹镇赤溪村曾家班子的《孟姜女寒衣记》演出本约形成于元代，无疑是孤本了；而与该村一河之隔的大路背刘家演出的《长城记》，则以曲调保留着当年宜黄班演唱的海盐腔且扮相好弥足珍贵。两台孟戏中，既有我国戏剧早期的唱腔道士腔，还有明代逐渐兴起的弋阳腔、青阳腔、四平腔、徽州腔等，是研究我国戏曲唱腔的珍贵活化石。大年初八就有北京的两位记者慕名而来，他们在乡下待一周了。

他打了几个咨询电话后，又用充满诱惑的目光说，曾家班子已经演完了，今夜是刘家班子的最后一夜。要知道，平时他们根本不排演的。

那就用不着相约来年了，赶紧去甘竹镇大路背刘家听戏吧。

我猜测，剧场可能是公社时期的礼堂改成的祠堂。一进门，首先吸引我的是戏台对面供奉着的三副面具。是谓三元将军也，即秦朝蒙恬、王翦、白起三位。传说这三员神将曾自天而降，以飞沙走石击溃大兵，拯救曾氏先人于危难之中，曾氏先人仰天拜谢之余，拾得两只大木箱，内藏孟戏戏本及面具若干，其中三副大面具熠熠生辉，便是这三元将军了。仿佛天意，村人自然心领神会，即组建戏班，按戏本和面具分角色排练。五百多年来，年年春节村中必演孟戏，以酬神祭祖，祈福纳祥。至于曾氏的恩人怎的又成了刘家的神灵呢，我不知端底。刘家班子的缘起，倒有说法，无非是说大路背村人年年过河看戏，如何成了戏迷，而后横下心来创建自己的戏班而已。算起来，大路背刘家演出《长城记》也有四百多年了。

同为孟戏，竟在各自的村庄里上演了数百年，这孟戏该濡染了多少代人？

哭倒长城的故事余音绕梁，竟弥漫了整个正月，人的一生要重温多少回孟姜女？

那些把孙儿拉到三元将军面前敬香的老人，仿佛去年还是个孩子；那些扎进乐队中间竟也看得很是着迷的孩子，仿佛明年就会变老——人生如戏，仿佛须臾之间。

我好奇地东张西望，这么想着，不知不觉就开场了。后来才知道，分为三本的孟戏每本开台前要演一出吉庆戏。锣鼓唢呐的伴奏，并没有大肆造势。以妇女和老人为主体的观众大概一直沉浸在头两夜的剧情里，悄然间就入戏了。

台上的孟姜女是不老的。感天动地地哭了上千年，倾不尽人间悲苦，声声泣血；悲悲切切地唱了几百年，诉不完心中不平，句句含恨。尽管颇有亵渎帝王之嫌，这样的戏本为明永乐年间所颁的禁令所不容，但她还是意外地流落到了天高皇帝远的穷乡僻壤，并一如既往地爱着恨着。她的幸存和不老，发生在两个相邻的村庄里，真是个奇迹。

其中有太多的不可思议。想当年血雨腥风，“敢有收藏传诵印卖，一律拿法司究治”，她怎么就敢冒满门抄斩的风险，公然且安然地在宗族的祠堂里登台亮相呢？数百年岁月沧桑，她怎么就能锲而不舍地唱到今天，并保持着原始的风貌呢？还有，让我一直耿耿于怀的，虽然孟戏的唱腔集我国古戏曲唱腔之大成，优雅悦耳，但那美妙的演唱中却不乏对秦王暴政的控诉，尤其对蒙恬几乎是口诛笔伐了，那蒙恬们怎么又被奉作神明了呢？

我从专家的文章中得知，曾、刘两台孟戏剧情大致相似，结尾有所不同。刘家的孟姜女，虽有悲痛怨恨，却逆来顺受，以其贤德，获得秦王封赠；而曾家的孟姜女竟敢怒诉心中对蒙恬的三不平，抨击秦王，最后面对垂涎美色的他们，坚贞不屈，以死殉节。这正是专家判断曾家本是元代南戏遗存的论据之一，因为如此敢于犯上的写法，当在明永乐禁令之前。有恩于曾氏的大老爷蒙恬，在曾家的孟戏里更要挂不住脸了。经过庄重的请神仪式，受请下凡来看戏的将军，岂不是来领受羞辱吗？也不知观众身后那威严的神像面有愠色或愧色否？

原来，被唱者骂了几百年的人，竟是忍辱负重护佑着曾、刘两姓子子孙孙的神！原来，被供奉了几百年的神，不过是年年被乡女村妇怨恨着的人！

不要笑它的荒诞。也许，这矛盾中的荒诞意味，正是探究孟姜女奇迹般地活在今天的消息树、通行证，走进去，便接近了一个宗族的内部秘密。假如，没有对三元将军的虔诚笃信，很难设想孟戏能够留传至今；反过来说，假如，没有孟戏摄人魂魄的艺术魅力，我们也很难设想，宗族的信仰能够如此牢固地凝聚族人。所以，我觉得，民间戏曲艺术和许多其他形式的民俗活动，无非出自维系宗族关系的需要，它们能够绵延发展，正是由宗族力量获得了顽强的生命。

广昌的朋友告诉我，孟戏演到《三将军议事》那一场，扮三元将军的演员要戴面具表演，此时台下观众自动让出一条神道，由族中长老先焚香敬拜，继而将神座上的面具拭净，恭敬地捧至戏台口让演员戴上，此时家家户户燃放鞭炮，一时间剧场内外气氛好不神秘庄严。可惜，是夜刘家班子的戏渐趋尾声，大概没三元将军什么事了。待到夜半曲终人散，也许他们又该被请回上界了。

坦率地说，也是听不懂戏文，觉着闷了，我便离座四下探看。戏台两侧有联云：“文中有戏戏中有文识文者看文不识文者看戏，音中有琴琴中有音懂音者听音不懂音者听琴。”既道出了看戏的真相，也有劝诫的意思。那么，我就找个拍照的理由再离座吧。

剧场旁边有间不大的屋子敞着门，却空无一人。进去一看，此屋连通化妆间和后台。前厅中央的神案上供奉着戏神“清源祖师”的神像，周围放置着正月初一“出帅”仪式用过的仪仗器具，正面上方有玻璃橱窗嵌在墙内，空空的，似神龛模样，猜想平时那三副面具就置于其中。孟姜女在隔壁如泣如诉，清源祖师却在这里似笑非笑；那厢是满场沉醉，这边是一室肃穆，也就容不得你不心存敬畏了。

是的，别看那都是些寻常材料制作的器具，一旦附着了信仰崇拜或民俗意义，你得小心，你必须心存敬畏。我端着相机的手不由得有点儿抖动，内心深处的抖动就叫敬畏。

闯入后台，却可以无所顾忌。演员们各自忙着准备出场，我一时眼花缭乱，竟没想到趁机逐个打听打听谁是什么角色。透过浓妆艳抹的扮相也能看得出来，演员多为老者，听说几个主要演员年龄都在六十岁上下，台下该是他们的儿孙辈了。令人惊讶的是，别看这些农民演员可能大字不识几箩，却能够熟记《长城记》六十九场戏文，有的一唱竟是几十分钟，平时并不排练，到过小年时才临阵擦枪排戏三天，唱念做打的功夫只能靠自己日积月累练出来。不妨让我们来想象一下吧，在田间地头，在前庭后厨，躬耕的男人，持家的村妇，一个个拳不离手曲不离口，一个招式也许就是兰花指、矮子步，一声吆喝也许就是海盐腔、青阳腔，那该是多么优雅的一群人！

一年的默默操练，就为了三夜的演出；一出戏的薪火相传，却倾尽了一代代人的毕生。难怪，这三本戏文如此漫长，这三个夜晚如此漫长——戏如人生，一夜长于百年。

后台两侧的墙上，一边挂满了凤冠，另一边挂满了髯须。不，朋友纠正我说，那红的、灰的、黑的，长的、短的，浓密的或稀疏的髯须，应该叫“飘老”。

飘老，一个叫我怦然心动的词语。它让年龄爽朗起来，让时间飘逸起来，让身体获得了尊严，让生命的法则获得了摇曳的多彩的魅力。我由它联想到历经沧桑的孟戏以及演唱孟戏的满脸风霜的农民。

我在台上，拍自顾敲打吹拉的乐队、拍藏在幕幔间的演员、拍绚丽的飘老。北京记者支起来的摄像机已连续工作一周了，不知它是否把我连同中国古戏曲声腔的活化石，一道给摄录了去。或者，冷不防，我闯进了台下那只五百万像素的数码相机。

也好，我在数码影像里将证实：古老，未必遥远。

衔着乡风的茶亭

单位有个扶贫点，在广昌山区。那些山，应该属于武夷山麓，再往前走，就是福建。

走马观花看过去，那里田地较少，不过，土壤并不贫瘠。一片片的烟叶，一垄垄的莲花，是那种亭亭玉立的映日红花。才是端阳刚过，莲花就开得很旺了。

出了广昌县城，约莫四十多分钟车程，我竟看见好几座茶亭闪过。让我惊奇的，不仅仅在于数量，更重要的是，它们依然在路上，路是茶亭的血管和神经，路没有荒芜，它们就活着。那些茶亭在谈笑，在擦汗，在吸烟。我看见了坐在阴影里的男女和弥散在阳光下的蓝色的烟雾。对了，还有停靠在亭子墙边晒日光浴的单车及摩托。

我惊奇，是因为那些曾经遍布江西山野、陪伴着一条条道路的茶亭，如今很少见了。即便偶有幸存，也是落寞地瑟缩在某段废弃的小路上，与那截没有前方和远处的路，形影相吊，生死相依。亭子里的野草是它的主人，门前的荆丛、墙上的藤萝、紧邻的树则是它的客人，偶尔，会有几只流浪的小鸟临门。

是的，路与亭共着命运。路因人而生，亭为人而长。路与亭曾经的缘分中断了，关于茶亭的记忆也就随之中断了。我常常远远地看着那虽被废弃仍顽强挺立到今天的茶亭，却不曾走近，虽然有时不免怦然心动。也许，是它们游离村庄而孤立独在的情状，让我忽视了茶亭建筑的意义。

生长在莲乡的茶亭，却像一柄柄盛开的红莲，用它鲜活的存在，证明着它的价值。这价值似乎是微不足道的，就像翘盼着的莲花，不过是蜻蜓的栖息地；这价值又是弥足珍贵的，也像莲花，高擎着一瓣瓣馨香，清新着山野里的风。

要知道，对于路人和劳作者来说，茶亭是疲乏时的一条条长凳，干渴时的一碗碗茶水，炎炎烈日下的一团团绿荫，狂风暴雨中的一把把大伞。而建造茶亭，则是人们的自觉。一座座茶亭，象征着一颗颗向善之心，象征着一阵阵淳朴的乡风。

也许是冥冥之中有茶亭召唤，离开广昌我一转念去了石城。没想到，在石城，茶亭更是随处可见，我在由县城前往通天寨仅七公里的路上，看到的远远近近的茶亭有四五座之多，而且，近处的，都能看到在里面歇息的男女。当地朋友颇为自豪地宣称，茶亭应是此地一道独特的历史文化景观。

是的，小小的茶亭，在石城却蔚为大观。在被冠以“闽粤通衢”的古驿道上，它们是一个个承前启后的逗号；在纵横于山野的乡间小路上，它们则是一个个宁静安适的句号；至于坐落在田畈中的茶亭，那就是一个个感叹号了。我听说，那些茶亭是劳作者为便于自己休息而建的。因为早出晚归、饥渴疲累，因为风云不测、日晒雨淋，人们居然不惜投资耗力建造茶亭以抚慰自己的身体，这让我感到十分意外。在我眼里，它们自然就是感叹号了。看来，探究茶亭建筑所蕴含的民俗精神和文化意义，我们不能忽视渗透其间的、表现为体恤自我的生命意识。

当然，茶亭更多地反映了民间广泛崇尚行善积德的道德心理。这与以儒家思想为代表的中国传统文化的濡染、以忠孝仁义为核心的封建道德教化是分不开的，同时，这也是佛教因果报应思想影响的结果，人们修行是为了所谓“积阴德”，为了来生转世。

当人们竞相把行善的热情投注于茶亭建筑时，茶亭又成了宗祠建筑的延伸，成了宗族文化的某种标志。

据说，该县有座风雨亭，坐落在山巅上，两侧各有九百级台阶，此亭为双亭合一，建于明崇祯年间，它记录了乐善好施的孔、赖两姓为争占风水的比拼。在那条石城通往宁都的必经之路上，占田孔氏先建了茶亭，可是，此举竟导致当地赖氏一直衰落。也是不甘，赖氏为了改变风水，动员邻近村落的所有赖氏一起上阵，于一夜之间建造起茶亭，而且，他们偏偏把茶亭建在孔氏亭的前面。为此，赖氏还动了心机，用松枝烧黑茶亭的基脚。果然，恼羞成怒的孔氏将赖氏告上了县衙。而赖氏依据烧黑的基脚狡辩道:“此亭自古就有，基脚就是明证。”昏聩的县官见基脚确实古旧，便判赖氏胜诉。于是，双亭并峙，直到如今。不知道打此路过的行人，是否还要评判一番，再选择其中一座入内憩息呢?

也许正因为茶亭骑路而建，便于向世人炫耀宗族的光荣吧，该县杨村干脆把茶亭和牌坊合二为一，于 1875 年建起一座造型独特的坊式亭。

这座坊式亭至今矗立在公路边，我进入亭中，惊起了一位躺在石凳上的年轻人。他警觉地盯着我手中的相机。我相信，若不是提防着相机，他和他的摩托会依然故我，安然入梦。

坊式亭的南北两端是两座牌坊，明间拱门为茶亭南北入口。整座坊式亭均以麻石砌成，但牌坊枋间的匾额为红石镶嵌，由上至下有“圣旨”“贞节”“旌表太学生许清涟之妻李孺人坊”匾。两座对称的牌坊，中间夹着以石墙封闭的亭子，仿佛一座牌坊的两面。牌坊上遍饰雕刻图案，浅雕在麻石枋上的花草纹饰苍劲而古朴，一些反映戏曲场景的图案则深雕在红石上，嵌于麻石枋之间，既丰富了牌坊上的纹饰，也打破了以麻石为材料所带来的面的冰冷和僵硬。是的，点缀在牌坊上的红石，淡化了牌坊给人的庄严感，而变得亲切起来，温馨起来。我想，这对于亭子是非常重要的。它是面朝道路的招呼，迎向行人的微笑。古人在建筑上的用心着意，由此可见一斑。

那位李孺人的事迹，我不得而知，但江西乡村现存的贞节牌坊，大多是为旌表那些未嫁已寡、从一而终的女子而建，如果李孺人也是如此，这个亭子岂不成了她永远的洞房？

一百三十多年了，有多少归魂打此路过在此歇脚，谁是她守望的婚约，谁是她托付终身的人？来来往往的陌路人，像风从茶亭穿过，没有留下任何履痕。

亭子中有面对面的两排石凳。古往今来，人们坐在这里休息，大约是不会念及李孺人的好处的，因为在石城有路就有亭，司空见惯了，一切自然得很。倘若路人亦如我，把这亭子想象为守候百年的洞房，那岂不瘆得慌？

也许正是为了辟邪驱祟以安定人心吧，在作为亭子内部雕饰重点的梁枋上，木枋两端均有圆雕的兽头形象，而两根横梁的中部、两侧都刻有面目狰狞的吞口。分别正对着南北亭门的吞口，其辟邪意义显而易见。

石城人对茶亭的钟情，使得一些桥也具备了亭的功能。比如，永宁桥就是集桥梁、亭阁、庙宇、戏台于一体的建筑，该桥桥身用麻石砌成，廊与阁为木结构，阁分五段，中段最高，两边逐级降低。廊外挑出檐板以遮风挡雨，廊下设木凳靠栏供行人歇息；桥上建有庙宇，祀关公；喜庆之日，当地还会在廊阁中演戏。还有一座桥叫川至桥，初建时仅有供行人休息的设施，后人却在桥上增建了寺庙和戏台，据说那寺庙香火甚旺，每年都举行庙会。

让身体歇息着，让情感娱乐着，让灵魂信仰着，这就是客家人在路上的情状吗？广昌、石城一带，都盛产通心白莲和烟叶。为什么唯有莲花和烟叶丛中，才有这些依然乡音洋溢的茶亭？这是行人与道路的盟誓，还是茶亭与莲花的约定？

对了，几年前到过同样满目莲花的宁都东龙村，有一个茶水摊，曾让我感慨不已。它大约就是茶亭的意义所在和茶亭至今存活于乡间的秘密所在了。

那个村庄坐落在一片台地上。所谓台地，顾名思义，像一座戏台，高耸于平地上。上山之后，我发现，这片台地又是群峰间的盆地。它共有四个隘口，分布在东、南、西、北四个方向。地势东高西低，狭长的盆地上依山而建的民居，形成了几个建筑群，其间是莲田和稻田。丰腴而鲜艳的莲花开得正旺，家家门前却是围坐着剥莲子的老少。莲荷的清香气息悠远而神秘。

谁能想到，这登高一望便把村舍田园尽收眼底的地方，竟是东龙李氏繁衍生息、宗族兴旺的风水宝地！在盆地中看四围的峰峦，山并不高峻，植被并不茂密，如何孕育出两条潺潺不绝的山溪，细流如线，怎能养育这许多的人口，许多的田地、池塘和花朵？

谁能想到，这个独处一隅、交通不便的村子，曾经却是由宁都往来福建的必由之路。村中的老人回忆历史，唇齿之间，还有商铺客栈，还有烟花柳巷，但是由那狭小的古隘口和崎岖的山路，我们今天是无法想象当年的富足和繁华的。

经过隘口时，我看见放在路边的茶水摊，没有人看管，只有茶壶和水杯在迎候路人。这是村人的善举，可见此地依然民风淳朴。不过，要知道，我那次是借助四驱的“猎豹”才上得山去、走进东龙的，行前我被告知，这还要看运气，只要有一点儿雨，就白跑了。由此可以想见，如今东龙村门庭冷落，路上行人稀少。于是，品味那盛情的茶水，总觉得有几分自作多情的荒谬。它仿佛是凭吊着车马辚辚的日子，仿佛是渴盼着宾客盈门的热闹。

在村口，一位腰身佝偻的婆婆提着一只水瓶，迎面走来，擦身而去，去往设在隘口的那个茶水摊。茶水摊的位置，也许就是一座茶亭的旧址。茶亭倾圮了，但送茶的老人却天天为此奔忙着，杵着一对小脚往来于这段距离并不算近的山路上，往来于这条翻过山峰便可以走向历史深处的古驿道上。

那个锲而不舍的茶水摊是耐人寻味的。它的矜持，仿佛没有动机和目的，只是一种始终如渝的行为，一种不可遏止的惯性，就像莲花在绽放之后势必要高举起它的莲蓬那么自然。

莲乡的茶亭，是花路上的茶亭，花丛中的茶亭，花朵里的茶亭。坐在亭子里，闻的是花香，饮的是花香，想的依然是花香。所以，我固执地相信，莲乡与茶亭有着天定的姻缘。

若然，衔着乡风的茶亭，会不会衔着莲的精神呢？

浪漫的毛楂

毛楂，南方山上的一种野果，形同算盘珠子，应是多年生草本植物，仲秋时节果实成熟，红彤彤的，黄澄澄的，未及成熟的便是青绿色。我在孩提时代，经常结伴上山采摘，在所有的野果中，比如“乌米饭”、“糖罐子”、野栗子等，毛楂的风味最是叫人垂涎，酸而又甜，且香而又面，颇似山楂，仿佛也蕴有某种难忘且难言的爱情的味道。我不知道藏在草窠里或匍匐在崖畔的委琐的毛楂，能否和俏立于情歌中的山楂树攀上亲戚。

毛楂果然也是浪漫之果。我是在三清山的秋色里听说毛楂的浪漫的。朋友告诉我：秋天，很多果实都成熟了，毛楂也有秋天，寂寞地生长在山坡上的毛楂也成熟了。于是，三清山脚下的玉山县横街镇，便有了“毛楂会”。朋友描述的毛楂会，听起来像是农闲时节的一次赶大集，像一些地方“文革”期间及随后仍持续了一段时间的所谓的“物资交流会”。满街的竹木器具、铁制土产、服装鞋帽、百货食品，满街的叫卖吆喝、讨价还价、磕磕碰碰、推推搡搡，而在横街，它的集市最抢眼的是小如算珠的毛楂，它的集市是毛楂的约会、毛楂的盛会，是毛楂的圩市、毛楂的闹市。山上的毛楂纷至沓来，四面八方的男女为了鲜亮如珠的毛楂蜂拥而至。

想象那个场面令我激动不已。在日常生活中，我们汉族老百姓何曾有过如此的浪漫哟！为了这么一天，人们要不辞辛苦上山去，从草窠里、荆棘丛中，搜寻零零落落的毛楂，然后，把采撷来的毛楂穿成项链、穿成手链，去赶赴毛楂的圩市、毛楂的盛会。我想象，毛楂会那天，挂在人们脖颈上的毛楂项链，会把横街穿成一条艳丽的充满野趣的天街。可惜，连续两年，我都错过了毛楂会的日子。

两年间，我屡次打听或在网上搜索关于毛楂会的更多信息，无奈所获寥寥。只说它是乡间的商品交易活动，与别处的圩市不同处，无非就是风情别具的毛楂项链了。不过，我对毛楂会的兴趣，不仅仅因为毛楂项链所表达的浪漫精神和乡野气息，我更关切的是，毛楂该不是香火之一种吧？若然，毛楂祀奉的是哪位尊神呢？形式上表现为毛楂会的商品交易活动难道不会遗存庙会的只鳞片爪吗？

我相信毛楂会由庙会演变而来。我记得在破除了封建迷信的20世纪七八十年代，赣东北有一些交通便利的大集镇，每年中秋前后都会约定一般，此起彼伏地先后举办物资交流会，各地商家如秋后的麻雀一般呼啦啦飞来飞去，互通有无。老百姓习惯称之为“漾会”。方言中，“漾”有人多、热闹之意，“漾会”其实就是庙会，至今赣南乡村仍有称庙会和禳神活动为“过漾”的。

一年一度的横街毛楂会在农历八月十二举行。那一天，我要穿过毛楂的长街，去寻找香烟缭绕的庙宇，哪怕只剩残存的古庙基脚或碑石，我坚信有这么一座古庙耸立在八月十二。否则，四面八方甚至包括浙、苏、皖、闽、粤的远客齐聚此地，是不可思议的；这般凡俗、滥贱的野果成为人们钟情的圣物、吉祥物，也是不可思议的。果不其然，绕过青年人、中年人茫然的目光，我在几位老人的唇齿之间找到了肯定的答案。他们回忆着、解释着，乃至相互争辩着，难懂的方言和含混的词语中，真的有神灵庇佑，真的有四方来朝。

横街乃出入三清山、怀玉山和南山的古镇，有玉琊溪汇入信江，进而连通鄱阳湖和长江，水运之利使之成为偌大一片山区物产的出口、财富的进口。据当地一位八十多岁的刘姓老者介绍，早在南宋时期，刘氏九世祖刘允迪高中进士，从福建到德安当县令，并有任四川沿海制置司使军参议和朝散大夫经历，最后弃官归隐玉山县横街，开办梅溪义学。其与著名理学家、教育家朱熹交往颇深，朱熹曾应邀前来梅溪义学讲学，并留下了《梅溪义学八景诗》。所谓“梅溪义学八景”，其实赞颂的是横街的山水环境和人文历史。八景分别是团村古渡、黄山万松、花山逸庵、梅峡清流、周村墟市、石壁钓潭、鲤塘跃锦和桑田登云。刘姓老者称原先桑田古庙前立有一块石碑，碑上有诗赞曰：“古渡曾经几度秋，万松山色四时休。日照花山增秀丽，雨余梅峡溢清流。周村墟市人还在，石壁钓潭鱼复流。人言跃锦升天去，只留登云在后头。”不知此诗作者为何人。一位退休教师却从刘氏宗谱上摘录了朱熹的那八首诗。古镇上幸亏有这么几位老人，默默无闻地替横街收拾着将被岁月彻底风蚀了的记忆。

朱熹的诗里，便有我试图追问的民俗。“凝眸一望是仙乡，稠集人烟杂柳杨。闻说当年为学者，蹑云曾折桂枝香。”之所以称此地为仙乡，是因为如此风光旖旎的仙境，必为神仙、菩萨所向往。那座叫桑田庙的古庙，始建于唐末宋初。归隐此地的刘允迪，曾在桑田庙等处兴办义学，义学培养的族中子弟有二十四人中举登科入仕。传说，到了南宋庆元年间，刘允迪之孙刘麟等人改桑田庙为登云社；明正德六年（1511 年）又改为登云义学，并在中堂悬挂朱文公和刘参议的画像；民国时期，此处成了横街的小学校。关于桑田庙改登云社的说法，老人们各持己见，有的认为先有登云社再有桑田庙，横街一带有十八个社公，桑田庙所在处归登云社的社公管辖，邻近还有步云社等。与桑田古庙隔溪相望的花山上，古时曾有逸庵，故朱子有诗赞花山逸庵道：“掬水闻香入翠薇，春来花木闹芳菲。故人逸趣长临此，触物兴怀总是诗。”品味之余，我不禁惊奇，拿古庙来办义学，把朝拜当作雅集，如那位退休教师诗句所称“香客络绎多览胜，拜别观音便吟诗”，横街人礼拜神明而超脱于功利而放纵性情、激扬文字，这样的地方大概才可以叫作仙乡吧？

那么，桑田庙缘何得名？庙中主祀的又是哪位尊神呢？我终于接近毛楂会的根脉所在，然而，老人们一怔后面面相觑，犹豫片刻，才说桑田古庙得名于横街古人喜种桑树，遍地蚕桑，庙址就坐落在桑田里。至于庙里供奉的菩萨，老人们期期艾艾地回答说是相公。再追问相公姓甚名谁，一说是蔡伦，一说是蔡灵。蔡伦令我眼前陡然一亮。而且，我固执地相信，在玉山乃至上饶的方言中，“灵”与“伦”同音，蔡灵也许是蔡伦之误写。假如当地百姓对蔡灵的神迹没有特别的说法的话，那么口碑中的蔡灵极可能就是历史上的蔡伦，我国四大发明中造纸术的发明者。

我的判断未免主观武断。不过，我愿意相信蔡伦是横街百姓的福主，横街地方的保护神。老人言辞间有两条明明灭灭的线索，鼓舞着我的想象。玉山乃武夷山余脉与黄山余脉的相交处，据我所知，三清山山区多有来自福建的移民，归隐此地的刘允迪祖籍正是福建，而横亘在赣、闽边界上的武夷山，自古造纸业兴旺，我国民间“三百六十行，无祖不立”，造纸业便把祖师爷蔡伦奉为行业神。由福建拓基于横街的刘氏，该不是把故园的神明也请了来吧？再者，此地山区盛产毛竹，历史上横街是毛竹的集散地，毛竹通过玉琊溪走信江输往各地。毛竹是制纸的重要材料，想当年，谁敢说此地不曾纸槽遍布呢？若然，以纸业为生的工匠、老板、商家理所当然地就得崇祀蔡伦了。

行业神崇拜是随着社会分工和行业的产生、发展，以及行业观的确立而出现的，大量行业都把它们各自认定的祖师奉为神明，举行有组织的祭祀行业神祇活动。这一崇拜反映了行业群体的精神诉求和情感寄托，因而，行业神被行业弟子视为凝聚行业内部组织、加强行业内部管理、树立行业规范的重要象征，它反映了中国传统社会业缘关系的维系纽带和核心观念。值得注意的是，行业神崇拜和民间的俗神崇拜有着千丝万缕的联系，在聚族而居的乡村，行业神崇拜不仅仅是维系业缘关系的纽带，它很容易被宗族所利用，通过以宗族为单位组织的祭祀活动，成为维系血缘关系的又一条重要纽带。于是，行业神便成了保佑一方土地、一个群落的福主。

作为行业神的蔡伦相公，大约在桑田庙建成之后，赫赫然，成为福佑四方的灵神。有朱子诗为证：“胜地何年建市圩，商通闽粤透杭苏。至今街迹人家有，赢得芳名在信衢。”此诗记载的是横街八景之周村墟市，即横街毛楂会。据说，昔时的农历八月十二毛楂会，历时是前三日后七日，就是说要热闹十多天。八月十二那天，人们要供奉横街一带的十八个社公，还要去花山尼姑庵打醮，最具特色的酬神活动就是人们竞相把自己从大山里采摘来的最大、最鲜的七色毛楂送往桑田庙，敬献给那位蔡相公。庙会活动的组织者则从中选出特大精品，由众人抬着上街巡游，并为采摘者颁奖。传说大的毛楂，竟可比南瓜。庙会自古以来便是集群性的人神交流场所，是人们表达自己意愿的公开化场合，更是人们精神需求的重要依托。同时，庙会作为人神集体对话的特殊形式，需要施展各种手段以愉悦神明，需要开展丰富的活动以营造浓郁的氛围。仿佛，只有让神明们大饱了口福、眼福、耳福之后，它们才会兴致勃勃地倾听或允诺。横街毛楂会也不例外。桑田庙前有古戏台，庙会期间往往唱上五天五夜的大戏，横街毗邻浙江，绍兴班子是当地老百姓的最爱。此外，庙会上还有变魔术的、耍猴子的、演杂技的、吊木偶的，吸引孩童的有风车、摇铃、丢圈、风筝，老人的回忆中则有个表演说白的老四麻子。所谓“说白”，即单口相声。

经过长期的历史演变，庙会具有多种社会功能，它既为四方百姓探亲访友、聚会交往、了解世事和娱乐创造了重大机会，也通过逐渐形成的庙市，为民间的商品交流提供了重要场所。毗邻浙、闽、皖，并且具有贯通南方诸省的独特地理条件，在这里孕育了活跃的边界贸易，因此，作为民间信仰载体的毛楂会，势必充满商业气息。

一位老人告诉我，当地传说称，从前横街的老百姓大部分人信奉蔡相公，也有少部分人信道教，不信俗神蔡相公。有一道士见蔡相公的信众越来越多，心生嫉妒，趁蔡相公依例前往四川丰都汇报当年的工作之际，赶紧给鬼都的大神（应是阎王爷吧）写信告黑状，诬告蔡相公对百姓不好、治理横街不力，惹得阎王爷勃然大怒，从此只准蔡相公每年农历八月十二回横街一次。于是，横街百姓便在这一天以令人炫目的毛楂会欢迎自己的保护神。

古老的集镇注定有许多古老的传说。另一则关于龙舟竞渡的传说称，玉琊溪有一处石壁钓潭，石壁形如探海神龟，深潭是碧波映月，深潭下有一条能通达下游沙溪龙门峡的暗洞，曲折弯环深不可测，唯有虾兵蟹将可自由出没。驴年马月的端午节，十多只龙舟在玉琊溪竞渡，其中有一只龙舟沉入深潭，几位船夫失踪，搜寻多日不见尸身，后来人们在沙溪龙门峡活见鬼般惊见他们，然而，船夫们倒是乐呵呵的，只道是被屈原屈老夫子邀去饮酒了。

既然落在“香客络绎多览胜，拜别观音便吟诗”的仙乡，不知毛楂会是文人墨客某次豪饮唱和后的创意呢，还是源自老百姓内心的浪漫和童真？

如今的毛楂会，早已不再举行禳神、巡游以及演出等活动，人们只为采买或出售而来，熙熙攘攘的长街两旁，尽是五花八门的山货和价格低廉的商品，其中，有不少竹木制品和土产甚是眼熟却已久违，猛然一见，恍若隔世。当然，最稀罕的还是毛楂。一串串毛楂项链吊在村妇的脖颈上，挽在她们的手臂上。一二十元一串。卖毛楂的村妇一大早就出现在人头攒动的长街上，到了半上午，她们采来的七彩项链已经成为满街男女老少项上、腕上的装饰物。横街的珠光宝气，却是天真烂漫；横街的璀璨夺目，却是野趣盎然。

按照老人的指点，我找到了已改作他用的桑田古庙旧址。所幸的是，古庙建筑基本完好保存，只是断了香火。有块“大清宣统岁次己酉元年闰二月”立的《四福戏会缘碑》曰：“吾村西乡卅七都有桑田孚惠庙者（塑？）蔡灵相公神像，自唐宋以来每岁八月各村迎神投赛演戏五依立夜，惟周李两姓斯纲在昔人财两旺，每值演戏之期并无间歇。自至光绪三十年间以后人衰纲败，不能依老等坐庙酌议爰邀众姓聚腋成裘，另立一纲以完五纲之数比即立有缘簿。村内随缘乐助共成英洋百名，分牌元亨利贞吉，共举经理十六人轮流掌管，每年八月十五日面算结清交与接手，不得亏蚀。谨列名（以下分元纲、亨纲、利纲、贞纲、吉纲五纲，列有姜、詹、吴、林、周、汪等姓）……”这些文字分明透露出了庙会的组织形式。

古庙已然作古。不过，在古庙附近有座也叫桑田庙的新庙，倒是续上了烟火，其中主祀的正是所谓的相公。我进入庙中，适逢几位道士正在为一群女信众设坛打醮。那些老妇人肯定不知道自己顶礼膜拜的相公姓甚名谁。

于是，我想，作为庙会的毛楂会相沿至今，早已消解了人神对话的意义，而成为纯粹的商品交易活动，幸亏有采撷于山野的浪漫的毛楂，赋予其令人怦然心动的精神性内容。也许，老百姓信奉的正是比佛珠更鲜艳、比算珠更诱人的毛楂吧？

自由的造神

广丰的铜钹山地处赣闽浙边界，属于崇山峻岭的武夷山麓，历史上，那儿曾是封禁山。明代《历代禁略》称：“唐，郡治初开，为乱者众。史载唐季群盗依此为巢，伪吴据而有之，续入伪唐，即此山也。宋范汝为据内江闽邵延间，有贼党据此造器械以助。汝为既败，其党纵横四出……元时尤为盗薮，禁令最严，累加防守……”这就是说，自唐末以来，这里的硝烟被封禁着，炊烟也被封禁了；枪铳被封禁着，山歌也被封禁了；车辙被封禁着，人迹也被封禁了。

历代封建朝廷的禁律森严得很，不得开垦围猎，也不得居家行走。早先，封禁界石就矗立在江山岭的山顶上，再往里去便是禁区了；到了清代，禁区的深山老林里还是悄悄地住进了一些人家，反正天高皇帝远的。

不料，垦山烧荒的烟火到底把朝廷给呛醒了，官府派出的勘探绘图小组直奔铜钹山。在禁区内开族的叶姓人家，眼看就要失去这安身立命的世外桃源，亏得族中有位日食斗米、力大无穷的好汉情急生智，抢在头天夜里，拔起江山岭上那块重三百多斤的封禁石，连夜扛着它翻山越岭，把封禁界石安放在铜钹山区的更深处。官府的人被引进深山，可能也是晕头转向了吧，糊里糊涂就认了那界石，这么一来，封禁山的范围缩小了，落地生根的叶姓人家得以继续繁衍生息。

那次由官府绘制的封禁山地图，一直被民间收藏着，图纸大若被单，用匣子装着，每逢夏日都要拿出来晒一次。可惜，最终未逃过“文革”之大劫。

这段山水传奇，透露的不仅仅是封禁区划沿革的历史信息，还有浩茫时空背景下人烟蔓延的历史情境。我不禁疑惑：人们胆敢闯入禁区开族建村，是为世事所迫流落异乡，还是像我所听到的许多古村开基故事那样，受风水的“神示”，各卜胜地，皈依了这片山水；或者说，是受制于命运的驱遣，还是屈服了自己枕山而眠、听泉入梦的那种心情？

宗教信仰从来都是历代官员上奏的《封禁山疏》所无法封堵的。比如，明嘉靖县志记载：“白花岩，昔净空禅师开基之所，遇时亢里人祷之即应。”这段文字指的是坐落在白花岩的广福寺。该寺屡废屡建的事实证明，哪怕人迹罕至，敬奉神明的香火也会翻山越岭，顽强地抵达那儿。那儿是菩萨迷恋的净界，也是神仙向往的福地。的确，继佛教进驻之后，道教也接踵而至。当地传说，清代便有刘道仁、杨嘴瓶两位仙人历时七七四十九天，在穿破一打草鞋之后，从武夷山追赶青龙来到此处。

不仅如此，原本为佛寺的白花岩广福寺，还迎来了一位叫明显佛的民间杂神。被供奉在广福寺二楼的明显佛，本是当地的土郎中。他姓祝，名含燥，字明显，生于清道光二十八年（1848 年），娶张氏为妻，育有二子。明显行医，善用草药，医术高超，且因医德高尚而深受百姓爱戴。明显在二十五岁那年，神灵附身，神志愚拙，少餐忌食，对妻儿不管不顾，为百姓治病却日显神通。某一天，明显在白花岩采药，面前忽然出现一个闪闪发光的莲花托座，明显便纵身跳到上面，在岩壁悬浮了三天三夜。第三天夜里，明显托梦给白花岩广福寺的斋公，交代他们把自己的凡体塑成佛像。后来，广丰的沙溪村为其建了能安庙，供奉明显肉身佛，并把明显成佛之日定为庙会日，而明显佛的神灵则永驻于广福寺中。

尽管村落松散稀落，人口寥寥，民间信奉的尊神并不少，它们或者占山为王、独守一隅，或者虚怀若谷、护佑一方。比如，与明显佛、天侯圣母一道被尊为“铜钹三神”的马氏夫人，就是铜钹山区普遍祀奉的一位能神。

相传这位夫人本名陈凤，原是天宫中的仙女。因唐末世乱，陈凤萌生下凡劝善之心，投胎于洛阳陈州忠恕乡陈敬翁员外家。十一岁那年，陈凤在游玩时遇金光圣母，得其“先天大道”秘诀。十六岁时，陈凤许配给同乡马员外之子为妻，婚后不久，便潜心学道修行。修成得道后，便四处行游，劝恶化善，治病救难。行医到福建后，一富户为报答陈凤药到病除，愿为其选择有五道青山的地方立庙，竟沿着武夷山麓一路寻找，最后找到了一座名叫悟道尖的山峰。他按照陈凤的要求，在山上的茅草坪点火，火烧的面积有多大，就建多大的庙。可是，因为过火处并不宽阔，只能建造一座上殿。该殿取名为光明殿，后来被称作马氏夫人庙。不仅悟道尖有庙祀马氏夫人，铜钹山区的一些村庄，也把马氏夫人尊为村坊的保护神。

与悟道尖对峙的另一座山峰，也是怪怪的名字，叫上加尖。上加尖的庙里供奉的是天侯圣母。这位圣母俗名叫林姑婆，生于唐代，是福建泉州人，父母早丧。林姑婆年轻时，貌美心善，因为替村民向财主讨还炼铁权利而遭财主报复，财主将铁水泼到林姑婆脸上，害得其落下一脸大麻子。所以，人们又称其为麻子姑婆。麻子姑婆二十九岁那年的九月初九，天降狂风暴雨，地动山摇。为了拯救百姓，麻子姑婆毅然舍身祭天。此事感动了玉皇大帝，遂令唐朝天子下诏封其为“天侯圣母”，并塑金身、立庙于上加尖。此庙有条奇怪的规矩，要求所有朝拜者上山时，都要随身携带泥土、石头，聚沙成塔，以帮助山峰增高。上加尖，正是因此得名。

还有一位叫哀公禅师的神灵，传说是唐朝高僧中的传奇人物。哀公禅师本来在武夷山中务农，虽家境贫寒，但其事母至孝。此公终日蓬头跣足，不畏寒暑，膂力过人，涉险如飞，卧不设榻，特别是，还能预知休咎，施水疗疾，为民解忧。在即将圆寂时，哀公禅师自己堆积薪木，然后，坐在上面引火焚烧。尽管烈火熊熊、浓烟滚滚，人们却能清晰地听到悦耳的震铃和诵经之声。火熄灭之后，遗锐俨然，得坚固子数合。于是，乡民为其塑像供奉于铜钹山寺。平时，那儿香火鼎盛，每逢水旱灾年，膜拜者更是络绎不绝。后来的铜钹山寺竟发展到拥有五百个和尚。也是人多滋事，铜钹山寺最终因恶和尚多行不义，被前来围剿和尚的官兵付之一炬，仅有庙基残存。

天齐山庙则供奉着赵仙、圣母等菩萨。那赵仙不是别人，乃宋朝皇帝赵匡胤也。相传作为玉皇大帝派出的真命天子，赵匡胤手持神剑，带着狮虎二将和先锋神鹰，与为害天下的恶龙展开了殊死搏斗，一直追杀到此，才降伏了恶龙。

通过考察铜钹山区的民间信仰，我们分明感受到，在封禁的历史条件下，人烟不断蔓延的速度和温度；感受到人们请神灵引路，或者与神灵为伴，冒着巨大风险，执拗地深入武夷山中的艰辛步履。仿佛有太多的邪恶，潜伏在林莽之中；仿佛有太深的悬念，横卧在山路前方；仿佛有太凶的病灾，觊觎着每个平凡的日子。所以，人们只能把希望寄托给自己创造出来的神灵了，寄托给他们超人的膂力、神奇的医术、高明的道法，特别是他们身上无不具有的惩恶扬善、同情弱小的道德力量。

铜钹山区关于这些神灵的传说是耐人寻味的。从中，我隐约看见了江西许真君和福建天后娘娘的影子。在这里，赵仙刺杀恶龙的故事与许真君斩杀孽龙的故事极其相似，林姑婆的传说则很可能是由天后娘娘的传说演变而来的，同处武夷山中的铅山石塘镇，至今仍有“天后宫巷”这样的地名，足以证明，来自福建的纸商和造纸工人并不在乎天后娘娘本是海神，尽管生活在大山里，也要立庙祭祀她，因为她是自己最可亲近的保护神。其实，民间信奉的俗神之所以来历纷繁、丰富驳杂，很重要的一个原因就在于，他们故事的传布过程，往往是人们凭着记忆各取所需的改造过程，甚至是再创造的过程，以至于改头换面、张冠李戴、移花接木等情形，比比皆是。不用说在地域之间，同样的神灵会有不同的传说，即使在相邻的村庄里也是如此。而且，神灵们又总是佛道不分的。

铜钹山的点点香火，摇曳在历史的烽烟之中，却是雨浇不熄，风扑不灭。他们顽强的生命力，似乎也预兆了铜钹山从封禁到弛禁的命运变迁。从当地朋友搜集的清代多位官员的上疏来看，它的弥禁是社会发展的必然。铜钹山以及整个武夷山丰富的竹木等自然资源，正是来自四面八方的人们执着前行的巨大动力。铜钹山所在的广丰县，保存有建于清乾隆年间的王家大屋，整个建筑群占地四十余亩，除厅堂外还有房间一百零八间，三十六个天井和四个水池镶嵌在大屋的回廊之间。这座豪宅的主人叫王直贤，祖籍山西，正是因为经营纸业而定居于此。大屋正门朝向北方，似乎默默地传递着主人思念故园的深情眺望。既然如此，谁说那位来自洛阳陈州的马氏夫人，没有披露中原人闯进铜钹山营生的历史信息呢？也许，马氏夫人就是王直贤们为自己创造出来的保护神吧？她就像翘首顾盼着的慈母，把视线一直伸向远方，伸向游子的心中……

百花帐中的剪纸女神

剪纸妇女也有属于她们的神祇。

赣北长江边的瑞昌市是江西有名的剪纸之乡，在漫长的岁月中，南北文化的相互浸润与渗透，使得瑞昌剪纸融进了南方的花巧和北方的粗犷，渐渐形成一种粗细有致、刚柔并济的独特艺术风格。其历史至少可追溯到千年以前。据说，20 世纪 70 年代初，在瑞昌发掘了西晋古墓，其墓砖纹饰及陪葬陶器上的许多饰纹图案，与今天民间剪纸的常用花纹十分相似，手法和风格也如出一辙。人们将其视为瑞昌剪纸的雏形，并由此推测，瑞昌剪纸至少起源于汉、晋之间。

瑞昌峨眉一带有民谣唱道："好曲烧好酒，好米锻好粑；讨亲要巧姐，玲珑会剪花。"南阳一带则和道："走路要望水竹枪，敬神就要烧好香；求人只求英雄汉，讨亲要能剪鸳鸯。"此起彼伏的民谣生动地反映了瑞昌民间普遍重视剪纸的传统，而剪纸正是衡量妇女是否手巧、能否持家的重要标准。所以，"男人学犁耙，女人学剪花"，成为瑞昌农村根深蒂固的传统观念。

剪纸来源于帽花、枕头花、鞋花、围兜花、背褡花、儿童涎兜花、被面花、帐帘花等女红，那些剪花是刺绣必备的纸样，后来，逐渐发展为脱离刺绣而能够独立欣赏的剪纸艺术品，它不仅成了人们迎年庆节、贺喜拜寿的礼物，交朋结友、谈婚论嫁的信物，丧葬与祭祀活动中的用品，并且，每逢过年过节、喜庆之日，心灵手巧的艺人们喜用精巧的剪纸装点现场、营造氛围，以此表达自己祈福避祸、追求平安祥和的美好心理和愿望。可以说，剪纸是老百姓的生活艺术。

在瑞昌，小姑娘三四岁时，便要学唱一些古老的童谣：

张打铁、李打铁，
打把剪刀送姐姐；
姐儿乖、姐儿能，
剪个刘海戏金蟾；
蜂采菊，人采花，
剪个蝴蝶戏金瓜……

蛤蟆跳缺，剪个蝴蝶；
蝴蝶飞飞，剪个乌龟；
乌龟脱壳，剪个麻雀……

童谣中的这些祥瑞形象，常见于瑞昌剪纸的图案中。此外，还有龙、凤、麒麟等传统图腾，狮、虎、猴、兔等吉祥动物，以及花、鸟、虫、鱼和神话、戏剧人物等，而且都有美好的寓意。瑞昌剪纸常见的品种有窗花、团花、喜字花饰、灯彩花饰、花边、戏剧道具、灵屋花圈等。瑞昌的剪纸能手绝大部分是女性，其中的高手往往可以闻名几十里甚至几百里，受到四乡八邻的赞誉。

在这样的生活氛围中，剪纸之神应运而生也就不奇怪了。瑞昌剪纸发展到宋代，产生了一个美丽的神话。传说，南阳乡有一位剪纸、刺绣技艺高超、聪明美丽的邹姓姑娘。一天，她正在窗下剪花，忽闻村中锣鼓喧天，便探头张望，原来是乡人抬着俗神元福主游春。岂料，那元福主也是多情种，就在姑娘探头张望的那一瞬间，元福主竟然对她一见钟情，当即化为一只蜜蜂飞到姑娘身旁，向她求婚。姑娘又惊又喜，把此事告诉了母亲。女儿能被元福主看中，就是仙缘，母亲自是欣然。次日，蜜蜂再来，得到姑娘的应允，便蜇其一下，那是叫人灵魂出窍的深情一吻。姑娘当即仙逝，随元福主升天而去。乡人十分怀念邹姑娘，就为这位姑娘塑了金身，与元福主菩萨供在一起。邹姑娘成了人们心目中的剪纸女神。这大概是世上唯一的剪纸女神了。

据说，南阳乡曾有供奉剪纸之神“邹氏太婆”的千年古寺，寺中有僧人主持，常年香烟缭绕。排砂村“元公祠”，其实也是人们祀奉元福主及邹氏太婆的所在地。元公祠分为前后两栋，前栋是佛寺，供奉佛教列位菩萨；后栋则是福主殿，神龛镶有玻璃而玻璃积尘太厚，看不清内中的神像。听说里面有两组元福主和邹氏太婆神像，一组常驻殿内，一组专供游神。殿中一角，存有看上去挺古朴的神轿，可村人摇头说：“它还年轻。”我们进村时见一位婆婆正在绣花，有朋友问她：“你有八十岁吗？”她的回答是：“还增一点儿。”在这里，“增”是还差一点儿的意思。可见，方言里也蕴藏着耐人寻味的民俗精神。

因为邹氏喜爱剪纸和刺绣，当地百姓就用“百花帐”做神龛前的帐帘。所谓百花帐，是由许多许愿求神者先剪一百张菱形纸样（又称方胜），再挑选一百名能剪会绣的未婚姑娘，由她们按纸样贴料，各自剪出自己最拿手的花样而后进行刺绣，再把每块刺绣连缀起来，便成了献给元福主和邹氏太婆的百花帐。每块刺绣上都留有绣者的名字。想来，那些名字不仅仅是为了告知神明，也是为了在百花丛中竞芳斗艳吧？所以，参与者皆为高手，用料也颇为讲究，刺绣色彩鲜艳，花样题材尽取寓意吉祥的花卉、动物纹样和神话故事图案。

每隔几年，南阳乡一带都会举行盛大的祭祀活动。届时，要把众手制作的百花帐，隆重地挂在元福主和邹氏太婆的塑像面前。这样，两位神主面前的帐帘常挂常新。当地百姓认为，有姑娘被挑选出来参与这项活动，便是家庭的荣耀。听说，做百花帐的习俗已延续了近千年，至今仍在继续。这一独特的传统民俗活动，实际上也成了当地剪纸、刺绣技艺交流和传承的重要载体。在瑞昌，诸路神灵仿佛都艳羡元福主，什么灶神、门神、天花姑娘、令公娘娘、土地公、土地婆，它们一个个也都成了剪纸、刺绣的爱好者，各种祭祀活动无不荟萃了精美的女红作品，从活动场地的布置，到祭祀用具的制作和美化，从主持人的道具，到男女老幼的穿戴。

而那位能让邹姑娘得道成仙的元福主又是何方神圣呢？元公祠其实为我们提供了明确的答案。原来，安史之乱时，唐代诗人、散文家元结举族南奔，先后避居于湖北大冶与江西瑞昌，以耕钓自全。在瑞昌隐居期间，他因兴办学堂、免费行医，深受村人敬仰。那座祠堂始建于公元760年，原为“次山书院”，是元结教书之所。元结死后，当地百姓感念他的恩德，遂将书院立为元公祠，并尊元结为福主。历史上，该祠香火旺盛，当地百姓每逢初一、十五都会前去敬香。村外的小树林里，还有元福主衣冠墓，墓旁也设有小祠堂。现在的元公祠，系“文革”中被毁后于 1987 年重建的。

诗人竟成了老百姓世代膜拜的神明，这真是一个意外。元结继承《诗经》、乐府传统，主张诗歌为政治教化服务，要“极帝王理乱之道，系古人规讽之流”，认为文学应当“道达情性”，起“救时劝俗”的作用。他以诗歌内容富有现实性，风格质朴淳厚，成为新乐府运动的先行者。他的散文，刻意求古，意气超拔，故后人又把他看作是古文运动的先驱。不过，元结的文学成就是绝不可能转化为能让老百姓虔诚信奉的神明的。造访古村落的经历，让我看到了这样的事实：一个文豪如果没有成为金戈铁马的英雄，或叱咤风云的名宦重臣，也就没有可能成为民间的神明，充其量也只是个文人而已，哪怕他的功名才学为族人、为后代所尊崇。

这就是说，瑞昌民间之所以把元结奉为自己的福主，根本的理由在于，他是一位富于正义感、关心国家安危与人民疾苦的政治家。比如，元结在道州刺史任上，实行惠及百姓的救困苏民之政，甚至甘冒抗命之罪，蠲免百姓的赋税，因此赢得民心，为百姓所爱戴，道州人就曾为其立石颂德；而在瑞昌南阳乡一带，他的事迹通过民谣世代相传，直至如今。人们这样唱道：“元结夫子，治病神仙，济世救贫，矢志终身，任何难症，药到除根，华佗扁鹊，难及先生。劳苦百姓，其视苍天，佑我夫子，福寿万年。”

因为是个好官，这位杰出的诗人得以与美丽的剪纸姑娘一道，在五彩缤纷、常常更新的百花帐中居住了千百年。千百年来，多少妙龄女子纷纷变成了太婆，而他们的蜜月仍未有尽期……

在韩国江陵过端午节

打折的团体机票便宜得可以，从南昌出发由上海出境到首尔，往返才两千六百元人民币，可见中、韩两国距离在咫尺之间。文化如随风飘去的树种落地生根，也就毫不奇怪了。

凭着江陵市关于参加端午祭活动的邀请函去办出国手续时，一工作人员称："端午节是我们中国的，却被他们拿去'申遗'了，你们还去给人家捧场呀！"

这真是一个令人难堪的话题。说心里话，我正是怀着惘然若失的心情降落在仁川机场的。入境后，巧遇几位由北京飞来，也是应邀去参加端午祭活动的著名学者，一阵寒暄后，都忍不住谈到头一天早晨在电视里看到的新闻——W 市近期发起了一场声势浩大的"砸龙舟运动"，其辖区内 X 区、Y 县所有乡镇近千条龙舟悉数被毁。而我则是在飞机上通过《文汇报》刊载的一幅漫画得知的。一幅关于中国端午节的漫画，竟飞往了韩国端午祭的现场。

呜呼哀哉！这样一来，我们的端午节真的沦落为名副其实的"粽子节"了。

其实，天下何止一个 W 市。我后来在别的地方无意间谈起此事，没想到，当地的朋友漠然一笑，说：这算什么，我们这里好多年前就禁绝了。

为什么？早先的理由与封建迷信、宗族械斗有关。W市的理由就比较与时俱进了，称：主要是因为端午节期间划龙舟人员较为集中，容易诱发安全事故和治安事件。

也是巧了，端午节前的好些天，我在W市另一个县一位领导的办公室里，正好听到该市在发布“收购龙舟”的指令。但那位县领导毫不犹豫地拒绝执行，我听到了那斩钉截铁的回答：“这是伤害老百姓感情的事，做不得！”

那个县的赛龙舟活动照常举行。让舆论一时哗然的W市，多少也因此挽回了一些面子。

后来，我得知，W市如此决策，是照顾了老百姓的利益的，所以，砸龙舟是以收购的形式进行的，即根据龙舟的新旧程度，每条龙舟由当地政府赔付给村民一千至三千元人民币。据说，当地财政为此至少支出二百万元人民币。

因为那些寿终正寝的龙舟，我们的江陵之行注定是感伤之旅。

江陵是个靠山面海的小城市，人口仅二十四万。它曾是古国的首都，当时有“舞天”的宗教庆典活动，端午就是五月祈求丰收的播种庆典。江陵端午祭形成大规模的庆典习俗，早在1603年即有详细记录，其内容包括从农历四月起的锯神木、迎神、演戏等一系列祭祀习俗，以及融“大关岭山神祭”与“村庄城隍祭”于一体的村落祭奠等，参加人员上至达官贵人，下至黎民百姓，形成官民合一的庆典形式，而这些庆典均与地区的“大关岭山神”“大关岭国师城隍神”“大关岭国师女城隍”等神话传说相联系，意味着“地区历史”“地区人物”已成为人们心目中敬奉的对象，成为这一地区独立的信仰体系，因而具有明显的地域性。这样的祭祀活动，除了有保存文化、辟邪求福的功能，还蕴含着陶冶民众性情、防止各族姓群间的分裂，以实现大同社会的目的，这也是江陵端午祭得以流传至今的根本原因。

大巴车离开机场经过三四个小时的行驶抵达江陵。这天是农历的五月初三，匆匆吃过晚饭，我们便被催着上车去观看民俗活动。显然我们已经迟到了，挤进一座人头攒动的广场，只见为我们预留的场地上放着一盏盏六棱形灯。提在每个人手上的灯是一样的，内置一根蜡烛，外裱剪纸纹饰，其上有“江陵端午祭”字样。几支当地的队伍在台上做简单表演后，天色已暮，这时，我们才感觉到接下去的活动是踩街。因为担当联络员的志愿者，对活动的具体安排并不清楚，让我们带去的萍乡傩队甚为遗憾。如果知道要踩街，穿戴上服装面具，岂不是一次极好的展示机会？

参加踩街的不仅有来自世界各地的民间艺术表演队伍，更多的是市民，包括抱着、牵着孩子的妇女。在市区里的行走约莫四十多分钟，鼓励人们坚持的力量大概来自信仰吧？

我们在浩浩荡荡的队伍里，就像江陵的市民，带着灯的祈愿，追随着灯的方向。

踩街的终点是江边，是水面。络绎不绝的灯纷纷入水，随流水而去；络绎不绝的人纷纷登高，望灯祷祝。这放河灯的场面，我们应该非常熟悉了，在文字里看过，在传说里听过，通过想象我早已领略。有一年春节，我凭着报纸上的线索，想去看“故乡的河灯”，便和那位作者的“故乡”联系，然而“故乡”在县志里，河灯也在县志里，也许那位作者盼之心切吧，竟让“死去”的乡俗复活在他的想象里、文章里，且写得煞有介事，仿佛曾身临其境一般。

真没想到，亲睹河灯，却是在异国他乡！

我想起儿时的端午节。在我成长的小城，也是这般热闹。

在节前几天，就可以听到四乡传来的隐约鼓声了。不知道是为龙舟下水举行仪式呢，还是热身。那鼓声仿佛来自遥远，来自梦中，是一种暗示，也是一种召唤。孩子们是最敏感的，迅速地做出了反应。他们的胸前因为那鼓声，而戴上了红线编织成的小网兜，网兜里装的要么是粽子，要么是蛋，一些女孩则喜欢放入一只红的或青的李子，像一种饰物，很是好看。

一条通往江边的长街，两边店铺的门头上，都挂着两束植物，一束是剑一般的菖蒲，一束是我认得的野艾。我认得它是因为刚刚被大人逼着用艾叶熬的水洗澡。大人还以粽子为诱饵，让孩子乖乖地在眉心处抹上雄黄。

端午节前后，必定要下几天大雨，江里必定要涨水。但那时的雨很多情，很人性。节日那天几乎都是时晴时雨，孩子们管它叫“太阳拉尿”。我年年淋着“太阳尿”在江边看划龙舟。“太阳尿”让龙舟很开心，穿着蓑衣来的汉子干脆打着赤膊。咚咚的鼓声湿了又干。

那时竞渡的龙舟并不多，每年也就五六条吧，这是永远不服输的一群，所以，他们年年相约。赢了，当然就是龙头老大，据说奖品是粽子。有时候眼红了，难免争抢起来，以至于拳脚相向。

作为孩子，我们其实揣着幸灾乐祸的心理，是希望隔岸观火的。有一年，龙舟上有个鼓手可能是得意忘形，身体失衡轰然落水，两岸的观众一起欢呼，孩子们更是雀跃不止，那人落水时的姿态叫我们模仿了好些天。

可是，直到我们长大后龙舟消失了，我并没有看到真正意义上的斗殴。

在江陵，我却差点儿与主办方斗气了。我们带来的傩舞节目时长不过十分钟，在出国前已得到主办方认可，谁知，这是因为组织的粗疏和衔接的不便，双方间产生了误会。在当面为此事磋商时，对方有位负责人把话说得比较难听，我一时性起，让主人难堪了好一阵子。当然，最后还得握手言欢。

好在萍乡傩队带了锣鼓家什，离开了伴奏带，也能撑满在端午祭现场表演的一个小时和为专家做专场表演的一个半小时。这一具体的表演安排，我们直到正式演出的前夜才得知。

端午祭活动场所设在江边，叫“端午场”，两岸的帐篷排成了两条购物长街，被称为“乱场”，靠城市一侧河沿上搭起了两座临时舞台和一座临时祭坛。各支表演队伍按照指定的时间段，由联络员领着找到舞台，后面的排练或正式演出就是自个儿的事了。

观众如流水一般，来去很随意的。我感觉人们更热衷于购物，坐在舞台前的大多是在此歇歇脚，各种民间艺术表演都很难长时间地吸引人们的眼球，主要是营造气氛罢了。

但是，江陵本地的传统民俗活动却深受市民的喜爱。江陵地区的端午祭活动真是丰富多彩，除指定的儒教式祭仪和巫俗祭仪外，还有诸如官奴假面戏、农乐竞赛、儿童农乐竞赛、汉诗创作比赛、乡土民谣竞唱大赛、时调竞唱大赛、拔河、摔跤、荡秋千、射箭、投壶等娱神和娱人的民俗活动。

在节日里，最亮丽的就是游戏着的妇女和表演着的孩子。在高高的秋千架旁，在投壶的棚子里，妇女们穿着鲜艳的民族服装，不时发出一阵阵极为夸张的惊呼或掌声；而在“农者天下之大本”的旗幡引导下，敲锣打鼓的孩子们仿佛行进在他们绚丽的帽饰中，如一片片彩色的绒球，一簇簇洁白的羽毛。对了，我注意到，在这个五彩斑斓的传统节日里，红与蓝是主色调。红与蓝，是一种寄寓、一种抒情吧？

初五上午，我自个儿在端午场漫游，无意间发现了那座临时祭坛。祭坛上方供奉着花篮和果品，场下端坐着许多神情庄严的观众，他们大部分应是信士吧。我知道，在这里举行的就是从初四至初七的“朝奠祭”。由于端午祭是祈求江陵、岭东地区丰收太平的礼仪，因此，江陵官员依次担任初献官、亚献官、终献官。主管执事选自德高望重、经验丰富的社会贤达。先举行儒教祭仪，以奉读汉文祝祷词的形式进行，祝祭的内容涉及除祸招福、健康安宁、治愈疾病、农渔丰收、禽畜繁盛等，每次约一个小时。之后，便开始举行巫俗祭仪，直到深夜。

这就是说，毕恭毕敬跪拜在祭坛前的那些男人，不是当地官员，就是社会名流。

他们跪拜在千年的民风里，跪拜在民间的信仰里。

儒教祭仪和巫祭所保持的原生形态，正是端午祭历史价值、文化史价值和美学价值之所在，也是被列为韩国国家指定的无形文化遗产的根本所在。

我后来无意间看望了那些被砸毁的龙舟，仿佛鬼使神差一般。我本来只为看看一座祠堂戏台，谁知，进了那座百柱祠堂，我首先看到的竟是架在头顶上的龙舟。

受了伤的龙舟在呻吟。有好几条。其中一条还是新的，年轻得就像一位血气方刚的小伙子。也许是人们心有不忍，或者是苦肉计吧，只在它的船头部分砸了个不难修补的洞。

憩息在宗祠里的龙舟，正好证明它与宗族的亲密关系。听说，在赛龙舟时发生的械斗，往往是因为举什么旗引起的。有的地方以乌龙为大，便有村庄或族姓在竞渡之前就高举乌旗妄自称大，于是引起别人的不满。若然，何不参照“流动红旗”、锦标赛的智慧，让那乌旗也流动起来？也许，事情并不那么简单，但砸的做法无疑太简单，简单得叫人不可思议。

平时躺在宗祠里的龙舟，到了端午该下水时，一定也有庄严的仪式。可惜，我不曾见识。但我在农村插队时，隐约感觉到了。我插队的农场后面有座山，传说是当地龙脉所在，在山上某个洞中撒把谷壳，会在十多里外的江面上出现。每年端午节前，都有老农很确切地告诉我，他们听到了阴鼓响。他们把身体出现的奇怪的疼痛，认定为被阴箭射中。在他们的信仰中，有着怎样神秘的世界！

尽管我曾一次次在他们的示意下，用心谛听，却从未听到。我缺少信仰的耳朵。

阴鼓好像是自然的暗示，季节的暗示，是神灵与人的一种沟通。踩着急遽的鼓点穿浪疾驶的龙舟，曾经有着怎样的精神负载？

盛装的人们在享受着自己的节日。桥上的旗帜猎猎飘飞，那上面喷绘着关于端午祭活动的图片，是历史，而我眼前的场景与其如出一辙，是现实，也是历史。这大概就叫传承吧？

在该吃粽子的这一天，我们与江陵一道在享受着它的节日。在这一天，韩国人要吃艾子糕，喝薏仁汁，妇女们用菖蒲汤洗头发或饮用菖蒲水，或用菖蒲露化妆，称为“菖蒲妆”，士大夫人家的门柱上贴朱砂符借以辟邪，君臣之间要互赠端午扇表示祝贺。仅由这些传统习俗，也不难看出中国文化对其的影响。然而，在分享过江陵的欢娱之后，我们便只有怀想粽子、悼念龙舟了。

据说，每年的端午祭期间，来自韩国和世界各地的分享者达百万人之多。看来，对于民族的传统节日，只有自己传承下来、重视起来并且尽情地享受着，才有可能让别人来认可、来分享。

当然，江陵给我的启示远远不止于此，所以，我讨人嫌地追忆着龙舟。不知这段文字能够回答关于“捧场”的质疑否？

我记下江陵之旅，个中心机，明眼人一看便知，是期望人们珍视乡村随时可能丢失的拥有而已，千万手下留情。

樟树市里话樟树

樟树市的前身叫“清江县”。20 世纪 80 年代末清江县撤县改市，才有了“樟树市”的命名。自秦朝立郡县制到南唐升元元年以“清江”命名建县前的 1158 年间，樟树竟然是“有其地而无其名”。尽管如此，在这 1000 多平方公里的境地上，先后有新淦、吴平、始平三个县在此建立县城。到南唐升元二年（938 年），在萧滩镇建清江县后，仅 54 年，萧滩镇又一跃而为北宋的临江军，其后便为元、明、清时的路、府郡城，其时长达 920 余年。

这块风水宝地，几乎成了各个时代的宠儿。一辈又一辈的老祖宗之所以如此珍视它、迷恋它，其中最重要的缘由，莫过于那般优越的地理条件了。

流贯南北的江西第一大河赣江，在樟树境内与主要支流袁河合流后，来水大增，江流浩荡澄澈，此段江流故得名“清江”，南唐建县时则以水为名。我以为，冠名“清江”，恐怕也表达出了樟树人置身于山明水秀的膏腴之地的那番欣慰和自豪。因为，山明水秀不仅昭示着这里土肥水美，能为人们的生计提供可靠的保障，更重要的是，山明水秀恰好是生气的表征，是可以化成万物的希望所在。不错，清江两岸，远延岚翠，近挹波光，美色天成。在这里，既有土肥水美的踏实无忧，又有通达四方的舟楫之利；

既有关乎休养生息、安居乐业的自然条件，又有维系性情学养、气质精神的生态环境。在樟树的土地上，自古便有“临江八景”之说概括当地名胜。

这八景，显然有着浓重的风水意味。曰慧刹青松、龟石春涛、金凤朝阳、萧江渔乐、芦汀落雁、蛟溪夜月、樟镇归帆以及阁峰晴雪，最后者指的是道教圣地阁皂山，望之形如阁、色如皂，故名。那金凤朝阳，金凤洲形似凤，其首北向。古谶云“金凤洲圆丞相出”，乃取其展翼飞举之意。明崇祯年间的清江知县秦镛有诗称：“中舟插竹又编篱，路似桃源境最奇。我欲卜居偕凤隐，楚狂休道德衰时。”知县视之为奇境，知府却未必。传说古时曾有人发现金凤洲上有一只金母鸡领着十只小金鸡，竟被北宋的临江知府王钦若视为不祥之兆，他在面对金凤洲的城墙上开一道门，叫“狐狸门”。此后，洲上的金鸡就不见了。结果，临江地区在王知府之后，再也没出过宰相。这一传说读来颇有趣，明明是发达的旺象，硬是叫糊涂的临江知府断了有志之士的宰相梦。

不过，历代众多文人墨客是识得形胜之地的。他们流连在樟树的山水间，吟咏不绝，或叹“层层碧嶂来无尽，滚滚清江远莫追”，或云“平川汹汹经南国，匹练横托半天碧”，或赞“夹岸桃花燕子飞，一江春水鳜鱼肥”。而范成大在诗中描绘的则是一幅令人赏心悦目的风水佳构：“南来富寿冈，形胜此蟠结。……萧滩曳长烟，贝阙炯残雪。江流当带横，练练浮木末。天风来无乡，万里吹醉缬。”其中的富寿冈，又称章山，其山有袁水环流山南，有萧江绕过山北，被县志称为县之镇山。北宋文学家、与子苏轼和苏辙齐名而世称“三苏”的苏洵，有诗《送任师中任清江》云“君今始得县，翱翔大江干。大江多风波，渺然天欲翻。浩荡吞九野，开阖壮士肝”，“未尝见大物，不识天地宽”，“又当适南土，大浪泛目前。胸中芥蒂心，吹尽为平田”，如此等等。他居然为一位四川老乡任清江主簿而喜形于色，因为在苏洵眼里，这里有“浩荡吞九野”的大风水！所以，“吾想君至彼，胸胆当豁然”。

赣江曾在樟树境内绕成一个巨大的S形，将樟树境域分成河东、河西两部分，旧志称：“清江如太阴半月之形，合峰抱之，如祥云捧月。”那半月之形被视为“灵秀所钟，迭产名贤”之象。

祥云捧月，一个多么动人的意象。我不由得怦然心动。仅凭走马观花得来的印象，也能体悟樟树的好风水、大风水。其实，咀嚼历代留下的诗篇，不难时时品味到诗人们对樟树风水的感慨。所谓“层层碧嶂来无尽，滚滚清江远莫追”，便道出了它的来龙之远、去脉之长。

有意思的是，早在3000多年前，先民就有了风水意识。如若不信，请看吴城遗址。那个商代遗址整个面积达4平方公里。围绕吴城村而堆筑起的祟墉——商代土城，是遗址的中心区。巍峨壮观的土城，前有萧江做护卫，浩渺回环；隔江对面又有律坪作案山，秀列如屏；后有三岭做主心，翠耸如画；左有马鞍山，循环拱抱；右有木鱼山，关锁水口。其形势真是人类筑城的绝好选择。由此可以看出，先民定居择址在这风水胜地，安全稳定无疑是首选条件。以青山为障，安全无虞；有竹木成林，衣食无忧。随萧江蜿蜒流去的一河叶影花容，终于也把吴城人安居乐业的梦想裹挟了去。听说，考古人员两次解剖西城墙时，仅15平方米的城壕底部就出土人头颅骨21个，据对出土部分颅骨的鉴定结果，年龄大都为 20 岁至 40 岁的青壮年，有的头颅顶骨和下颌底部有明显刀砍或锐器击打的伤痕。据发掘者分析，当时可能发生过较大规模的攻守战，吴城城址的废弃应和那次战争有关。

我无从追问他们去向何方。但是，我刻骨铭心地记得他们来过。不，一直生长于此的他们才是这块土地上的主人，他们把这座宜耕宜渔宜牧、宜于蓄养生气的盆地当作母亲。我想，当年在铸铜和酿酒的闲暇之际，他们一定也会远眺那祥云捧月般的半月之形。

樟树东南隅的阁皂山，把澄澈的赣江捧在怀里。阁皂山在赣江东岸绵延 200 余里，其东南与樟树最高峰玉华山相连。那一座座好山仿佛是飘然而至的天仙，捧着关于月亮的心灵影像。在樟树，这个心灵影像也是美丽预言，它投映在众多的杯中和心中，成为一方土地的吉祥符号，凝聚了人们的共同情感指向，共同精神寄寓。

赣江在清江盆地的山水间为此地描绘出一幅动人的“灵秀所钟，迭产名贤”之象，而枝干壮硕遒劲、树冠蓬勃如云的樟树，一定是根扎在大地人心深处的吉祥之物。

樟树，一种广布长江以南的常绿乔木，喜好酸性土壤。在江西，无论深山、丘陵，还是盆地、平畴，樟树随处可见，或者茂密成林，或者三两结伴，也有特立独行的。在我们寻寻觅觅的视野里，那亭亭如盖的绿就是樟树了，那巍巍如屏的绿就是樟树了。

村庄、城镇都乐于以樟树为邻。江西颇可以指着团团簇簇的绿，自诩为“无樟不村”“无樟不城”。不错，樟树的确是最亲近人的树。它可以用它巨大的树冠，荫护一个地名，像老母鸡温暖的羽翼；它可以用它壮硕的躯干，把一个地方的历史刻录于年轮，像一位高寿的亲历者。当然，它更多地体现出一种平易的亲切。日日站在码头上、古道边，眺望季节的来路，哪怕自己已经老态龙钟；或者，厮守着千年的诺言，一棵棵枝叶相挽，根系相连，环绕村庄或落户城中，就为了让耕牛有个反刍生活的去处，让行人有个遮阴歇凉的去处。即便树的内心腐朽蚀空，它的枝叶风华依然。

但是，樟树与江西大地的亲密关系，想来不会仅仅出于大自然恩赐的渊源，一定还有着精神上的勾连。它根系发达，根基茁壮，多像一部族谱所炫耀的家道；它枝繁叶茂，浓荫蔽日，多像一座祠堂所寄寓的祈愿；它四季常青，百年不老，几乎就是宗族观念、生命意识的核心要义了。还有什么树能够替代樟树，成为民间理想的精神对应物呢？考察民间禁忌，我们还会发现，大部分禁忌的形成，要么与事物谐音的意义不祥有关，要么与事物的某些特性有关。比如庭植的诸多禁忌中，北方许多地方忌栽桑、桃，因其与“丧”“逃”谐音，忌栽柳、楝，因柳不结子而楝为苦果。凭此，不妨作一番主观臆想：在“家家生计只琴书，一郡清风似鲁儒”的古代江西，人们对樟树的那般钟情，大约也寄托了人们期冀“文章铺路”“文章立身”那蓬蓬勃勃的人生理想吧。

于是，樟树终于成为一个地名。这是一个蓊蓊郁郁的地名，一个醉卧在赣江、袁水汇合处的地名。樟树，好大的一棵树！它的根系发达健旺，深扎在数以千年计的时间远方；它的枝干苍劲多姿，一根根彼此砥砺相互扶持，恍若结构着一座恢宏的建筑；它的树冠繁茂阔大，荫佑着 1200 多平方公里的土地。

作为地名，樟树古老而年轻。这一矛盾，是它曾经“有其地而无其名”的历史造成的。可是，樟树果真曾经“有其地而无其名”吗？其实不然。一个大大的樟树镇，早就赫然出现在古人的诗词里。南宋大诗人杨万里有诗《明发新淦晴快风顺约泊樟镇》云：

雨到中宵歇，心知逗晓晴。排云数峰出，漏日半江明。风借轻帆便，天催懒客行。不应樟镇酒，无意待人倾。

宋代理学的集大成者朱熹有诗题为《樟树镇晚眺》。南宋初宰相周必大所著《南归录》中两次写到樟树称为“樟树镇”。元初四大家之一的著名诗人、清江人范德机有诗题为《得樟树镇便，寄家书》，另一元人叫何中的，则以《樟树镇五公寺》为题作诗。明代理学家吴与弼留有《宿樟树镇灵锋寺》一诗，清人以樟树为题的诗作更多，其中，清康熙四十二年进士、官至翰林院编修的查慎行，索性以《樟树镇》为题，赞曰：

潇滩流下棹歌声，一曲清江见底清。老树不知生意尽，尚凭古社占村名。

此诗大致透露出樟树作为地名的缘由。樟树，古称淦阳，别称鹿江或鹿渚，再称清江，至于使用樟树作镇名的确切年代尚无正史可考。清道光年间《清江县志》记载：“木之属有樟，诸材独此为最，故古称豫章地，以材著也。”就是说，樟树镇得名于樟树多。

民间传说索性把得名的由来具体化了。相传，古时淦阳的此地有彭、刘、喻、杜四个大村庄，附近樟树成林，其中有九棵最大的，依次生长在渡口及附近的江岸上。人们在渡口的两棵樟树下卖茶摆摊，而过往行人也多憩息此处。长此以往，渡口热闹起来，摊点随之发展成为店面和街市，樟树人称这里为“土街仔”。土街仔把四个大村庄连成一片，成为古樟树镇的雏形，所以，土街仔渡口也是樟树镇“起根发苗”的地方。由于没有特殊的地形地貌，故以树为名，称此镇为“樟树”。传说，渡口的两棵古樟作古后，人们遂将它俩的一位近邻，视为樟树镇命名的证据和证人，甚至言之凿凿地称其乃查慎行诗中所写的“老树”。那棵老树活到解放初期，那时尚存五六米高、四五人合抱的树身。

关于地名来历，另有两则民间传说。其中一则为《聂友射鹿》。东吴的聂友官至丹阳太守、豫章郡新淦人氏。某日，聂友带兵路过淦阳，适逢中秋之夜，他独自到江边赏月，忽见一只白鹿从林中窜出，奔到距他百丈远处居然停下来，一动不动。聂友自是惊喜，张弓搭箭射向白鹿。可是，近前一看，明明应声倒地的白鹿却不见了踪影。翌日清晨，他发现射鹿的箭矢竟插在大樟树上，便命令兵士砍伐那棵怪树。岂料，斧落树出血，斧起伤愈合，总也砍不倒树。聂友大怒，遂夺过斧头亲自砍伐，顿时，血止树倒。他索性把那棵樟树锯开，监造了一条木帆船，送给当地作为义渡。后来，遭遇一次风暴，赣江中的木帆船都被吹翻或撞破，唯有聂友监造的那条樟木船毫发未伤。于是，人们拜聂友为神，在义渡口立聂公庙，从此樟树渡口平安无事，故有民谚赞道：“走遍天下路，樟树好过渡。”

流传较为久远和广泛的传说是《胡惠超除樟妖》。《南昌郡乘》记载：“胡惠超，唐初隐西山之洪井。”《榆溪逸稿》记载更为详细：“胡惠超西山人……世谓之胡长仙……祈雨祷晴，能同时分界……豫章古郡治有大豫章为祟，岁取民女一人为祭，乃免灾疫……自秦时而苦之，后汉改郡治为庙，则怪益肆。至唐，值惠超过庙前，为风雨所挠，惠超大怒，遂命雷伐之，其树逆而上，止于清江之界，由此地受樟树之名。超即树之立僧果观以镇之，宋复改为元妙观也。”

我之所以穷究并玩味樟树这个地名，是因为其中藏匿着不少弥足珍贵的历史信息，从而或可窥见一个地域的民俗心理。比如，在上述传说里，原本为怪为祟的樟树，因下水为舟或“逆而上，止于清江之界”而恍若神圣。这一说法，与江西各地流传的关于从水上漂来傩面具和各种神像的传说何其相似乃尔。来自水上的圣物，还有蕴有神示的木头。在农耕时代，江河是丰年的来路，也是天灾的来路；当工商兴起，江河是财富的来路，也是人祸的来路。也许正因为如此，在人们的意识里，既造福于百姓又潜藏着灾祸和凶险的江河，便成为神明的重要来路。樟树，一定是樟树镇的保护神；樟树，一定是樟树人的吉祥物。

树木的形象只有被文人赋予了某种品格，成为寄托文人精神的象征物，才可以进入诗词歌赋中的，比如最常见的松柏、桃李、梅竹。所以，在古代诗文的经典里少有樟树的踪影，尽管历代江西文学大家灿若群星。不过，凡俗的樟树在《樟树历代诗词选》中，却是枝叶摇荡，气势凌云。如清初官至刑部尚书的龚鼎孳在《樟树行》中这般歌吟道：

> 古樟轮囷异枯柏，植根江岸无水石。风霜盘亘不计年，枝干扶疏讵论尺。望中转柁愁易过，道旁掉臂真可惜。其下萧瑟枫林青，其侧参差茅宇白。十年跃马桑乾东，双松诘曲慈仁宫。紫鸽翔舞避偃蹇，苍龙蜒蜿回虚空。今来荒野忽有此，数亩阴雪争天风。当时万幕驻金甲，大树飒沓开神功。勿言将压烦榱栋，傲睨高原川谷重。寒翠宁因晚岁雕，孤撑不畏狂澜送。地近军城耀水犀，天开阿阁巢云凤。自古全生贵不材，樟乎匠石忧终用。

我之所以不厌其烦地把这首长诗抄录于此，原因在于，我被这棵古樟“数亩阴雪争天风”“大树飒沓开神功”的气势震撼了，被它“寒翠宁因晚岁雕，孤撑不畏狂澜送”的风骨感动了。古樟的品格和精神会化作某种基因，遗传在它所荫佑的人们的血脉里吗？

知县秦镛登临江府治圃中的一览台不禁慨叹：“台基荒落今非昔，古树婆娑尚有灵。地势融流称水国，天然重镇得金星。试占云物当为端，却望炊烟几处青。最喜章山春雨后，流泉处处入农轻。”

古树尚有灵，章山为镇山，更有地势融流，樟树真乃上佳风水宝地也。要知道，水是大地的血脉，水是大地的气场，水才是真正可以显灵的神圣。融流于樟树、汇注成水国的源源活水，正是化成万物的生气所在。

清江，被阁皂山抱在怀里；樟树，被祥云捧在手里。

叩问石塘寻洛阳

石塘镇在鹅湖书院的前方，在永平铜矿的前方，在横亘于闽赣边界的武夷山下，在一条满是鹅卵石的河流上游，在厚厚的故纸堆里，在薄薄的折扇之中。

石塘镇是一本本奏章，一册册典籍，一页页契文，一轴轴书画……对了，石塘镇是纸上的古镇，纸上的家园，为纸而聚居于纸上，因纸而扬名于纸上。

我通过纸的倾诉，得知了石塘；

通过石塘，我要叩问纸的消息。

河床无语。虽然，因道路泥泞我不得不绕行，此时依然下着小雨，而那么宽的河面上，却只有一线细流蛇一般地游走，团团簇簇的茅草齐人高，草秸上飘摇着上次山洪留下的纪念物。满床的石头更是历次山洪的见证。

枯槁的河流是一种暗示。暗示着石塘已经老去，纸的历史已经发黄。因为，水是纸的生身父母，是纸的肉体和灵魂。不信，请读清人程鸿益所作的《铅山竹枝词》：

未成绿竹取为丝，三伐还须九洗之。

煮罢皇锅舂野碓，方才盼到下槽时。

双竿入水搅纷纭，渣滓清虚两不分。

掬水捞云云在手，一帘波荡一层云。

这首词，生动形象地描写了铅山纸包括石塘纸的制作全过程，民谚则称之为“措手七十二，一纸方荡成”，而在造纸的这么多道工序中，始终离不开水。石塘镇是纸做的，而纸又是水做的。

那么，我为干涸的河床而感伤，也就不奇怪了。

然而，流水有情。原来，水早已走街串巷，登门入户。它在古镇的长街边徜徉，在许多人家的庭院里流连。像一个袅袅娜娜的女子，在雨巷中时而隐没，时而显现，狐媚一般；又像一帮捉迷藏的孩子，纷纷藏进别家的门户，甚至谁的床下，终是憋忍不住，在大门前探出明澈的大眼睛。

这是一条长达两千米的官圳，明嘉靖年间由铅山知县倡建。官圳在南面的石塘河上游引水，入口处的来龙山嘴正好有一块龟背形乌石，人们因地制宜凿石开洞，借用乌石的坚固，使之成为控制来水的闸口。河水沿着鹅卵石与三合土拌浆嵌砌的官圳，经镇东一片民居的地下蜿蜒穿过，而后分流成人字形，沿潘家弄和下街流去。每户人家的青石板下都有潺潺水声，有的人家索性引水入院，形成一个个方便盥洗的内官坑。

流水认识每一张人面桃花，流水也记住了枕边所有的呢喃和梦呓。官圳为人们的生活提供便利那是无疑的了，我想探问的是，这源源活水，是否也倾注了以纸为业的人们对水的膜拜和感恩，对财富的来势的渴盼呢？若然，这是多么虔敬的膜拜，多么真挚的感恩，多么生动的渴盼！

我追溯着石塘河水的来路，探究石塘的造纸历史。

早在元代，这里就有纸槽云集。至明代中叶，造纸业已十分兴旺，工艺水平也大为提高，当时，每年产纸上千万张，其中 30 余万张作为奏本用纸被官府收购，其余则投放市场。正因为石塘及该县的陈坊和杨村一带纸业发达，明代的铅山县成为我国江南地区的“五大手工业区域”之一，与松江的棉纺织业、苏杭的丝织业、芜湖浆染业和景德镇的制瓷业一道名扬天下。清乾隆、嘉庆年间，印书制纸的大量需求推动了石塘纸业的进一步发展，其时，从事纸业者竟占当地总人口数的十分之三，最盛时仅抚州籍工人就有 3000 人。各地商贾自然纷至沓来，那早已倾圮的山陕会馆，那依然幸存的饶州会馆、抚州会馆，便是当年“纸醉金迷”的见证。

我追寻着石塘河水的去路，摄取石塘远行的背影。

在这里，满山竹海是造纸取之不竭的原料，茂盛的植被中富有各种可为纸药的植物，来自山中的流水不仅为制料抄纸提供了优质水源，这条石塘河还与古驿道联手，把石塘纸的美誉播撒到四方。石塘纸“名色亦异”，品种繁多，有关山、连史、京川、贡川和毛边等。关山纸作为石塘的名产，用途较广，尤为北方市场所青睐。中华民国时期，石塘造纸厂生产的毛边、关山等纸，运往外地销售时都要打上“江西铅山石塘造纸厂”的珠红钤记，其中“石塘”二字稍有歪斜。听说，新中国成立初有一批关山纸销往香港，当时的纸厂办事人认为原钤记上的“石塘”二字歪斜不美观，便重新雕刻了一枚“江西铅山石塘造纸厂”的印章加盖于上。不料，香港商家竟据此认为是假冒产品，要求退货，经厂方致书说明，那批纸张才被收下。这件事给了石塘一个教训，此后，外销之纸，一如既往地使用老印章。谁让那歪斜的钤记早就成了石塘纸的身份证呢！

沿着有水声相伴的街巷，我进入纸上的历史，纸上的生活。雕刻精美的门面就是它的封面，敞亮气派的厅堂就是它的内容，居家生活的场景就是它的插图。对了，如今在石塘能够看到的，就是一座座古民居了。那些老房子依然以纸号为标榜，它们的门匾依然陶醉在“赖家纸行”“查家纸行”“复生源纸行”“金鸿昌纸行”“松泰纸行”的荣耀里。在众多纸行中，“复生源纸行”名气尤大，杭州、天津乃至黑龙江均有其分号，北方有不少纸店都以挂牌经销“复生源”纸品的办法来招揽顾客，而铅山县城所在的河口街上，一些钱庄则以与该纸号有业务往来为荣幸。

鳞次栉比的建筑曾是财富的纪念碑，如今，它们正在老去，正在颓败，便成了金钱的墓志铭。

年三十夜弄、商会弄、天后宫巷这样的地名，连接的是商贾辐辏、市声扰攘的旧日繁华；而在一座月亮门之上，“品重洛阳”的匾额指向的却是石塘纸的质地，古镇生活的质地。

纸的质地，让石塘的骄傲底气十足；纸的质地，来自复杂的工艺和讲究的选料。在石塘，纸品不同，选料、制料方法也不同，次等纸用的是生料，即用石灰等浸泡的嫩竹为料；而连史、关山等上等纸则用熟料，即以嫩竹制成竹纸后，还要经蒸煮、漂白等多道工序方可下槽抄纸。生产连史纸所用的嫩竹，于立夏前后砍伐取用，纸料须经过几个月日晒雨淋而自然漂白，生产周期为一年，纸质洁白莹辉，细嫩柔韧，有隐约帘纹，防虫耐热，永不变色，有“寿纸千年”之誉，旧时，贵重书籍、碑帖、契文、书画、扇面多用此纸。关山纸的主要原料除了竹丝，还需稻草，而且必须是一季晚稻的稻草。加工的每道工序也是非常严格的，如抄纸时，每张纸只能用帘在槽中抄两次半，同时规定，第一次只准抄半帘，即帘床帘皮在槽中没水二分之一的面积就要立即提起，第二次、第三次方可抄全帘，这样，才能确保每张湿纸厚薄均匀如一。

因为资源丰富，历史上的江西有许多地方都是纸产地。如永丰县的毛边纸也是较为著名的纸品。它的原料也是没开枝、没长大的嫩竹，当地人称为“竹麻”。每年立夏前后半个月砍伐竹麻，放在池塘里加生石灰腐沤 40 天，而后，洗净石灰，再用清水浸泡发酵 30 天，就成了造毛边纸的原料。这时，要手工剥去青皮、竹节等，放在一种特制的工具上凭着脚踩将其捣烂，再用竹帘在水中抄制。纸张基本成形后，刷在风房的火墙上焙干，焙干后的纸张是白色的，光滑、匀细、韧性好，吸水性强、不淡墨，字迹经久不变，而且百年不蛀不变色，是书写、印刷之佳品，故有记载说：“凡印书，永丰绵纸为上。”据说，永丰在唐代就曾用蕨类植物纤维制成“陟厘纸”，被列为宫廷用纸。到明代，永丰的竹纸则因备受一位常熟人的青睐而扬名，那人名叫毛晋，以经营校勘刻书为业，他印书所用的纸张都是在江西定做的，采买之后，他喜好在纸边盖一个篆书“毛”字印章，永丰“毛边纸”就此得名。

凭着道听途说，我不厌其烦地记下造纸工艺之皮毛。我之所以如此好奇，是因为传统工艺不仅仅是单纯的生产技术手段，其中还充溢着中国传统文化和哲学的基本精神。中国最早的工艺典籍《考工记》中有言称：“天有时，地有气，材有美，工有巧。合此四者，然后可以为良。”原来，工艺就是合天时、地气、材美、工巧四者的造物过程。工艺，本是一个蕴有天地造化的生动而美妙的名词。这种工艺创造观，是“天人合一”精神的阐释和体现，显示了一种力图全面把握、协调宇宙万物相互关系的高远意图。

传统的造纸工艺显然也浸润着这一工艺思想。眺望岁月的远方，但见那里是新笋拔节、清泉潺潺，是波光潋滟、雾气氤氲。造纸的生产时空与自然顺应不悖，造纸的行工技艺与物材性理顺应不悖，纸张的文质品性与人格身心也是顺应不悖的。匠人追求纸质洁白莹辉、细嫩柔韧的那番匠心，何尝不曾渗透对幽雅、高洁的人生境界的崇尚呢？

我又想到了水。所谓“地气”就是水了吧？在许多的传统工艺中，水都是必不可少的。因为，柔软的水，其实是特别有力量的。经水淬火，煅打的铁器无坚不摧；经水淘洗，宝贵的矿石露出真容；同样，经水沤泡，坚硬的竹材化为玉帛。

于是，我更愿意把官圳的源源活水，看作是石塘人对水的膜拜和感恩。这番虔敬，我在广丰十都村的王家大屋里曾经领略过。王家大屋建于清乾隆年间，祖籍山西的屋主人王直贤正是因经营纸业而定居此地。整个建筑群占地 40 余亩，除厅堂外还有房间 108 间，36 个天井和 4 个水池镶嵌在大屋的回廊之间。如此规模宏大、结构繁复的大院内，所有建筑只有一个榫头。因此，尽管长期无人修缮，它依然能巍巍然栉风沐雨。最让我感兴趣的，是那用石头垒砌的水池，据说，它们连着村边的丰溪河水脉，河中水涨，池中水满，河中水落，池中的水却也不会干涸。尽管，昔时赏月观鱼、吟诗赋句的清静之地，如今已被居住在其中的村民因地制宜，利用水池养鱼、养水浮莲，然而在我看来，那步入大屋中的水脉，该是当年王老爷家的座上客了，四座水池便是四把饰以精美石雕的太师椅，水端坐在王家亲切的目光里，像一尊尊神明被那虔诚的眼神供奉着、祷祝着。

石塘的官圳，则是所有庭院共同的好友。它依然流连在家家户户的门前，日夜和人们促膝交谈，可是，它的话题已不再是造纸带给古镇的生气，流水所象征的财势。

砖木有心，流水有意，它们该是在诉说自己对“品重洛阳”的缅怀吧？

浒湾再访金溪书

我要前往浒湾。

当地朋友一次次纠正我，说“浒”字在这里不读“hǔ”，读“xǔ”。他们对这个字是很认真的。他们不厌其烦地强调，词典中就特别标注了浒湾这个地名的读音。

屡屡犯错，不禁有些惭愧了。其实，我是不应该误读的。十多年前第一次来浒湾，我就被人再三告知“浒”字的来历。面对这个字，怎么就不长记性呢？

都是乾隆皇帝惹的祸。传说，乾隆下江南，由鄱阳湖入抚河，来到油墨飘香的浒湾，不知是波光耀眼，还是酒旗蔽目，愣是把个“浒”字认作了“许”字，脱口便呼“许湾”。皇帝金口玉言，谁敢冒犯？那就只好把它看作钦定，将错就错吧，是非因此颠了个个儿。

传说是当不得真的，不过，乾隆皇帝应该知道浒湾这个地方。因为，明清时期的金溪浒湾镇已经以雕版印刷名扬天下，所谓“临川才子金溪书”就包含了对它的赞誉。镇上有平行并列的前、后两条书铺街，其街口石拱门的匾额上分别刻着“籍著中华”“藻丽嫏嬛”，盛名之下的浒湾，居然敢以天帝藏书处相比拟，当年的风雅由此可见一斑。

我在长长的雨巷里辨识着旧日的书香。

我始终不肯相信，那么儒雅的历史在告别这个古镇时，不会留下它的墨宝、它的赠言、它的叮咛和缱绻。我把自己对浒湾的十分贫乏的模糊记忆，归咎于第一次造访的匆忙和草率。是的，我宁愿怪罪自己，也不肯接受历史杳无踪迹的事实。我浪漫地怀想，历史也许会像个顽皮的孩子，突然从他藏身的某个旮旯里蹦出来，或者像个沉默的老人，在警惕的打量之后，会悄悄地向我展示他的珍藏。

历史对于浒湾，应该就是一册册发黄的书籍，一块块黢黑的雕版，一件件我们可以想象的印刷工具，以及一幢幢建筑在书山学海上的老房子。

在我被雨丝扰乱的目光里，书铺街显得更老了，仿佛有银丝纷纷飘落。建筑的苍老，就像人的衰老一样，里外都顾不得讲究了，任由作为脸面的门面华落色衰，任由显示襟抱的室内装饰腐朽了去、破败了去。然而，几乎所有的老房子里都胡乱地悬挂着、堆放着许多什物，这也颇像老人，脑子里装满散乱的记忆，却是无从梳理了。

来浒湾之前，我去过同属金溪县的竹桥村。那里尚存的上百幢明清建筑有一个特点引起我的注意，那就是墙体的墙裙部分多以大块的青石垒砌，在三四层坚硬的青石之上再砌青砖，据说，这是为了防止盗贼破墙入室。铺着青石板的村巷，贴墙处则留着深而又窄的明沟，夜里若是不小心跌落下去，会摔得很惨，所以，村人也有理由认定它同样具有防盗的功能。建筑对防盗功能的重视，披露了男人们外出经商的历史信息，由此，也可以想见竹桥当年的富庶。而此村的“养正山房”“苍岚山房”等处，正是过去的雕版印书作坊，它证明了经营文化曾是这里财富的来源之一。

浒湾的青砖大屋也保留着以大石块为墙裙的建筑特点，但在这繁华喧闹的街市上，我更愿意把它看作是基业坚固的象征。

这是光宗耀祖的基业。自南宋出了陆九渊兄弟三人，金溪一带就被誉为“理学名教之区”，谓之“理学儒林裒然冠江右，忠贤相比，人文兢爽”，崇文重教的传统在百姓的血脉里代代相袭，对读书藏书的喜好酿成了广布民间的社会风尚，刻书业正是在如此儒雅的土壤中逐渐萌生，而后蓬勃发展。

这是盛极一时的产业。浒湾在最盛时竟聚集刻字工匠六七百人，书铺街上的店铺达六十多家，并且它们顺着水路把生意做到南昌、长沙、芜湖、安庆、南京，甚而远至北京。书籍里有衣食温饱，有滚滚财源，所谓“书中自有黄金屋，书中自有颜如玉”，大约到了这份儿上，才能真正成为现实吧？

那些满腹经纶的文人有许多是精明能干的。比如，三让堂的主人吴会章，因为喜好书籍，遂以书肆为业。他于乾隆初年在湖南衡阳创办三让堂书局，道光六年（1826 年）又在长沙开设分店，同时在老家创办三让堂。在他的作坊里，“梓行经史子集，镂板堆积如山”。三让堂经营二百余年，所印书籍如《韵府群玉》等，被海内推为善本。

那些家财万贯的老板有许多是学富五车的。那位吴会章与儿子都“知书识礼，广交游，结纳名俊，终日里探讨剖析古今典籍，野史稗乘，毫无倦容”。红杏山房的创始人赵承恩更是学养深厚。

虽然他在咸丰、同治、光绪朝曾三次被荐举为孝廉方正皆不就，但是这并不影响他作为一个学者勤奋地著书立说，其一生著述颇丰，有《周易诸言》《诗注辨误》《性理拾遗》等多种。值得注意的是，他是为了便于自己著述付梓行世，而创办红杏山房的，既刻书销售，又藏书自娱。从咸丰年间起直至清末，红杏山房刊刻了大量抚州乡贤遗著，如《抚州五贤全集》《陆象山全集》《汤文正公全集》等，其刊印的《赵氏藏书》《汉魏丛书》等著作，则为多卷本的大型丛书，素来为学者所重视。

为了自己出书、藏书的方便，不惜开个书铺，办个印书作坊，如此嗜书成癖，真是叫人叹为观止。看来，在浒湾乃至金溪，这印书业原来是种以心养心的产业，人们在木版上播种文字，为的是收获天下的书籍、天下的才情！我觉得，他们应该称得上是真正的儒商，这些儒商把生意做得潇洒极了。比如，竹桥村的余仰峰回乡开办印书房，他“刊书牌置局于里门，昼则躬耕于南亩，暮则肆力于书局”，这种奇特的生活方式让我感到，学会了经商的古人依然割舍不了对土地的眷恋，或者说，人们在经营土地、经营生意的同时，其实也在经营着自我的内心，经营着传统文人的人格理想。

引我去竹桥村的吴老师，是县文博所的所长，喜爱收藏。不过，他只收藏古籍和古钱币，他说：“也只能收得起这些东西。”看得出来，言辞之间，对全县历史文化遗存如数家珍的吴老师，面有窘色，心有隐痛。但是，当他把自己的藏书打开来后，却见满脸自豪。

每册古籍也许都有一段颠沛流离的经历，都有一个阅尽沧桑的故事。我小心翼翼地翻开它的封面，翻开它的身世，我看到由浒湾旧学山房藏版的《诗经集注》《古文观止》，看到由旧学山房仿两湖书院精本校刊的《地球韵言》和仍是由旧学山房梓行的《鉴略妥注》，看来，这个旧学山房在当时的浒湾应是十分显赫。

果不其然，凭着刻在匾额上的“旧学山房”四个大字，我在浒湾的前书铺街上很轻易地找到了它的高墙深宅。听说前书铺街的临街门面均为店铺，印书的作坊则在宅院的后面。站在街上探望旧学山房的内部，我的视线穿过窄小的前院，穿过昏暗的厅堂，经天井再往里去，是一片深不可测的黢黑。我不知道，那位叫谢甘盘的书商，是摇着蒲扇在前院里摆着书摊子呢，还是闲坐厅堂品茗研读，且等舟船泊岸顾客盈门？

旧学山房广罗旧刻版本，精心校印，其刻印的《天佣子全集》《太平寰宇记》《谢文贞公文集》等，也是被学界所珍视的古籍。然而，旧时的书香门第大约早就换了主人，曾经的儒雅只在建筑中留有蛛丝马迹。

当地的朋友领着我四下寻找两副被县志所记载的对联。问了青年问中年，或漠然摇头，或茫然乱指，串了好几户人家，最后幸亏问到了一位坐在竹椅上养神的老婆婆，这样，我才在寻常人家杂乱的厅堂里，揭去新贴的红纸对联，读到了刻在房柱上的文字。其一曰：“结绳而后有文章，种粟以来多著述。”其二称：“玉检金泥广国华，琅函宝籍徵时瑞。”寥寥数字，却是一部浩若烟海的文化史，透过字里行间，我看到的是先人们面对书山学海那谦恭而勤勉的情状。

可惜，在偌大一个浒湾，能够鲜明地印证历史的文化遗存已经十分稀罕。想来，这里最富有的该是雕版了，过去的六十多家店铺，哪家不曾是书版盈架呢？然而，如今要想在这里找块雕版看看，却是不易了。

当地朋友把我带到他的老师家，说这位老师收藏有《康熙字典》的雕版。不料，主人最近已把雕版全都卖光了，卖的是“跳楼价”，一共只卖得区区二百元钱。横下心来处理它的理由是，经常有学者登门来看书版，还要耐着性子听任他们拍照，主人嫌烦了。当我为之惋惜时，主人便有些羞恼，嘟哝着抱怨道：“你们光来看又不开发。”也许毕竟是当过老师的缘故吧，他接着理直气壮地声称，雕版遭虫蛀快烂掉了，一抹便是一层的朽木屑。也是，毕竟闲置了许多年。

是印刷业的进步决定了雕版印刷业的凋零，新兴的铅字印刷成为雕版印刷历史的终结者。清末以后，浒湾的书铺街就门庭冷落日渐衰微了，大约艰难撑持到 20 世纪三四十年代，还是免不了曲终人散。如三让堂便于 1935 年继长沙书局倒闭后，接着关门大吉。但是，在为我担当向导的当地朋友的儿时记忆里，家家都有成堆的雕版，家家都拿雕版当柴火烧锅。他大概四十多岁，也就是说，尽管雕版印刷早已寿终正寝，但浒湾人家仍将书版保存了几十年，直到三四十年前才迫不得已填进了灶膛。

我惊讶于这个事实。原来，文化的情感始终盘桓在浒湾的记忆之中，缠绵在书乡子弟的内心深处。几十年的默默相对，几十年的依依不舍。世上还有什么样的情感，能在无情的现实面前，无助地守望这么久，无奈地缅怀这么久？

从此，一旦走进古村镇，我将叮嘱自己：面对已消亡或被破坏的民间文化，不要轻率地归咎于那里的人们，不要想当然地指责人们的麻木和无知，其实，珍视的情感天生就存活于人们的血脉中，否则，很难解释当线装书作古之后人们保存书版的那份自觉，只是拗不过漫漫岁月，躲不过凛凛世风，人们心灰意冷罢了。在很多情况下，他们也是无辜的受害者，他们的内心一定会随着书版被扫荡净尽而变得空虚落寞，曾经的骄傲灰飞烟灭，曾经的儒雅斯文扫地。

听说，早在 20 世纪 50 年代，省里来金溪收购古籍图书，是在浒湾集中打包而后运往南昌的，那一次就装满了两三条船。我不知道在此之后浒湾是否还有古籍这么隆重地登船离去，若然，它们便是十分幸运的了。

我总禁不住自己想象，吃饱了油墨的书版在灶膛里火色是怎样的。它会像含有油脂的干柴那样毕剥炸响吗？会像潮湿的松毛柴那样浓烟弥漫吗？或者，像烧透的木炭，在红红的火光里舒展着蓝蓝的火苗？

燃烧文字蒸出来的米饭，会不会有某种异样的气息？燃烧著述熬出来的菜汤，会不会有某些苦涩的味道？

雨淋湿了抚河，也淋湿了河边的古镇。空空的长街上，只有雨在行走。偶遇行人匆匆穿过，恍惚之间，我不知道眼前的景象如梦，还是我的怀想如梦。

二十多年前，金溪县文联曾经办过一份文学刊物，刊名就叫《金溪书》。在某个职称评审会上，当讨论到一位曾任该刊编辑的金溪人氏时，有评委啧啧赞叹：“这人了不得！《金溪书》原来是他编的，《金溪书》谁不知道啊，可有名啦！”

我无意取笑别人。他的赞叹其实很生动地道出了一个叫人心酸的事实。虽然“临川才子金溪书”的标榜像一个文化口诀广泛流传，但是究竟有多少人了解它的内涵，甚至具体所指呢？因此，有人把特指古代雕版印刷的“金溪书”，当作一本在猴年马月产生过影响的书刊，也就不奇怪了。

前书铺街那自诩“籍著中华”的拱门外，两座墨池长满了丰茂的水草；后书铺街那夸耀“藻丽嫏嬛”的拱门中央，刷在凉亭墙上的“洗澡”广告分外抢眼，那字迹和指示箭头血一样鲜红，藏在哪个旮旯里的澡堂子不会拿过去贮墨的石盆当作浴盆吧？

看来，寻访旧日的书乡，只能前往梦乡了。

大 地 美 人

非常偶然的，我在地图上看到、在路途中听到多处如此相似的地名——献花形山、美人献花、仙女献花……还有些含蓄的，不提美人，只说是像花朵，如莲花形山。

这样的命名大约不是出于偶然的巧合。在人们眼里，那一座座好山仿佛是飘然而至的天仙，她们不仅有着眉清目秀的容颜，婀娜多姿的体态，凝脂滴露的肌肤，而且含情脉脉，捧着采于自家园中的花朵，捧着一朵有关生命的美丽预言。当这惊世骇俗的美好联想不约而同地分布在广阔的民间时，显然，它们一定有着共同的情感指向，共同的精神寄寓。

献花，一个多么动人的意象。它是一种热情的表达，一种慷慨的赠予，也是一种真诚的呼唤。

一个词，激活了一处山形地势，土石草木忽然就有了姿色，有了声息，有了眷顾的媚眼；一个词，打动了天下人心，它让人周身血涌，想入非非，甚至顶礼膜拜。是的，“献花”应该是一个面有赧色的隐喻。

人们把孕育了万物的大地称作母亲，因为大地永远是人类赖以生存的空间环境；而大地母亲这个抽象的概念，一旦在大地上呈现出献花状的山形地势，就变得非常具象了。具体得就像女性敞开的身体，像那花朵般绽放的女阴。

大自然的造化和生命的表象竟是如此契合！于是，献花形，这象征繁育、蕴含生气的地方，自然就是人们所向往的风水宝地了。许多古村都笃信，它们曾经的发达，与此有关。

贵溪耳口曾家村曾氏发脉于济南府嘉祥县的西元寨，战国时南迁湖南湘乡，再迁移至江西吉安，后由吉安分支到此落地生根，为“唐宋八大家”之一曾巩的后裔，与曾国藩同宗一脉。耳口曾家第三代所建的曾在公祠门上有一副石雕楹联，称“沂水长萦霜露感，春风遍拂藻萍香”，大致透露出背井离乡、辗转迁徙的苍凉落寞。

该村原名务义港，是李姓和邓姓的村庄。相传清雍正年间，吉安曾云仕三兄弟之父曾先公逃荒流落至此，在李姓和邓姓家中打长工，曾云仕兄弟则帮其放牛。有一天，曾云仕在邓家屋后的献花形山上放牛时睡着了，做了一个梦，梦说他睡的地方是一块风水宝地，死后葬于此处，其子孙后代必定兴旺发达。曾云仕死后，其子孙果然圆了他的好梦，曾姓祖坟青烟缭绕，子孙后代人丁兴旺，结果是此长彼消，原来的李姓、邓姓却日渐衰没。

与耳口相邻的龙虎山仙水岩有一绝妙景观，原先当地百姓称之为“仙女献花”，如今被导游们叫作“大地之母”。早些年，人们有根有据、指名道姓地传说，有位女干部面对那绝景，一时怒从心头起恶向胆边生，斥之为“污辱妇女”，拔出驳壳枪就是一枪，从此，泉线断流，茂草枯萎，鲜花失色。给曾云仕以神示的献花形山，大约也是那样可以叫人掏枪的地方。

它形似一位妇人，两腿分开端坐，呈献花的媚状。曾云仕的墓就落成于这位妇人的肚脐眼上，也就是说，此处便是当年放牛娃的眠床。大自然的鬼斧神工暗合了人类的生殖崇拜，想必他面对那坦坦荡荡昂然怒放的花朵，是少不了一番心猿意马、想入非非的，也许那个梦就是主客观遇合的巫山云雨，是云雨之后的大彻大悟。

他悟到了什么呢？当然还是这里的环境。村中现存的一副楹联精辟地道出了此地的好处：“一萦流水漾文章，四壁青山罗保障。”它的横批是“含宏光大”。饱受颠沛流离之苦的曾氏祖先，决定在这偏僻的深山之中定居，安全稳定无疑是首选条件。以青山为障，安全无虞；有竹木成林，衣食无忧。曾家村依山而建，如同一个严密而亲和的整体山庄，伫立在村里村外的棕榈树，仿佛翘望着蜿蜒流去的一河叶影，一河花容，一河富足生活的记忆，一河世外桃源的梦想。

泸溪河是曾家村于封闭的环境中“含宏光大”的必由之路，是财源的来路，抱负的去路。那个“漾”字在当地方言中是吉庆热闹之意，比如每年中秋前后邻近城镇的赶集日叫“漾会”，形容人多拥挤叫“人漾”，人名中也多有叫“样财”“样生”的，取的肯定是“漾”的意义，只是图省事顺手写成了那般模样吧？如此看来，那个放牛娃的梦就不是南柯一梦了，冥冥之中他得山水之真谛，可见山水之精神气脉早已灌注于他内心深处了。

放牛娃的传说，简直是个美丽的寓言，生动地表达了自古以来人对大地的朴素认识。人们把大地看作是与人体相当的、具有生命的系统，而形肖女体的献花形胜地，正是阴阳二气相交感的地方，有交媾之区，有孕育之穴，“生气行乎地中，发而生乎万物”。

所以，人们在选择葬地时特别讲究“乘生气”，认为葬者得生气，能让“遗体受荫”，而“人受体于父母”，彼此间能得到气的感应，父母“遗体受荫”，子孙也能受荫。在这一认识中，无疑也寄寓了人对大地的崇拜之情、交好之意，于是，那些献花形山在人们的传说中，玉体横陈，貌美如花，成了人们心目中的大地美人。

然而，这些大地美人的身体却是生命的归宿，是安顿寿终正寝的生命的风水宝地。仿佛，在大地美人的怀抱里，死，意味着生命对大地的投入，意味精神与自然的交媾，意味着更加蓬蓬勃勃的孕育和绵延不断的繁衍。

我想，这样的生死观，大约也是对人的最具人性温暖的抚慰吧，谁让人们始终怀着那与生俱来的对死亡的巨大恐惧呢？

所以，在宁都的传说里，大地美人有了思想，有了感情，被人格化了。不，她就是一位既充满神性，又有血有肉的善良女子，死亡在她怀里，是脱胎换骨的重生，是天意眷顾的幸运。

相传，此地有一家富豪请堪舆先生择坟地，连续三年均未选中。某一天，堪舆先生在宁都河东的山岭上持罗盘遥测，发现城西蔚背岭有块美女献花形宝地，蕴蓄大贵之兆。那富豪闻言甚喜，欲即刻点龙破土定穴。谁知，远眺形若真，走进虚无迹。任凭先生如何施展技法，经过半年寻找，仍然徒劳。

有天晚上，堪舆先生宿在山上，梦见一个如花似玉的女子，执扇咏歌而行，她唱道：“他家福禄已全无，苦苦何须逼嫁奴；直待三年五载后，妾身情愿嫁樵夫。”次日，先生便遵循梦示，毅然为富豪另择了一处坟地。

没过几年，樵夫郑十四郎上山砍柴，在蔚背岭歇息，当他俯身饮泉解渴时，忽然土崩，把他压在下面，一命呜呼。因家贫子弱，无法入殓，那出事的地点也就成了他的葬身之处。堪舆先生得知，将那夜的梦示于人，断言：郑姓后裔必出能人。

数十年后果然应验，郑十四郎的曾孙郑獬于北宋皇祐五年（1053年）高中状元，宋神宗即位后，郑獬被拜为翰林学士。后来，因为他对王安石推行的新法多有指责，被一贬再贬，五十一岁时，抑郁而终。

那位多情的大地美人大概也没想到，郑獬死时，竟也和曾祖父一样，因家贫子幼而无钱安葬，竟停柩于寺庙长达十余年。

然而，人们仍然虔诚地相信，大地美人一旦接受了人们的祈愿，恍若获得了生命的精血，就能孕育一个个人丁兴旺的宗族，哺养一个个富足安康的村庄，甚至诸如登科入仕、招财进宝等一切生气都来自那象征着兴旺的花朵。

同样，阳宅的择址也是追求“乘生气”而“避死气”的。许多古村的卜居开基，都有得到神示的传说。那些指点江山的神明虽然不再是美人仙女，但他们的指向却是大地的生气所在，却是与繁育有关的地方。他们是在引领着人们追寻梦中的大地美人吧？

婺源游山村那块风水宝地的被发现，得益于该村董氏开基祖的慧眼。唐天宝年间，他漫游到那里，对眼前的山水一见钟情，便用自己的名字把山岭命名为浚源山，把村庄叫作浚源村。传说某一天有大鸟飞临浚源山上，此鸟硕大无朋，绿羽长尾，红冠高耸，声如洪钟。随之而来的是一位老者，称：“此鸟莫非凤凰耶，凤凰不落无名之地，此大吉大利之兆也。”

鸟瞰这山里水乡、梦里山乡，有一条清澈的小溪呈太极图阴阳形穿村而过，村人恍然大悟，遂改山名为凤游山，改村名为游山村。

听说，如今的游山村是婺源县最大的村庄，有人口逾三千。打瞻云亭一进村，我就感到了房屋的稠密和拥挤。铺着石板的村巷纵横交错，家家门前几乎都没有比较宽敞的空间，那些巷子多有那种一头大一头小的“棺材路”。我经过一条最窄的巷子，刚好能容一个身板，若是胖子，那就得委屈着侧身而过了。

叫人怦然心动的，还是那条弯曲着贯村而去的小溪。小溪悠闲地躺在村庄的怀抱里过年，想必它是阅尽了辞旧迎新的盛大景象，溪边到处堆着红彤彤的爆竹屑，溪水中贴着红彤彤的春联，当然，溪水中还码着一堆堆色彩鲜艳的塑料用品。两岸林立的店铺都早早地朝向小溪敞开店门，临水的一座座街亭成了商品橱窗，它们简直就是为了向溪水展示各自的琳琅满目。仿佛，小溪才是它们的主顾，才是它们的财源。

弯弯的溪流之上，架有多座石桥或木桥，过往十分便利。从一头望去，那一线溪流几乎就是一条宽阔的大街。游山村如此浓重的商业气氛，让我惊奇。其实，在历史上它也是靠经商发达起来的。领着我穿村入户的村委会主任就不住地慨叹，游山过去没有出过县官以上的官宦，所以村中没有什么名人留下的胜迹。他的意思是说，此地之所以难以发展旅游，原因就在于此。

然而，游山村却给我以独特的韵味。小溪两边的店铺和街亭，仿佛是游山村历史的《清明上河图》，在变化的生活中，依然透露出传统生活的神韵；村庄的择址傍水依山，山环水复，以太极图阴阳形的溪流为中心，民居建筑顺水延伸，两边扩展，整体布局渗透了风水理念。扼守村庄水口的，有函谷关，还有一座跨溪而建的单孔石拱桥，称题柱桥，桥上是高耸的凉亭，亭内方柱上有联云："桥高亭更高重重关闭财气，村大龙尤大隐隐稠密人烟。"联语夸耀的是此方风水宝地的好处。看来在高桥之上又建高亭，是颇有讲究的，为的是更严密地把握水口，聚财藏富，以防不虞。

游山董氏除了有十余座房祠，还有一座保存完好的总祠。祠堂大门只在石枋上雕以"万字不回头"及花卉等纹饰，朴实而敦厚；里面的梁枋更是简单地以云纹浅雕略作勾勒，最华丽的地方应是梁枋与斗拱之间的挑板了，那里透雕着凤凰和花朵。在这两侧堆放着禾桶、头顶上横架着水车。充满凡俗气氛的宗祠里，凤凰仿佛是横空出世，显得那么高贵圣洁！

村委会主任告诉我，凤凰的形象在游山的老房子里随处可见。的确，我在古民居厅堂的木雕、门罩的石雕或彩绘中也看到了。无疑，游山人对凤凰情有独钟，和那个传说有关。那个传说不只是给人们以吉祥的祝福，也在他们的血脉里投下了可以流传百世的心灵影像。

然而，传说并非都是浪漫而虚幻的诗篇，传说也可能成为非常实在、非常具体的另类说法。村委会主任站在享堂台阶边，指着天井沟中的一处积水，讲了另一个故事。他说这一汪积水常年不干。这里无疑就是董氏发脉的源泉所在了。董氏的开基祖本来独门独户居住在浚源山东麓，他家养的老母鸡在离家出走一个月后，忽然回家了，而且它竟浩浩荡荡地带回了二十多只鸡雏。主人自然喜出望外，这是家族发达的旺象呀。于是，主人在那只老母鸡的引领下，披荆斩棘翻越山岭，找到了母鸡一个月来孵化小鸡的地方，并毅然举家迁至此地。这里有一口四季不干涸的山泉，董氏宗祠把山泉圈入其中，正是把它视为神圣了。

母鸡和神鸟，它们之间有着怎样的情感联系？那母鸡该不是凤凰变化而成的吧，为了给人以更为明确的神示？

不管怎样，凤凰是游山人的精神图腾，那条溪河是游山村的灵魂。倘若攀上浚源山登高鸟瞰，穿村而去的小溪会不会就是那只硕大无朋的神鸟呢？累世聚居的人们其实就是繁衍生息在一个美丽吉祥的传说中呢？

无独有偶，赣县白鹭村的开基故事也离不开美丽的珍禽。白鹭村坐落于该县北隅，与兴国、万安两县接壤。它依山傍水，沿着鹭溪呈月牙形分布，村南是龙岗，村北是玉屏山，烟峦翠阜，绵延如弓，拱卫着长约一千米的村庄。村后的后龙山平缓无峰，状似“乌纱帽”，而五条山脊逶迤而下，如五虎下山，古代堪舆家称其为“五龙山形”。鹭溪水由东缓缓入村折转成一个大大的“人”字，出水口后九曲十八环流入赣江，水口旁的两座山岭分别形似“狮蹲”和“象跃”，它们把守水口，留住了来龙。在风水先生眼里，白鹭无疑就是聚集人气、财气、官气的“三旺之地”了。

最先发现白鹭这地方的，是唐代著名宰相钟绍京的第十六代孙钟舆。某一天，他放鸭由兴国来到此地，见天色已晚，便露宿鹭溪河边，是夜，梦见有一群白鹭翩翩飞临，引颈长鸣，受其点化，毅然从兴国竹坝村迁居此地开基，村庄也由此得名。又有人说，这里原是一片沼泽地，水草丰美，群鹭翩翩，钟舆带着妻子牧鸭至此搭棚住下，没想到，饱食了一天的一百多只鸭子竟在第二天下了二百多个蛋。钟舆自是喜出望外，便把赶鸭的竹梢插在土里，暗暗祷告：如果神灵同意我在此定居，明年竹梢上就长出叶子。第二年过来一看，他的心愿果然在竹梢上绽绿了。于是，他谢过神灵，择地开垦，开始了艰苦的创业。后人为了纪念这位开山祖，于南宋末年在钟舆当年搭寮的地方，建造了白鹭钟氏总祠世昌堂。祠堂背靠的后龙岭上，树木葱茏，云烟氤氲，为这个与繁育有关的传说作了激情的解读。

白鹭村日后的发达，恰恰证明了其钟氏开基祖的卓识远见。钟舆定居白鹭后，不仅利用当地充足的水草资源养鸭，同时还辟地种植，稳定自给的生产生活条件和没有干扰的封闭环境，使得族人如鱼得水，迅速繁衍兴旺，到了明代中期就已具备了圩市村庄的人口基础。得鹭溪河的水运之利，许多人从事木竹生意和相关行业，大量输出的木竹为白鹭引来了滚滚财源。生活富裕后，白鹭钟氏开始兴办教育，以求功名，有了金钱和权势，又纷纷大兴土木。

在这个传说里，至于宰相之后如何做了鸭司令，见过古村冷不防搜出来的御笔诏书，听过朴实的村人彰显于口碑中的荣耀，也就不奇怪了。值得玩味的，是他的那个梦。

是不是白鹭的山川地势让他一见钟情？是不是白鹭的钟灵毓秀让他魂牵梦萦？我想，他眼里的白鹭山水，应该就是一位秀丽而丰腴的大地美人了。她有锦山秀水般的容颜，密林修竹般的茂发，膏土玉泥般的肌肤。她的臂弯如枕，成就了村庄的无数好梦；她的肚腹如床，孕育了宗族的百世流芳。

如此，鸭司令梦中的那只白鹭，该是久久盘旋于他心中的灵物呢，还是大地美人的信物？

风水学说总是把大地的生气说得虚无缥缈，玄而又玄。但有时它的说法也朴素得可爱。比如，风水学认为生气之所在，由形色土石也可窥破，“其形则生动而不蠢死，其色则光彩而不暗晦，其土则湿润而不发散，其石则细腻而不燥焰”。凭着这样的描摹，呈现在我们的想象中的，正是一位楚楚动人的大地美人。

她生在百鸟和鸣中，长在泉声虹影处，纳日月之精华，汲山川之灵毓。峰峦是她的云鬓，雾岚是她的裙裾，繁花是她的环佩。她妙曼的身姿，像一尾鱼，永远游弋在清澈的溪水里；她羞怯的笑容，像一只鸟，总是藏匿在斑驳的绿荫里。

对了，她就是这样一个美丽的精灵——看着她，让人心旷神怡；拥有她，令人志得意满。

很显然，这样的地方，无疑就是山明水秀的膏腴之地了。

然而，村庄向往着山明水秀的环境，是因为山明水秀不仅昭示着那里土肥水美，能为人们的生计提供可靠的保障，更重要的是，这恰好是生气的表征，是可以化成万物的希望所在。

在千年古县婺源，许多村庄的落成和得名，都和人们沉醉于锦山秀水有关。相传，北宋末年，徽州桐城主簿余某途经婺源，行至沱川，见此处景致非凡，不禁怦然心动，便随手在溪边倒插罗汉松一枝，也是生气使然吧，不久插枝竟长出绿叶，余某大喜过望直呼“养人宝地”。因该地盛产毛竹，故以“独坐幽篁里，弹琴复长啸”诗，取村名为篁村并定居于此。显然，他期望这片土地滋养的，不仅是子孙绵延、生活富足的心愿，还有自在超脱的性情，宁静高远的境界，以及人文蔚起的人格理想。

想来，在余某心里，月照松间，无非美人当窗弄影；风过竹林，应是美人对酒抚琴。

泰和县梅冈村王氏的始祖，对梅花情有独钟，很是耐人寻味。梅冈村肇基于南唐末年，传说王氏始祖本来居住在庐陵纯化十六都甲村，某日冬游泰和的梅树坪，见此地梅树千株，花蕾绽开，竞芳斗艳，清新幽雅，羡其胜境，遂居于斯。有意思的是，他对梅花的一往情深，其中也融入了对自己祖母梅氏的亲情。这就是说，他所追求的大地美人充满了母性的温暖，闪烁着母性的光辉，她再也不是泛泛而指的环境了，而变得很具体，那就是亲切、怀人的一树树梅花。因此，此地虽有梅林自然生成，他仍不满足，几近偏执地带领着家人开垦荒土，在居住处前后左右的路边坎旁、冈峦低丘上遍种梅树几百亩，并自号为“种梅”，乡邻则戏称为“种梅野叟”。爱梅之情代代相传，五世祖又自号为“梅冈”，于是，“梅冈”被正式定为村名。

而在王安石祖辈的眼里，大地美人就是奇异的莲花了。近年，东乡县言之凿凿地说，王安石的祖居地在该县上池村。关于王氏祖先如何在此择址开基，同样也有一个神示的故事。传说，当年王安石的曾祖父王克明行医在临川乡间，一日背着药箱去金溪，归途中，当行至两县交界的明珠峰半山腰时，他被周围的环境所吸引，流连忘返，直至夜幕降临。此地前不见村后不着店，距家尚有七十余里，正犯愁间，只见山脚处的池塘里有微微蓝光升起，池塘边隐约现出楼台亭阁，水塘中的蓝色荷花越开越盛。可是，他兴冲冲地下山来看到的却唯有荒坡野塘。满心疑惑的他复上山观看，山脚处的奇妙景色依然重现，再次下山，景色却又消失。反复数次，百思不得其解，王克明只好在山下的庙里和衣睡了一宿。第二天一早，他又登上峰顶，但见自北而南，弯弯曲曲、郁郁葱葱的山形好像青龙游来，南面还有座形如彩凤转翅的白石峰。王克明认定青龙游来，彩凤迎龙展开凤翅，龙凤相配，必荫育一方风水，日后此地必有贵人出现，何况民间也有谚语称："夜现莲花是宝地。"

于是，他决意迁徙此地定居，嘱其长子王用之（王安石的祖父）先来明珠峰下的池塘边上建宅；宅居建成后，王克明举家迁往，临川故里的房屋由其弟照料。因其新址选在出现奇景的塘边上，故取村名上池，取塘名为兰（蓝）塘。

定居上池后，果然是"龙凤相配，必荫育一方风水"，王用之在这里就生有四子。到了王安石的儿、侄辈时，王家人看到当地夜有玉光出现，遂将上池改名为瑶田。为了不忘其祖之故，并称为上池瑶田，一直沿用至今。

上池村位于东乡与金溪两县交界处，距离王安石祖坟所在地金溪月塘村应该不算远。上池村周围有数座山峰护卫，那些山峰或拔地兀立，或连绵起伏，成为村庄的靠山、砂手和案山、朝山。西北口有大路进出，应是该村的水口了，水口处既见豁亮的出路，两边又分别有钟山、荆山闭锁。我造访上池时，正是初冬的黄昏，村口新建的牌坊式大门衔着夕阳，把村庄的水口一带染得一片鲜红。

围护上池的诸峰，以明珠峰为最高。身临其境，我想，所谓"夜现莲花”不过是美妙的传说，而登临明珠峰俯瞰周围众山，一瓣瓣亭亭玉立，应如昂然绽放的莲花一般。上池村就坐落在花瓣中央，上池村是一丛鲜艳的花蕊，一个饱满的多子莲蓬。这里自然环境的象形，本身就寓意着大吉祥。

值得注意的是这里的水。我走马观花，匆匆扫视村里村外，并没有看见明显的溪流，禾田间草木遮蔽的大约是水沟吧，村中倒是有一些小池塘，荡漾在人家门前。听说，明珠峰半山腰处有一汪山泉，常年不竭，此村的生活用水靠的就是它。如今的明珠峰虽树木稀疏，但泉水仍旺，也算一奇了。传说，当年王安石返回故里，曾陪同金溪好友周彦弼游览上池，王安石欣然赞誉上池风光“有山焉，遂屋以安居；有坪焉，遂田以粮食；有陂焉，遂堤为旱潦备与”。看来，上池这地方是经过补基，才成为风水宝地的。

王氏宗祠里悬挂着一幅明代上池村貌图，由此图可见，当时有众多的池塘遍布村中，池塘正是上池王氏所标榜的“水源”。上池的风水形局也因为此图而一目了然，其山形地势不仅符合蓄养生气的风水要求，而且，村庄背靠的明珠峰、兔峰等三座山峰凹凸有致，酷似笔架，成为文运昌盛的美好象征。王安石先后在这里写下绝句《云峰早照》《全石春云》和七律《兰塘钓隐》。是的，风水胜地正是可以让人诗兴勃发的地方。

就连在江西创立了风水形法派的宗师杨筠松，在念及徒弟曾文辿终非终老林泉之辈而亲自为其卜宅时，居然也是那般沉醉于三僚一带如画的山水风光之中。

在被称作“救贫仙人”的杨筠松眼里，“僚溪虽僻，而山水尤佳，乘兴可登眠弓峻岭，健步盘遨独石巉岩，赏南林之晚翠，观东谷之朝云，览西山之晚照，听北浦之渔歌，临汾水龙潭而寄遐思，卧盘龙珠石以悟玄奥，耕南亩以滋食，吸龙泉而烹茶”。尽管三僚村独特的地形构造很像堪舆用的罗盘，而且以上提及的三僚八景也是按东南西北有规律地排列的，颇符合八卦的方位，然而，凭着记载在族谱里的这段洋溢着诗情画意的文字，我更愿意把这些堪舆先生视作纵横天下、放歌山水的行吟诗人。只不过，他们的诗不是七律而是八卦、不是文字而是砖木罢了。人们不仅要在他们的诗篇里寻求精神的慰藉，更重要的是，还要在诗里生活起居。

恕我冒昧，当我的思想情不自禁地栖息在救贫仙人描述的那么优美的景致里时，我甚至怀疑，当初三僚首先撞开这位堪舆先生心扉的，恐怕正是它的多情山水，而不是什么“天生的八卦”。所谓“活脱脱风水罗盘”很难说不是后人的牵附。无可否认，风水学说对民间古建筑的影响是深刻的，我质疑的仅仅是人与自然遇合的瞬间，能够支配人的选择的究竟是什么。难道不是拥南亩的踏实无忧、烹龙泉的便利惬意？难道不是赏晚翠的优美闲适、听渔歌的安然恬静？难道不是关乎休养生息、安居乐业的自然条件，不是维系性情学养、气质精神的生态环境？

泰和《古平朱氏重修族谱》中的《形胜记》说得好：“盖一邱、一壑、一草、一木为人情所心溺，必铭之而不忘。”正是因为洞悉了生态环境对人精神世界的深刻影响，几乎所有的古村都把山明水秀看作是地灵人杰的象征，热情地赞颂着它们心目中的大地美人，赞颂着开基祖当年对大地美人的热烈追逐。

婺源汪口村的民居有楹联称：“子振家声荣故土，山明水秀毓先贤。”该县旃坑村萧江宗祠楹联曰：“绣水攸山，环绕祖祠凝淑气；汉侯唐相，历辉国史振芳声。”泰和县爵誉村康氏宗祠则赞道：“妩姥高插云祥钟灵秀，槎江环涌翠兆起人文。”如此赞颂当地山水的文字，在所有古村中俯拾皆是，不胜枚举。

在朱熹故里婺源，有一副对联称：“泰岱钟灵孔子万世表率，鄣山毓秀文公百代经师。”从中可见，视名人为名山所孕育，已成为渗透在人们骨子里的一种观念，所以，不管自觉或不自觉，人们在标榜人杰时总是会情不自禁地联想到哺养了他们的那方土地。

毕竟，那是化成万物的生气所在。

树 长 风 云

许多形胜之地已经面目全非，许多风水建筑已经荡然无存。然而，即便四周是光秃秃的荒山，村庄的后山仍有一片密林；即便临村的溪水几乎枯萎，岸边却是一行行、一团团、一簇簇的绿意；至于水口建筑的遗址上，更有参天古树，郁郁葱葱。

树木也是一种建筑，它是永远的宝塔高阁，永远的桥亭庙宇。还有什么建筑能像树木那样，历经数百年、上千年，任凭风蚀雨侵，任凭风云流变，用发达的根系汲取着大地的生气，即便浴火也能重生？

毋庸置疑，风水观念培育了人们亲和自然的价值观和审美观，客观上起到了保护环境的作用。在江西的乡野间，蓊蓊郁郁的风水林随处可见，一般都生长在村庄的后龙山上。

虽为常见，但深入其中却屡屡叫人惊奇。婺源石城村水口一侧，有古树百余棵，形成半里之长的树廊，树种也十分丰富，有枫香、白玉兰、山樱花、银杏、香榧、红豆杉、楠、槐、栲等，树林旁边是高高低低的岩石，村庄紧邻山冈，山上树，树上山，层层叠叠。下晓起村的段莘水与村溪汇合处，樟、槠、槐等十余棵古树护牢村基。虹关和严田的水口，各有四五人方能合抱的千年古樟，古樟旁又有树群。在婺源，不仅水口，连溪河两岸，也遍植林木。拥有三十六座半石拱桥的坑头，四面环山，双溪合流穿村而过，古称“桃溪”。原来，晋代潘岳带领村人沿着小溪遍植桃树，桃花绵延二十里，于是，便有了“二十里桃溪”之谓。也许，在坑头人眼里，正是那灼灼耀耀的无边红花，唤来了得意春风，为族人铺就了“一门九进士，六部四尚书”的锦绣前程。

赣江边的泰和麻洲，有樟、枫、桂、柞等二十多种树，一片葱茏，怕有数百亩吧。如今，一些古树已被编号，我看到一则写在树干上的禁令：“严禁乱砍乱伐、挖沙取土、捕鸟挖药，违者罚款。”落款为金滩村。无疑，这里就是金滩村的风水林了。此禁令是最近立下的，而在祖先制定的族规、祠规中，一定有着更为严厉的警告，否则，这片古树林早就该作古了。果然，金滩朱氏于九百年前在此开基，就在赣江边的这片沙丘上植树造林以抵御洪水和风沙，族规中有世代相袭的禁约，称：“金滩，后有柳洲坝，弈林惧其砍伐，宜培植禁约，长此下去，是卫前翊后之要，子孙所当时守，勿替者也！”遵照祖训，直到如今，林中仍有人守护。传说，十四祖懋林公发现自己的孙子砍伐了一棵樟树，毅然召集族人开会，当场对孙子处以斩首，故而，此洲又名“斩子洲”。

瑶里古镇汪胡村的风水林，竟是一座树种丰富、古木参天的原始森林。泉声瀑影、奇石峭岩藏于一座并不高大的山中，那可能是世上最为精致的原始森林了。深秋在这里俯拾即是，它是各色的叶子，各色的果实。

瑶里是有一条古驿道通往徽州的古镇，曾有二百多座古窑遍布在群山中，曾有许多架木制水轮飞旋在溪流边。自战国时期开始点火烧窑，长盛不衰，直至明初景德镇兴建官窑，随着窑厂纷纷迁往百里外的大江边，瑶里萧条冷清了。往昔的红红火火，变成了漫山遍野的历史碎片。令我惊奇的是，那么繁盛的一段历史，竟被繁茂的植被包裹得严严实实，满山瓦砾上竟长出了无边秀色。

我浪漫地怀想着民间的浪漫。我想，当窑厂纷纷迁徙，也许还有一些陶瓷艺术家没有走，领着他们的子子孙孙，以山为坯，以水为料，在蛮荒的高山上画着釉下彩，画在煅烧过的丘陵间，就是釉上彩了。否则，很难设想，被窑火熏黑、被瓦砾覆盖的古镇，会有这种血脉相承的自觉。

或者，他们养山养水，是为了保养永远激荡于内心的艺术感觉，为了保养崇尚山水、师法自然的人生境界。

而在汪胡的原始森林里，我听到的也是“杀子禁伐”的血腥故事——明初的汪胡村长亲手杀死了上山伐木的儿子，以儆效尤。从此，那座山被当地人命名为“罪山”。

肃穆的山岭，仿佛是一棵树的纪念碑；茂密的森林，仿佛是一个人的墓志铭。

类似的故事可能会在每一座风水林中生长，因为它本来就是千年古树上的寄生藤。汪口村的溪河边，有座向山，沿溪逶迤八百米，像屏风护卫着村庄，山上林木蓊郁。然而，它原来不过是一座寸草不生的石壁山。传说，明朝时一位在京为官的族人还乡时见此情景，动了改造它的念头，便发动村人用桐油拌石灰砌石垒成窕窟，填进泥土，栽苗成林，并规定在外谋生的族人每次回家都要带上一两种不同的树苗栽上。族人乐此不疲，愚公似的，持之以恒地做着这件事，想想看，这是多么浩大的工程！以至于如今山上树种繁多，有专家认定此山树种达二百五十多种，其中还有数十种为名贵树种。为了繁育成林，封山的禁令被郑重地写进了族规中。那禁令也是噬血的大刀，历史上它就曾砍断了一个违禁村人的手臂。

我在金溪县的蒲塘村，看到刻在石碑上的禁伐令，也是字字铁面无情，毫不暧昧，称“合众严禁：墩埂岭山不许窃取一枝一叶，犯者罚银十两，不服者，送官究治”。从语气上看，显然是当时族中制定的规矩。刻着禁令的石碑镶嵌在村口西成门的墙体上，西成门建成距今有五百九十多年了，禁伐令的颁布，恐怕更早。可贵的是，村人世世代代严守禁伐令，所以，蒲塘的珍稀古木至今仍生长在那道禁伐令中。它们依然神圣，仿佛它们是人们可以托付终身、托付百代的最可靠的荫护。

禁伐令深刻影响着族人，村人爱惜草木，甚至养成难以改变的生活习俗，以前做饭、烧水用松针、落叶、脚柴、茅草甚至牛粪，如今，尽管用上了液化气、燃煤，村中仍保持着在墙上晒牛粪块的旧俗。

村庄不是讲究山环水抱吗？森林就是山水的前胸，贴近它就感觉到生机勃勃的心跳。居所不是希图山明水秀吗？树木就是环境的姿容，看见它就能领略到丰富生动的表情。

人们不仅依靠强大的宗族力量来保护关乎风水的林木，还创造了许多神奇的故事，述说树的神圣和神秘，生长在口口相传的语言中的古树，唤起的正是人们对树的尊崇，对树的敬畏。

泰和麻洲的密林里，生长着笔架樟的传说。从前的金滩是个大村庄，邻村人要去沿江当圩，必须穿过麻洲，而达官贵人、婚娶人家每每到了笔架樟旁，便被笔架樟横着的树枝挡住了去路，人们只能勒马下轿。相传，有一次外村人家娶亲，为了不下轿，他们锯断了那根横枝，不承想，从树的创口流出来的竟是鲜血，这是一个凶兆，随后那个村庄有八十多个青壮年死于非命。麻洲还有一棵古樟，因所有的枝条都伸向赣江，颇似驼背老人，被称为“驼背树”。撑大船的船工却视之为鬼神树，因为这里有个急水滩，大船上滩总是为那些枝条所羁绊。然而，一旦船工在船头燃放鞭炮、打起号子，以此表达对神树的敬意，大船便可顺利上滩。

栗下村照壁上的对联说得好：“万里垂杳观日月，百年种树长风云。”难怪栗下村至今有古树近千株，原来，在它看来，植树的意义不仅仅在于林掩其幽，更重要的是“树长风云”。所谓风云，应该是一个村庄、一个宗族的旺势吧？

由遍布村里村外的古树，我联想到它的彭氏大宗祠，矗立其中的百根长十米的房柱，何尝不是一座茂密的森林呢？

那样的百柱宗祠在江西乡间比比皆是。我相信，在以百柱为自豪的祠堂里，柱，支撑的不仅仅是梁枋和屋顶，它还承载着一个宗族精神的重量。向上，它意味着宗族发达的根脉汇聚在一起，托起了百世相传的基业；向下，它意味着在祖先神灵的荫护下，宗族繁盛的心愿忽如百柱擎天。

百柱是根脉发达的宣告，也是人丁兴旺的寓言。既然如此，人们在宗祠建筑中那般重视使用立柱，也就毫不奇怪了。我常常遇到这种情形：林立的木柱切割着我的视线，切碎了我对祠堂内部的完整打量。是的，立柱总在抢着对准祠堂的镜头。立柱是成群地站立在宗祠里的主人，就像宗族全部的男丁！

如此说来，立柱就有男根崇拜的意味了。

有趣的是，那些把树木大规模地引进宗祠的村庄，通常也是绿荫如盖的村庄。树木与立柱，有着怎样的瓜葛、怎样的约定？

自古以来尊贤重教的传统，为梅冈村创造了人才辈出、代不乏吏的历史，高悬于王氏宗祠本仁堂中的牌匾，永远是津津乐道于祖孙科甲、父子进士、叔侄柱史、兄弟科贡、一门节义的佳话。宗祠里精心摆布的柱，宗祠外刻意经营的树，形成了建筑与环境、内心与外在的相互映衬、相互呼应的关系。我之所以不肯把那些树仅仅看作是营造宗祠建筑环境的需要，是因为在我看来，立柱和树木是被宗族寄寓了思想和情感的。柱是树的历史，树是柱的未来。柱是树成材的证明，是树的荣耀；树是柱不死的心愿，是柱的慰藉。柱与树的关系，恰好象征着祖先与后人的情感源流，象征着宗族荣耀与理想的历史联系。

也许，宗祠周围乃至村庄内外的那些树，便是百柱蓬蓬勃勃的分脉吧？蔓延的绿色，把叶子、花朵和果实播撒到四面八方。

燕坊村在历史上虽有“小小吉水县，大大燕坊府”之誉，但这个坐落在滔滔赣江边的村庄，毕竟是个顺水漂来的村庄。杂姓逐水而来比邻混居的特点，反映在建筑格局上，一目了然，百余幢明清老房子没有严谨、规整的布局，分别坐落在各自的池塘边，有些挤挤挨挨，有些则躲闪在一隅，给人疏密无序的印象。各家炫耀门庭的标志坊，尽管大多已风化坍塌如烊了的糖果，糖稀一般黏在地上，但它们仍像风烛残年的老人，颤颤巍巍地支撑着身子，固执地絮叨着什么。

凭着舟楫之利，靠经商致富的燕坊村建在一片带状台地上，它背倚后龙山，以抵挡冬季寒冷的西北风，山上上千棵樟树为之构筑了一道藏风聚气的天然屏障；面朝赣江流水，它迎接着沁人的夏日凉风，赣江东岸有大东山与之遥相呼应；村前开阔的田野有朝阳之势，日照充足，缓坡阶地，既可免除洪涝之灾，又可获得良好视野；村里村外的树木，既涵养水源、保持水土，也发挥着调节气候的作用。

走进这个村庄，最让我惊奇的正是树。惊的不是绵延几千米的樟树林，奇的不是村里村外的橘园，而是树种之丰富，是村中一家一园与村外山水环境呼应交融的景观组合。围绕村庄的郁郁葱葱里，时有一树树金黄，一树树紫红，真个是“村在林中，林在村中”。许多的池塘依宅而生，就在各家的门前投映着各家的牌坊，仿佛是各家的气场。其实，池塘多、橘园多、樟树多，无疑也是对建筑的一种隔断。然而，当我们理解了水的承载、树的寓意之后，就不难把握这些杂姓在共享一片蓝天时的微妙心态了。

因为那些炫耀于世人的牌坊，各家的池塘、各家的树仿佛都有了各自的心思、各自的梦。

钓 源

我看见了一座古村令人震撼的生成。

在我任由思想反复进入的这个村庄里，随处可见不顾结构逻辑的非理性的组合。青石板和鹅卵石铺的路面干干净净，却表现出反叛与对抗的性格，或者刻意不与正门对称，或者一头宽一头窄，或者有房屋蛮横地斜插出来，把路挤瘪了压断了。房屋也放纵得可以。没有一栋完全规整的房屋，正如没有一条两边平行、始终宽窄如一的路。每栋房屋的四面墙，总会有一堵墙或一个角，莫名其妙地凹进或凸出，改变平面或直角，以此破坏它的和谐，它的秩序。墙面的垂直线也多有不规矩的，无端地造出倾斜的部分，令人感到行将坍塌的强烈不安。不规则的门框，不对称的窗户，所有这些，分明存心要破坏中国建筑常取的中轴对称的严谨构图方式。

听说，此地的民居不肯整齐划一，是因为人们心怀对命理运势的恐惧，他们精研易经八卦，希冀从中寻找变通之法，寻找富贵长久的秘诀。村中农户家比比皆是的描金画、鎏金的木雕、木刻，记录着此地人当年逐利四方、财源广进的繁华岁月，也记录着人们对“纸醉金迷”的流连和祈祝。建筑艺术最重要的价值在于它与文化整体的同构对应关系，是某一文化环境中群体心态的映射。因此，不难判断，这个村庄沉溺于穷极奢侈、祈望富贵长久的心态，便是在风水学说中找到了精神寄寓，从而表现为“歪门斜道”。村中建筑及家具上随处可见鎏金镂雕的八卦图案，完全印证了这一点。

但是，穿行在其间，感受着建筑艺术在这里经营的非常独特的精神氛围，我相信它的一石一木注定会有更为复杂的情绪意境，尽管它们沉默着；尽管，由于建筑艺术的表现性和所传达情感的抽象性，它所创造的情绪意境是朦胧的、深沉的。

这里曾生活着追求并炫耀荣华富贵的一群，它的建筑为什么在夸富逞奢的同时，表现得如此忧心忡忡、惶惑不安？为何紧张？为谁迷狂？被歪曲的房屋，是否象征着心态的畸形，暗示着某种岌岌可危的不测？房屋上那打破常规、别出心裁的局部改变，是否可看作是一种挣扎和抗争？若是，它的整体又难以彻底颠覆建筑的根本法则，如同大面积的无助的茫然，使它渺小的抗争显得那么荒诞可笑。被荒诞感挟持的村巷，是否预兆着前路的凶险难卜？至于一头大一头小的路，很轻易就被人命名为“棺材路”，不知这原本就寓意着命运的逼仄，还是世事的无常？即使促狭或较为宽阔的门前，它所提供的空间为什么也那样不讲规矩方圆，用变化多端的几何图形大肆渲染紧张感？

面对这一切，如果仅仅感觉好奇，就显得迟钝甚至麻木了。它几乎把一个时代的社会心态，一群人的生存状态和心理，他们的感受、情绪和内心深处的深刻矛盾，光怪陆离地裸裎在“歪门斜道”的建筑中。它的表情是多么风流倜傥，又是多么俗媚轻狂，是多么雍容富态，又是多么痛苦难言；它的语言是声色犬马、撒豆戏妓的调笑，是夜夜笙歌、醉生梦死的呓语，更是人生苦短、浮华如梦的真言。

那么浓重的哀伤，那么深刻的自省，弥漫在富贵荣华的记忆中，乃至将其浸泡、冲刷得斑斑驳驳，如此看来，祈望富贵长久的心态恐怕就不足以解释此地建筑个性的生成了。

当我得知此地人与欧阳修同宗时，欧阳氏族众多光耀千古的名字纷纷在心中涌出。我情不自禁地攀上古村的后山，去眺望远远近近的姓欧阳的村落，去统摄曾渗透于广阔民间的“学而优则仕”的传统心理和以诗书传家的社会风尚，以及由此造就的璀璨的庐陵文化，去俯瞰这个也曾儒雅一时的古村的内部潜在。山上据说有数万之众的樟树，但未能遮蔽我的视线。遥想当年，庐陵乃至整个江西的广域文化环境呈现在眼前，这时，我似乎体悟到了这个古村其时所承载的巨大的精神压力，似乎觉察到了即便在热烈追求俗世享受时，仍让它一直耿耿于怀的是什么。

它是不是困扰于来自重文轻商传统的深刻鄙视，以及自卑？在儒雅之风的重重包围下，它的靡丽之气是不是一种痛苦绝望的放纵？它的“歪门斜道”是不是面对文章世家的族谱所做的检讨，检讨时的自嘲？

也许，走在“歪门斜道”的迷宫里，我的感觉也不自持地顺势歪斜了。的确，我对建筑知之甚少，尤其对其如何受儒、道、佛各种宗教文化的影响，更是心虚得很。想来，各种文化对它的渗入，同样可以发生在别的村庄，并且可以复制得毫无二致或表现得大同小异。但是，各处选择、接纳的心态，肯定因社会背景、生活环境、生存状态等差异而不同，它们都会成为各自所植根土壤的文化内涵的真切反映，都会有属于自己的鲜明性格。因此，我们在欣赏每座古村时，都会得到不同况味，被不同的情感所感染，而它们所表现的朦胧的情感，肯定都能在已经逝去的历史生活中找到确凿的依据。

不过，当我把这个村庄的建筑当作艺术作品来欣赏时，史实好像变得并不重要了。建筑所营构的，岂止仅仅是一种情绪氛围！那动荡不安的村巷，不就是跌宕起伏的情节线索吗？那神秘变幻的房屋，不就是生动饱满的人物形象和复杂微妙的心理写照吗？它的叙述富有哲理、富有力量，那是用砖木码出来的文字，尽管墙根处布满苔藓。翻开它，犹如打开一部充满命运感、沧桑感的长篇小说，令人炫目的生活图景扑面而来，耐人寻味的精神历程依稀可见。当我为之震撼时，想来，那一定是历史深处的某种浓烈的精神情绪已经贯通了漫长的岁月，抵达我的心灵之中、思想之中。

正是那次造访，让我对古村的建筑艺术有了全新的理解，而且，那次经历鼓励了我理解古村时由眼入心、反心及物的审美主动。其后，我反复寻味自己到过的每个古村，感受着它们各自所营造的情绪氛围，渐渐明晰在如今的建筑乃至生活中，那些已消亡和正在萎缩的是什么了。

——是鲜明的性格，是表达的欲望，是浸润于平凡生活中的文化精神。

写到这里，我不由得想起房龙在《人类的艺术》中说的一段话。

他说：中世纪的人，能够通过教堂、绘画，或是唱歌，来表达共同的感觉。“他们能够不加掩饰地来表现他们的感受，一点也不弄虚作假；而弄虚作假，成为现代生活的通病。”

是吗？

大 智

对文字的迷恋和铺张，还有比流坑、渼陂更甚者。安福县山庄乡大智村彭氏总祠有副楹联称：“兄状元、弟会元，六年间，压两京一十三省豪杰；左太师、右少师，二派下，开四乡千百万载书香。”数字在楹联中竟表现出非凡气概。说的是，此地有过“父子四进士，兄弟双入阁”的荣耀，前者指明正统年间进士彭贯及其次子彭彦充、三子彭华、四子彭彦恭，后者指彭华和他的同宗兄长彭时。明成化年间，彭时中进士，先为侍读，后入文渊阁，入内阁，为吏部尚书，首辅文渊阁大学士，相当于宰相职，明史誉其“有古大臣风”。六年后，彭华进士官至礼部尚书，入内阁参与机务，后因朝廷内部人事纷争而弃官归里，六十一岁卒。彭氏家族真可谓魁星点斗，让仕林仰慕不已。

仿佛族谱也难以张扬家族荣耀，仿佛匾联已无法穷尽人生得意，仿佛一切笔墨都不足以激扬文字，彭贯父子索性一手握錾一手挥锤，把光荣和梦想镌刻在村头路旁、田圳间的岩石上。有一段刻石记道：“成化十九年八月朔，进士淳安程愈，公差便道访郎中彭先生，适落成游息亭，拜谒苍山翁墓过此。”刻石并立亭以记，可见此举并非闲暇之余的游戏，更何况这项工程始于正统丁卯年（1447 年），陆续刻至弘治六年（1493 年），几十年间金属之声不绝于耳。仅现存岩刻就有十六处，四十余幅，可辨识的文字达六千余字。几近半个世纪，祖孙三代锲而不舍、前仆后继地做着这么一件事，这差不多就是一个悲壮的故事了。现刻石尚存，亭台已了无影踪，连刻文也若隐若现了。身临大智的山野，想象当年他们的痴迷状，当是几近癫狂了。相形之下，愚公移山又若何？

我是在一个冬日的黄昏赶到大智的。村后一条小路沿山脚蜿蜒而去，有裸露的岩石或孤独地蹲在芭蕉叶下，或结伴端坐在草木丛中，收割过的田垄中间溪水淙淙，田垄里的裸石则像匍匐于溪边的牛群。我在夕照里辨认岩石上的字迹。这些岩刻因石随形，大的高六米，小的仅盈尺，楷体阴刻，大部分字迹已风化得模糊难辨，只见密集的錾痕而已。田垄中的那堆岩石甚至连錾痕也被岁月打磨去了，它们自然得让人很难想象曾经有着那么刻骨铭心的精神负载。

听说这些岩石上的题刻中有祭文、墓表、题词、记胜、贺表、诗词，举凡擢升公差、归省祭祖、友好拜谒、致仕休闲、建房寿庆、吟咏唱和、风物灵异、丧葬祭悼等家族事，均镌刻于岩。多处巨石上，镌刻着彭华兄弟的同僚好友、地方官吏、拜谒彭氏祖居及先人墓葬的题名，涉及人名多达八十个，由其显示的官衔、时间、事件等信息，可窥见彭氏家族庞杂的社会关系及其生存环境。村旁的湖山是彭贯夫妇合葬的茔山，山脚下有题额为“感恩亭”“永思亭”“述德亭”的几处刻石。“述德亭”刻于高近四米、呈半圆锥状的岩石上，题额下面，绕岩面六米依次刻着纪念彭贯的墓志铭、墓表、传、诔词、祭文及挽诗，作者均为当时极有影响的朝廷重臣。

当地的文友把大智岩刻比作“文章铺路”，实在形象贴切。这条曲曲弯弯的山路，何尝不是仕途上一条铺满了锦绣文字的通衢大道？这些斑斑驳驳的岩刻，何尝不是岁月深处一座座激励后人的路碑？

只可惜，这些坐卧在草木间的文字，哪怕沐日月、啜雨露，哪怕闻莺啼、嗅谷香，与自然相依偎，得山水之精气，终究也被自然剥蚀了去。苍老的裸石龇开了长长的裂缝，几茎细瘦的藤蔓竟攀上了文字的骸骨。

正如霜叶。霜叶静静地蔫了。

正如夕照。夕照悄悄地凉了。

岁月模糊了大智岩刻的形骸，循着残存的笔画，指认它的只言片语，读来神秘如同天书。所幸的是，县博物馆将其拓片，岩石上的秘密已经大致披露。

刻石的诗作里有真性情。彭贯之父一生隐居未仕，有不少诗作称颂隐逸生活的闲适，如正统八年（1443 年），当时的国子监祭酒不无羡慕地写道：“长歌无与和，余响振林丘。俯仰中自得，于世更何求？”而以“科宦蝉联”“英才济济”为荣耀的彭氏族人，仿佛不堪承受功名之累，竟也有些感伤、有些厌倦了，有诗为证：“平生性好吟诗句，句欲平和意乃休。无辱无荣随定分，不疑不惧又何愁。”也许，这首诗不过是个人情绪的宣泄，而个人情绪可以为一时一事所左右，但它既然被刻录在天地之间，被记载在这摩崖式的“族谱”上，那么，它一定有着被珍视的理由。会不会是对“垂钓溪边免用舟”的人生境界的向往呢，抑或是对“追思子美似同游”那超然物外的人生态度的赞赏？特别是，不少在朝官宦也一味称颂彭贯之父的隐居生活，那么，诸多诗作里共有的这种情绪就变得耐人寻味了。

要知道，有诗如此赞颂彭氏家族的辉煌：“卿家富贵更何如？总是前人积庆余。簪组满门双阁老，恩荣累叶六尚书。昭昭品秩题磐石，济济英才迹后车。昨夜春官坊下望，文光万丈烛天衢。”这首诗其实也道破了彭氏祖孙三代造就大智石刻的心机，它就是期望“济济英才迹后车”，希冀后辈有“前人阴助读书灯”，从而“期折桂枝绳祖武，光前启后达传闻”。

一边是激励后人攻读进取的煌煌之心，一边是表现自我清高孤傲的幽幽之意。我以为，这一矛盾恰好准确地反映了历代中国文人的典型性格及其性格的深刻矛盾。受儒家思想的濡染，他们一方面热烈地追求功名，期望通过仕宦生涯体现自己的价值，另一方面，他们又受道家学说的影响，向往超拔脱俗的人生境界，一旦官场失意，他们的性格矛盾便突显出来。

在这里，值得注意的是，经五百年岁月沧桑，大智村中除了残留些许柱础和麻石器物，能证明昔日辉煌的文物几乎荡然无存，唯有村外这石刻群把历史拆卸为纵横密布的笔画，再组装在坚硬的磐石上。由此，我们或许可以把大智石刻视作刻在岩石上的族谱。与所有的族谱不同，它以岩石为纸，以钢錾为笔，以清风为墨，它不仅要把家族的荣耀告知后人，还要告知宇宙和自然。因为，在彭氏先人的眼里，他们立足置身的环境是赖以生存繁衍的根基，周围的一切风物皆为朋友，磐石、甘泉、清风、明月等，都有姓名，都有人格：“磐石字友坚，甘泉字友洁。清风字友闻，明月字友亮。

苍松字友直，绿竹字友节。秋桂字友芳，寒梅字友贞。闲主字友和，旧宾字友邻。”人与自然景物已经成为一家子了。

于是，我想，在这与日月星辰同在、与山川大地共存的族谱里，之所以会有不少流露个人性情的诗作，很可能正是因为人们在镌刻着家族历史的时候，面对属于大自然的这些可亲可敬的知己，感怀世事，心游八仞，忍不住掏出了心里话，从而使这一块块磐石变得柔软温润、多愁善感了。

估计刻石上还有许多文字恐怕永远不为人知了，若是天地有情，那么，唯有天知、地知。其实，需要破译的只是具体的文字，它的精神内在赫然矗立在历史深处，即便我们蓦然回首，也是可以清晰地看到它的神采的。

庆　源

以桃源自诩的庆源村，骑跨水口的廊桥竟是一座高大的两层建筑，从村内看去，那是一堵刷着白灰的峭拔而严密的高墙，只在桥头两端迎着道路各开一座以供登桥的拱形门，两边门的上端各开一对小小的圆形气窗，阔大而高峻的墙面完全封堵了我投向溪河下游的视线。若不是骑于溪上，有中段下方的单孔拱洞提示，很可能把它误为一幢楼房。是的，它简直就像一座固若金汤的堡垒。

从下游往上看，它才显出桥的模样。主要变化在桥面，桥面之上为三间两层木结构的廊阁，只是朝向溪河的下游敞开着，在下应为桥廊吧，上层仿佛是凭栏观景的楼阁，其栏杆依然完好。高耸于两端的桥亭仍是刷白的砖墙，两座拱门之上的窗子大了许多，一边为一对拱形窗，另一边为一对半圆形窗。

这座廊桥已有部分腐朽坍塌，我不能攀到楼上。站在下游回望它时，我惊讶地发现，在保存完整的桥头一侧，桥的高墙与林木蓊郁的山坡之间竟然也依就山体砌有砖墙，把这个水口闭锁得严丝合缝。财气也好，文运也罢，怕是插翅难飞了。

庆源村是个傩乡，然而，随着一位老人的辞世，村中再没有人会跳傩了。老人的老去，竟是庆源傩的老去，竟使一部乡村傩戏史荡然无存！我甚至无从打听关于庆源傩的蛛丝马迹，尽管临溪人家的门前都建有街亭，街亭的长凳上坐着一拨拨的闲人。

悠闲的村人坐在阴凉的街亭里，恬静的村庄躺在狭长的山谷里。它们大概和为我担当向导的村民一样，知道的不会比我来庆源前听说的更多。看来，庆源傩老在了那位叫方福寿的老人之前。

我在临溪而聚的村庄里寻找傩的踪影。我以为它的建筑、它的环境以及它的眉目和神情，大概会与傩有着某种精神上的勾连。要知道，婺源民间曾广泛流传这么一句顺口溜："石佛人家挖木勺，庆源人家戴面壳。"这是婺源民间对庆源傩的记忆。早已脱去面壳的庆源，难道不会留下佩戴面壳的勒痕？

沿着穿村而下的小溪来到高大雄伟的廊桥边，我听到了一个有关风水的传说。这个传说让我恍然，原来没有外界袭扰的"桃源深处"并非世外桃源，小桥流水的恬静中照样有险恶的计谋、无情的暗算。不是吗？在廊桥以下的溪中，兀立着一片石林，如春笋破石、莲花绽放，又如佛手带露、文笔竖案，岸上则有一块截面断层酷似书页的巨石，人称"千部书"。溪中的石林共有二十六根石柱，被人们视作朝笏，意味着这里要出二十六个京官。

果然明代就出了个卫戍京师的大将军詹天表，他家的祖坟地为“上水鱼”。同村便有人嫉妒了，请来风水先生破之，其办法是，栽下两棵松树作钓竿，以便把对岸的鲤鱼钓起来，再建一座石桥穿透鱼鳃，此桥故名“穿鱼桥”。这座桥毫无交通意义，是纯粹的风水建筑。詹天表家族见风水被破，立即拿出应变之策，将“上水鱼”前方被称为“鱼饵”的土石墩铲平，因为没有鱼饵鲤鱼就不会上钩。可惜，除墩未尽，留下后患。“穿鱼桥”合龙之际，詹天表正在长江上押运砚台，江洋大盗见箱子沉重，疑是金银财宝，顿起杀人越货之心。呜呼，那身高八尺的大将军竟栽在故里那残存的“鱼饵”上。

我津津有味地鹦鹉学舌，是因为这个故事虽然荒诞，却十分真实地反映了乡村生存现实所决定的宗族、房派利益冲突和人际关系。置身于桃花源中，人心却并非桃花源。于是，我以为，庆源傩舞戏的兴盛，除了为驱邪纳吉所需要，无论是从具有教化意义的节目内容来看，还是从客观效果来看，都具有凝聚族人的作用。也许，恰恰因为这是没有外患的桃花源，凝聚族人以防范来自村庄内部的不测，反而显得更重要了。

所以，当清顺治十四年进士、翰林院大学士詹养沉，因主考官出错考题，作为副考官的他也受牵连被罢官返乡时，他竟带回了三个戏班子。有人说，这是庆源傩舞兴盛的开始。据我所看到的只言片语的资料，婺源乡间自古巫傩之风盛行，“会社之日，击鼓迎神，伴以舞乐”，驱鬼逐疫，以求平安得福。在明代庆源的傩就声名远播了，明代徽州府休宁县茗洲村《吴氏宗谱》中记载：“正统十四年，社中仪，首春行傩人。婺源州香头角抵之戏，皆春秋社首醵米物，酬与诸行傩人，遂为例。”婺源乡间把跳傩称为“舞鬼戏”，因为狮傩多同台表演，故既跳傩又舞狮的傩班也被唤作“狮傩班”。庆源的傩自古便有“狮班”“鬼班”两大班，拥有十多个剧目。明代郑本目连戏产生后，在原徽州所属的祁门、休宁、石台、婺源、歙县等地流传开来，目连戏班社纷纷建立并组织演出，明清之际直到中华民国年间，其中影响较大、活动面较广的，就有婺源庆源村的“舞鬼戏班”。

詹养沉一下带回来三个戏班子，这般好戏，纯粹是为了娱乐乡里呢，还是为了庇佑族人？想来，即便是性情所至，也是少不了一番维系宗族关系的用心的。

庆源村以詹姓为主姓，詹氏人家中商贾官宦者居多，现存的“太史第”“永思堂”“大夫第”“倚屏对镜楼”等明清建筑，以及外观中西合璧、内仿南京“总统府”结构的“福绥楼”，依然在显耀着詹氏宗族当年的富贵荣华；而村中的十个杂姓则为小姓，他们多为佃农雇工。其中一些杂姓人家，正是作为艺人迁来此地讨生活，而后落地生根的。杂姓作为豪门望族的佃户和雇工，他们的宅院一般零散地坐落在村庄的外围，一副孤独落寞的样子，却是忠实地守护和陪伴着那些聚族而居的村庄。

当地的朋友告诉我，这种情形遍及婺源山村，如果在乡间看到那种形单影只的农舍，不用问，屋主人的祖上想必是“苦大仇深”。邻近的同样封闭的长径村村貌很能反映这一特点。一个狭长而拥挤的村庄横卧在小溪的一侧，而在两里外的斜对岸，聚集了几户人家，像一个小小的村庄，他们的先人正是长径程氏的雇工。大小两个村盘，鸡犬相闻，却是隔着田畴和流水，隔着心灵的旷野和堤防。听说，这些杂姓人家的房屋都是程氏主家给盖的，他们有的正是傩班艺人。长径傩班曾和庆源傩班“两班合一”。由于没有傩庙，傩面具等都由傩班成员保存，所以，主家给他们建的房屋比自己的居所还要好。

翰林院大学士詹养沉决定带回三个戏班子时，不知还记得先前发生的故事否？弘治年间，属于小姓的方姓人家于不经意间竟葬得一块风水宝地，地名称“金盆养鲤”，风水先生断言这一家族将来要发一斗粟米的官。这期间，方姓人家有几户外迁浙江，数十年后果然发达起来，出了不少厚禄高官。他们的子孙于万历年间来庆源寻根问祖，立碑修坟，那庞大的马队和一乘乘大轿，让詹姓人家颇为眼红，甚感不安。詹姓不得不防着留在村中的诸多小姓。他们的对策是，在村中搭戏台筑庙坛，花钱雇小姓人家夜夜做戏，这样，每天夜里登台的大小官宦百十号人，三年五载即可把那像“一斗粟米”那样多得难以数计的官全都发尽。

这个故事令我眼前一亮。几年来，我访问过一些有傩班、戏班的村庄，如南丰的石邮、广昌的甘竹等，旧时它们的傩班、戏班都是由大姓管理、杂姓表演，究其原因，不外乎大姓宗族鼓励子弟读书登科，而认为跳傩、演戏有失其大姓身份，便理所当然地把这活计交给了经济上依附于大姓的杂姓。庆源的故事却点破了庆源人跳傩、演戏的动力之一。原来，格外迷恋这“桃源深处”的庆源詹氏，始终警戒着、提防着，用民俗信仰为武器，不露声色地掌控着那些戴着假面具的神灵。

这会不会是乡村戏班大姓管理、杂姓表演那种管理模式共有的一个内在秘密呢？

反正，我愿意相信。因为，驱邪纳吉的“舞鬼”，无疑包含着维护和巩固宗族地位的用心；因为，娱神娱人的“香头角抵之戏”，始终把祈愿宗族平安兴旺当作它的第一要义。

如今，庆源村的傩面具已荡然无存。只有高高的廊桥坚定地扼守着水口，尽管它的木结构已经腐朽坍塌。这座廊桥的楼上，曾是收藏傩面具的地方。大概正是因为这份神圣，它的桥墩、桥亭以及四面高墙才如此巍然屹立。

柘　溪

对风水宝地的追求，往往可以通过造势来实现。这在风水学说中叫作“补风水”，我更愿把古村落中常见的种种补基手段看作是造势。造势是在就势的基础上进行的，是对就势的拾遗补阙，是以人为的手段来修补山水形势的缺憾。

安福县柘溪村刘氏为西汉长沙王的后裔，其开基祖刘楚荫官宋西凉郡守，离任归乡后，喜爱明山秀川的他游览至柘溪一带，为此处山水所动情，毅然拓基于三角围子。用这个地名来说明此地的山形地势再恰切不过了。村子后面的靠山是层峦叠嶂的天屏山，两边则有大山的余脉拱卫，村子深藏在山的旮旯里；那两道平缓的山冈断断续续，看上去好像是人工堆成；一道古堤横亘于村口，上面长着成行排列的古柏，高大葱郁，仿佛一面厚实的屏墙。如此看来，村庄确实是坐落在三角围子里。古堤内侧有一座书院，就叫三角书院。这座书院与村东主祀观音的竹林寺、村西主祀当地福主刘像的白马庙，分属儒、佛、道三家，从地理位置看，恰好也构成一个三角。这番精心，显然是出于风水的考虑。它们应该也是一道屏障了。

我想，当年刘氏老祖宗到此一游，叫他怦然心动的，无疑是这里的山形地势。听听那些山名就叫人神往了，什么赤蛇元龟、龙凤呈祥、双龙戏珠、双狮拜象、五虎拜狮、金凤展翅等，分布在村子后面及左右的那些山冈，只是一些小山包罢了，却是群峰争奇，仪态万千，满目吉祥。而村子依山就势从山脚步步高升，层层叠叠簇拥在山的羽翼之中。我攀上村中的蛇形山，更觉惊奇，蜿蜒蛇行的山脉把整个村庄分成了两部分，而坐落在村后的那隆起的蛇头，就像我在别处看到的宗祠后面的“龙座”，蛇尾处建有楚翁公纪念碑。站在蛇形山上眺望，远方的田野、山林尽收眼底，村前的大畈之中匍匐着一座低矮狭长的山冈，人称“金线钓鲤鱼”，它恰好坐落于村口前方的当冲位置，成为一道天然屏障。

除了那些自然形成的风水景观，柘溪村周围还有一些人造的风水景观。传说当年风水先生采取觅龙察砂术相地，认为天屏山断了龙脉，要在山里筑七条土阶才能引龙进村，因此，开基不久的刘氏就为此忙开了，经过几代人的努力才完成这项浩大的工程。七星堆则是人工堆垒的土包，它们恍若北斗七星，依次排列在田野里，既体现着“道法自然”“天人合一”的思想，也具有关锁、拱卫村庄以藏风聚气的意义，寄寓了人们通财路、兴文风的愿望；关锁村子水口的罗生堆，也是一座人工堆起的土包。

那许多的山冈、土包，或绵延伸展，或相互呼应，以严密的围护，以生动的造型，亲密地厮守着村庄。

值得注意的是这里的水。人们传说，在很早很早以前，有一年久旱不雨，一位骑鹤仙人打此路过，踩出两尺深的脚印，从此成为一泓清泉，无论气候如何，这汪涌泉始终不消不长。这个传说多少透露出人们对水的渴盼。是的，如若作为风水宝地，这里的不足正是缺乏水的深情眷顾。近千年来，生产、生活所需的水都来自天屏山上，人们利用山涧开辟三条小溪引水入村，那一线线细流滋养了三十六代子孙，滋养着如今的四千人口，在今天看来，真是不可思议。因为，我看到的山林种树虽多，但长得比较怪异，草木并不繁茂，可能与土层较薄有关，这样的山是难以蓄水的；我在村中看到的沟渠，则是细流如线，由此可见，那慷慨地护佑着村庄的天屏山，也是悭吝的。

想来，当村庄不断繁衍时，人们就逐渐感受到此地风水的缺憾，或心存远虑了。要不，如何会这般费尽心机来营构风水呢?

对了，在这里，风水的建构充满了对水的尊崇、对水的依恋、对水的挽留。我注意到，不仅村口有栽着柏树的古堤，村中还有多处呈梯级分布的柏树之墙，只是有的地方古柏仅存一二，不甚分明了，有柏树古堤的地方应伴着一口口水塘。事实上，柘溪村正是请来风水先生定位，一共挖掘了四十六口水塘以荫养地脉。一位老人指着村中的小拱桥告诉我，此处之所以建拱桥，因为这里是龙脉连接之处。拱桥让龙脉变得神秘起来。而所谓龙脉，其实就是注入下游池塘的活水。我以为，在柘溪村，那一口口池塘的实际意义比观念意义重要得多，与其说它们是关乎生气的气场，不如老老实实地说，它们就是关乎生计的生命之源。由此可见，环境条件的不足，为风水学说大行其道提供了机会；反过来说，在风水观念的外衣之下，既包裹着人们改造自然以适应人居的主观愿望，也包裹着人们为此付出的主观努力。

该县的塘边村地处丘陵盆地，整个村庄由东、西两部分组成，居中四顾，村庄是个圆形。西边是村庄的中心，也是一个圆形。村中有十多个大水塘连接成片，供饮水、洗涤、灌溉。我在读关于塘边的介绍文字时感到，今人似乎心存顾虑，有意回避了风水学说对塘边建筑布局的影响。比如，塘边村的圆形格局，被解释为与传统的农商文化有关，因为自古以来，商人相信“商家大门不朝南”的训诫，商属金，南方属火，火能克金，那是不吉利的，必须回避。在圆形布局的村庄里，不管是单幢民居还是群落民居，大门的朝向位置都便于选择变换，现存古民居的大门朝向正是多方位的。有的故意把大门开得偏斜，或用屏墙、照壁挡着，都是为了避开正南方向。大门朝南的民居往往坐落在群落的高墙之内，或有别的原因。这些解释恰好都与风水理念有关，人们却把“风水”二字藏匿起来了。

渼　陂

通常，每座古村落都会有它特别强调的建筑构件以及装饰手段，但在吉安市的渼陂村却是个例外。雕刻、美术、书法都被广泛使用，把老房子装点得琳琅满目，令人应接不暇。

——这是一个被刻刀雕饰的村庄，一个被墨彩浸润的村庄，一个被文字镇守的村庄。

我多次进入这座全国历史文化名村。这里有明清建筑三百六十余栋，其中包括气势恢宏的梁氏总祠等十多所祠堂、六所书院和宫庙教堂；有长八百多米的古街、一百五十多家店铺和十六座古码头；有山环水抱的村落环境、二十八个池塘错落有致地排列，象征着二十八星宿护卫着村庄……然而，这个集耕、读、商为一体，村街合一的典型村落，给我印象最深的，却是异彩纷呈的书写，神闲气定的墨迹，是那些铺张的文字。它们刻于木、书于墙，填充视野，灌注心田，几乎达到了振聋发聩的地步。

渼陂梁氏总祠永慕堂，为上、中、下堂带两大天井的三进式建筑。三开间的门廊，上有高耸的牌楼，如意斗拱承托起飞檐翘角，顶覆琉璃瓦。中堂檐步有四角亭式抱厦伸入天井间，上堂也有高耸的牌楼。祠堂中无论梁枋，均用材粗硕，且无论砖、石、木构件，均施以重工装饰。蹲狮、抱鼓、门簪、柱础皆为红石，立体雕、浮雕、线雕等技法，无所不用其极，斗拱、雀替、斜撑等处为精美的木雕，藻井、檐头则遍饰彩绘。而镌刻在永慕堂内三十七根红色石柱上的对联，更是耐人寻味，如“宗风永丕振景仰前哲千乘侯谟烈远贻庆泽孔长绵万世，祖德慕无穷裕垂后昆数百户和亲相乐生齿虽繁总一家”“永建乃家念先人聚族于斯食德服畴千百年咸懔高曾矩矱，慕非在外愿后嗣顺亲有道乐絮宜室亿万载恒庇葛藟本根”之类便是。相传，从前族长为考评族中子弟的才学，每到过年时便令各家推举一名子弟到祠堂里来写对联，优胜者的作品可雕刻于祠堂内的石柱上，从而流芳百世。

渼陂老祖宗对诗书文章的津津乐道、对功名仕宦的垂涎欲滴，随处可见。如民居隔扇上有联曰：“学乃身之宝，儒为席上珍。”书斋庭院的照壁上有联云:“万里风云三尺剑，一庭花草半床书。”文昌宫有联称：“鱼游墨沼苹风暖，燕入书林杏雨浓。”此地梁氏奉“耕读为家身之本”，可见一斑。然而，渼陂的繁荣却得益于明代中后期商贸的兴起，到了清代，此地成了乡间的“小南京”。

连通赣江的富水河，在渼陂孕育了商贾如云的集市，孕育了以梁氏四兄弟为首的四大商业巨头，也孕育了更为强烈的宗族意识。尽管祠堂从来炫耀的都是宗族的功德名节，但是支撑着它的，却是滚滚而来的财富。财富是祠堂的催长素。兴盛时期的渼陂更是热衷于通过修建祠堂、续修族谱、增置族产、广行善举，来扩大宗族的影响，进一步巩固宗法秩序，永慕堂就在清同治年间几度重修扩建，求志堂、洪庆堂等房祠也是在清代重修或建造。

我把渼陂看作是建筑在文字里的村庄。有大量的文字充满了传统道德的教训意味，富有为人处世的哲理，涉及修身之境界、持家之根本、处事之品行、交往之气量等。如宗祠的楹联曰：“世事让三分天宽地阔，心田存一点子种孙耕。”有一座照壁干脆大笔直书四字警世箴言：“多留余地。”真是一语双关，精警动人。民居的对联云：“作天地间不可少之人，为伦类中所当行之事。”语言虽朴实无华，却是铿锵有力，洋溢着一股大丈夫气概。书于墙上的家训更是让人牵肠挂肚、顾忌颇多，因此，它的表达更加循循善诱，更加澄明透彻，如：“观贫贱人当观其度量，如宽宏坦荡者则其福必臻而其家必裕；观富贵人当观其气概，如温厚和平者则其荣必久而其后必昌。”其言也善，其意也切。拳拳此心，明月可鉴。

不知道为何，它对为人处世之道竟然如此耿耿于怀！此地梁氏注重教化，几近极端。于是乎，入堂便见正襟危坐的文字，出门皆是道貌岸然的格言。

在这个始建于南宋初年，耕读并重、农商并立、文武并举、义利并蓄的古村里，这些语重心长的谆谆教诲，是“文献名宗”“衣冠望族”的秉性所在，还是以儒行商、以商助儒的封建儒商文化的经世方略？是人们阅尽世态炎凉、人情冷暖的经验总结，还是人们置身于通商码头、面对前路漫漫的千叮咛万嘱咐？

我不能自已地与渼陂默默相对，读着那些或清雅脱俗或浑厚遒劲或奇峻不凡或古朴苍凉的眼神，那些语重心长而又踌躇满志的眼神……

汪山土库

江西古村的建筑装饰，颇为重视门面。如丰城的白马寨，高耸的墙上只留着小小的红石镂雕的透窗，尽管凹进去的门庭使整个屋面凹凸有致，但大面积的青砖仍可能给人造成强烈的森严壁垒的印象，这时，对门罩的强调就显得非常重要了。繁复的门罩与单调的墙面形成了强烈的对比关系，仿佛从暧昧的晨岚中喷薄而出，仿佛从平静的水面上鱼挺而立；或者，墙面的简单、沉闷就是为了烘托门罩的精彩吧？

门罩是脸面，是眉目，而处于眉目中央的匾额上的文字就是明眸了。逐利四方的风尘仆仆，荣归故里的车马辚辚，文字把由建筑营造的氛围激活了。

白马寨匾额的丰富性，不仅仅在于它的内容提供了大量的历史、社会、民俗的信息，而且它的文字也是斑斓多彩的。在这些文字里，有气象，有地理，有心志，有祈愿，有色彩，有声音，甚至还有性别。

对匾额的重视，也可以表现为不露声色的潜藏，耐人寻味的空白。比如占地一百零八亩的新建汪山土库。

这是一座以江南园林建筑、徽派建筑与清朝宫廷建筑相结合的清代官宦豪宅，二十五幢砖木结构的青砖大瓦房幢与幢相携、进与进相连、巷与巷相通，浑然一体，庄重肃穆。整个土库共有五百七十二个天井、一千四百四十多个房间，庭堂重重，巷道交错，有祖堂、保仁堂、谷贻堂、光裕堂、醉月楼、望庐楼、接官厅等，还有按皇宫御花园定制建造的稻花香馆；有进与进之间用于整体隔开的透巷，有横穿每幢房子、专供轿马出入的八尺巷，还有隔在每幢房子之间的回声巷，其回声来自埋在巷道之下的许多瓦缸，瓦缸里装满了石灰。这番精心设计，是为了吸潮祛湿，还是纯粹为了听响，抑或是兼而有之？

土库大部分坍毁，存留部分基本完好，却是空空荡荡，一片死寂。我重重地踏响了深宅大院。我愿意玩味那悠远而空旷的回声。那声音仿佛是自然与生命的酬唱，建筑与心灵的呼应。遥想当年，它该是豪宅中的空谷，还是旷野上的宫殿？

土库建筑的门窗、门台、踏阶、柱基皆为一色的红石，花楼重门、高梁粗柱、屋檐上多有精美的雕刻图案，每幢房屋正大门上方也都镶有红石或青石的匾额。从整体看，它巍峨气派，皇皇大观；从细部看，它又是严谨周密、精致考究的。然而，它的所有红石匾额，尽管四周雕有琴棋书画、祥禽瑞兽等纹饰图案以为框，中央却没有镌刻任何文字。

汪山土库为清中期官至一品、二品的程氏三兄弟所建，三兄弟分别为湖广总督、江苏巡抚和安徽、浙江巡抚，史称“一门三督抚”。村人想当然地告诉我，匾额之所以空白着，是“三个大红顶子”期待着某一天拜相，然后补刻文字。此说若可成立，想来当初大兴土木之时，拜相之事已是胜券在握，指日可待。不知何故，枉费了这一番苦心。

而我更喜欢视之为一种品格，一种境界。它是孤傲的隐忍，自持的期待，甚至是谦逊的发愤，深沉的激励。匾额上的空白，与整个土库建筑所表现的内敛、闭锁的个性是一致的。走近土库时，我就感到诧异，并排九幢房屋浑然一体，形成一面挺拔的长墙，每座大门只是这面长墙的小小的开口，没有铺张的门楼、门罩，红石的门框也不过如青砖厚薄，这样低矮又简单的门面，在热衷于炫耀门庭的江西古村是极其罕见的，而且，像白马寨一样，土库在高达十余米的森严壁垒的墙面上，几眼小小的透窗也是开在险峻的高处。它把“一门三督抚”的荣耀完全封闭在这座豪宅的内部了。可以从另一个侧面证明它的建筑个性的是，如此规模宏大、富丽气派的豪宅，却不重视与外界相连的道路。据说，曾任国民党宣传部部长的族人程天放每次返乡，宁愿绕道乘坐机帆船。当年日寇曾占领新建县的大塘街，而近在咫尺的汪山土库居然秋毫无犯，其恰恰得益于交通不便。

看来，虽然汪山土库与白马寨的建筑风格、规模有某些相似之处，但是二者又是性情各异，所求不同。官宦人家毕竟比名商世贾沉稳得多、深邃得多。表现在匾额上，就是这引而不发的神秘、不苟言笑的庄严了。

耐人寻味的默默无言，任凭我们把想象挥毫泼墨于广阔的空间。所谓不着一字尽得风流是也。

“土库”是个让人感到生分的名词。《汉语大辞典》中解释其一是用来储藏粮食的建筑，二是“店铺”一词的英文译音，叫人怎么也不能与这座豪宅联系起来。在这座豪宅里，我倒是看见了一间谷仓，为了防潮、防鼠虫，地板高出地面至膝盖，形成一个隔离层。由此，我想，称住宅为土库，极可能与新建地处鄱阳湖滨湖地区的地势有关，当地朋友跟着这么叫过来，并没有谁去追究它的来历。朋友们只好用当地产的封缸酒灌醉我的好奇心。据说此地的酒颇能祛风寒，胃寒肚痛的喝一口便见效。醉眼回望土库，顿时觉得那土库也周身血沸、两颊微醺了。

华林胡

当那些隐匿在深山中的村庄忍不住以武陵源来自诩、村人忘情地拿陶靖节做楷模时，我想，村庄选择封闭并非仅仅希图安全那么简单，可以说，它还反映了在中国传统文化深刻影响下的某种人格价值、文化心态和审美情趣。

我曾从一座祠堂图文并茂的檐头画中，读到一首赞美人居环境的诗，曰："宅近青山同谢朓，门垂碧柳似陶潜。好鸟迎春歌后院，飞花送酒舞前檐。"看看，它所向往的正是世外桃源的隐逸生活，所追求的正是在怡然自得的山水环境中修心养性。

古村钟情于由青山、碧水、茂林构成的村落环境，是人们追求现实生活中的理想环境的反映，从中不难看出，这种充满理想的环境观，受到了道教文化的深刻影响。尽管风水立足于现世，为追求人生顺畅、家族繁盛而选择人居环境，而道教则是为了修炼成仙而向往仙界般的山林，但是它们崇尚自然的内在精神却有诸多一致处，尤其是当村庄驻于离尘世高远而与天地相近的幽深之处时，我以为这时的村庄即便不曾幻想羽化成仙，也是企望超凡脱俗的。通过这样的村庄，显而易见道教对风水的影响。其实，这并不奇怪，因为风水和道教的思想体系均以《易经》的体系为渊源，而且风水学说的广泛传播本来就得益于道教在民间的强大势力。

这种追求幽雅脱俗、富有诗情画意、闪烁理想光彩的环境观，也是中国古代隐逸文化的一种反映。历史上，有许多仕宦文人或因党争纷乱、官场失意而隐遁山林，或因外族入侵、社会动荡而逃避现实，或受禅宗、道家思想影响而纵情山水，在呼应着自由心灵的山水环抱中，他们讴歌着自然的伟大、充实和圆满，表达着对幽雅、宁静、高远的人生境界的迷醉，形成了既充满自然意趣又富有人格力量的隐逸文化。朱熹诗《题郑德辉悠然堂》，如此津津乐道于隐居山中的生活："高人结屋乱云边，直面群峰势接连。车马不来真避俗，箪瓢可乐便忘年。移筑绿幄成三径，回首黄尘自一川。认得渊明千古意，南山经雨更苍然。"

在"家家生计只琴书"的历史情境里，隐逸文化所反映出来的独特的社会理想、人格价值和审美情趣，对民间的影响是不可小觑的。所以，众多村庄效仿谢朓、陶潜，向往桃花源而选择封闭，也就毫不奇怪了。似乎，在天高皇帝远且群山连绵、江河纵横的江西，不少古村开基于幽深之地，更多地出于隐逸的动机。因为那些村庄的开基祖，或为名门之后，或为饱学之士，或为官宦之身，而当他们毅然投靠山清水秀的大自然时，要么是心灰意冷的落魄者，要么是步履踉跄的逃难者，要么就是流连忘返的痴者了。

"四时烟景似沧浪"的奉新华林山中，曾经聚居着声名显赫的华林胡。华林胡氏的始祖为西晋时甘肃安定胡氏后裔胡藩，他因帮助南朝宋开国有功，宋皇帝封他食邑五百户，赐他豫章以西一大片土地。在这片土地上，胡藩选择了风光秀丽的道教名山华林山安居。唐朝末年，胡藩的第二十四世孙、曾任唐侍御史的胡城，因唐朝灭亡，归隐华林祖居，在此创建家塾，繁衍生息，传到胡藩的第二十八代孙胡仲尧手中，华林胡氏成为“同居共爨八百口”的大家族。同时，胡仲尧将家塾扩建为名闻天下的华林书院，并“聚书万卷，大设厨廪，以延四方游学之士”。胡仲尧的孙辈胡直孺则将聚居山下的家族搬到华林山上的华林书院，并在那里建立了一座“迢遥半市”的宅第。

尽管天下没有不散的筵席，华林胡祖居地的遗址至今仍静静地躺在山中。绕过层层叠叠的群山进入山中，眼前豁然开朗，在四面青山的围护之中，是一片肃穆的空谷。入口处，矗立着爬满藤萝的万年宫牌坊，那座明代留下的牌坊，既是华林山道观浮云宫的导入部分，也是华林胡祖居地的一座大门，坊上文字已模糊难辨，两侧的石狮依然威风凛凛。

环抱着整个山谷的共有九座山峰，似九龙昂首，人称九龙聚会。因为那九条龙，过去这里曾挖有九口井，以供龙饮水。祖居地遗址藏在牌坊右侧的山窝里，前有一棵高达三十九米的千年古杉，依然枝繁叶茂，树干挺拔，距其四米处原先还有一棵古杉，传说在 1989 年遭雷击而毁，均为胡仲尧亲植。在那片废墟上，除了散布在地面上的砖石、柱础、石磨、碾槽等物，宅基依稀可辨，特别是天井的井基尚完好，井沿上雕有多种瑞兽形象。其建筑之宏伟，人气之兴旺，仅由这些遗迹亦可见一斑。

从牌坊处的来路上看，祖居地基址藏于一隅，而站在那片基址上看，整个山谷尽收眼底。四面层峦叠嶂，蜿蜒伸展，把整个华林胡的故园紧紧包裹起来，来龙去脉之间充满风水意味。华林胡氏族谱有诗云：“仰望浮云山，山腰绕白云。樵哥笑指引，深处是华林。”而华林胡聚居的白云深处，恰恰也是道人向往之境。唐宣宗的《浮云宫》赋写道：“道人西蜀来，自谓八百岁；爱此华林幽，穴居聊避世。”如今山中仍可见多处道教遗迹。值得注意的是，华林胡先祖不仅追随仙踪道迹而至，并且始终与道观保持着密切的关系。

隐匿于云缠雾绕之中的华林胡祖居地，是读书的清净之地，也是藏风聚气的风水胜地。难怪历代官宦文人在颂扬书院时也少不了赞美这里的环境：神存照旷之野，目寓清虚之境。青山拥翠，绿树浮岚，飞瀑散读书之声，虚亭动人文之色。

静静的遗址，仿佛依然陶醉在它对宁静、高远的向往之中，久久不得醒来。

乐平古戏台

江西乐平素有“中国古戏台博物馆”之誉，近年公布的普查数据称，此地共有古戏台四百一十二座，其中不乏明清时期建筑。古戏台遍布乡间的恢宏景象，令我一想起来就激动不已。

我就是满怀惊奇连续造访这“文章节义之邦”的，尽管安排得紧锣密鼓，所看到的古戏台也只不过是个零头，然而即便这些零头，也足以叫我眼花缭乱了。它们或寂寞地坐落在村边，台上的风云际会已定格为梁枋上的戏文场景；或作为祠堂陪伴着族中长老，默默地品味着某日游谱庆典的绕梁余音；最幸运的，则被村人张灯结彩打扮一新，许多的精彩尽在那喜不自禁的夸耀之中。

尤其是戏台上的匾额。那方寸之地，却是各村落各宗族明争暗斗的战场。镇桥神溪华家的戏台题匾为“顶可以”；同属一镇的浒崦耿耿于怀，便在戏台落成时还以颜色，得意且自负地称“久看愈好”；相邻的徐家戏台同样不甘示弱，哪怕有王婆卖瓜之嫌，也禁不住扬言“百看不厌”。戏台上的攀比逞强真叫唇枪舌剑，看似温文尔雅，却是咄咄逼人。你说“悦目赏心”，他便道“入目通心”；你说“玉振金声”，他便道“遏水停云”；你说“作野史观”，他便道“是大文章”；有宣称“观今鉴古”的，就有夸口“横观纵览”的；有以“指点迷津”为招摇的，就有以“劝世明文”为标榜的。这么一对照，匾额上的比拼真是“非常可以”“越戏越真”了。

这些争强好胜的文字，生动而深刻地道破了乐平古戏台纷繁多彩的原因。有一副楹联干脆把戏台指认为：“父老开心地，乡村体面场。”我听到这么一个故事，说是有个祝姓小村子，祖祖辈辈总是被人请去邻村看戏，久而久之，终于难为情了，于是全村老少聚会议定，也要请戏班演出。没有戏台，就在村边临时搭建了一座草台，由乡儒书写一幅横匾悬挂于草台中央，匾上是羞愧难当又如释重负的三个大字：“还眼债”。由此，我们不难窥见，乡风民俗一旦形成强大的环境氛围，人们的精神之累；据此，也让我们对昔时乐平乡间戏剧活动之盛浮想联翩了。

关于乐平人的好戏，有民谣唱道：“深夜三更半，村村有戏看。鸡叫天明亮，还有锣鼓响。”乐平人真成戏迷了。既然遍地戏迷，那么戏台比比皆是也就不奇怪了。何况，乐平是赣剧流行的腹地，而赣剧又是以搬演宫廷大戏为主的剧种，自然需要适合演出排场的戏台。不过，我觉得民间戏曲艺术和民俗活动几乎都出自维系宗族关系的需要，它们能够绵延发展，正是从宗族利益中获得了强有力的生命。乐平古戏台恰恰证明了这一点。

我一直认为古村建筑及其艺术，充满了宗族的表现欲望和炫耀意味，一来以凝聚族人，二来以威慑四方。洋洋大观的乐平古戏台，便强烈地反映出当地人普遍的不甘人后、追风趋时的心态。戏台的华丽壮观，除了为渲染宗族祭祀等活动的仪式化意义所需要，更是争强好胜、称雄乡里的内心需要。它唤醒了表达的欲望，并为雕刻、美术、书法等艺术的创作提供了充沛的激情。

异彩纷呈的乐平古戏台，大致分为宅院台、庙宇台、会馆台、祠堂台和万年台五种，最常见的是后两种。各种戏台均以传统木构架为主的结构方式，台面为牌楼式，三楼五楼不等。屋脊中央一律插着方天画戟，有的方天画戟插在彩瓷宝顶上，屋脊的两端分别饰有造型优美的鳌鱼，正面上方有二重或三重的飞檐翘角，檐下悬挂着风铃铁马。最惹眼的就是那高耸陡立的飞檐翘角了。一座座戏台好像较劲似的玩刺激玩惊险，于是，那些飞檐翘角既像戏中武将背后的靠旗，又像云中鲲鹏舒展的羽翼，它以夸张的险峻，凌厉的气势，营造出一种尖锐而冷酷的紧张感，让我觉得它对险、奇、美的追求，就不仅仅是炫耀技艺了。

尽管在此地戏剧艺术如此深入人心，是人们最惯常的自娱方式，但琢磨乐平乡间演戏的由头、庆典演出的仪式以及戏台的造型等，都能觉察到人们内心深处那种娱神的神圣感。乐平古戏台的建筑造型显然深受佛教建筑的影响，剑拔弩张的飞檐翘角、怒指苍天的方天画戟以及效仿梵宫寺庙的那些饰物，其镇邪的意味也是显而易见的。戏台落成，游台庆典的第一出戏必是《九老天官》，而这正是一出戴傩面具表演的戏。修族谱之后，举行的游谱活动和庆典演出，仪式繁缛，光宗耀祖的种种作为中，也不乏辟邪的内容。听说，若有人在拥挤的戏场上晕倒，人们便认为是被煞神击中，最有效的疗治方法是拿戏班子的皇帽给患者戴上。时至今日，仍有村人认为，演戏是为了驱邪祈太平，帝王将相反复在戏台上出现，能驱逐妖邪鬼怪，保本村六畜兴旺、人丁康泰。

迎合了强悍民风的土语高腔，抒发的明明是粗犷野朴的豪情，为什么人们内心却深藏着与生俱来的恐惧？这种矛盾的性格和情感，是不是戏剧艺术遍地开花、历久不衰的真正原因？

我在古戏台的雕刻和文字里探究和想象。一座古戏台几乎就是一座雕刻艺术博物馆。仿佛所有的木构件都逃不过艺匠的刀笔，雀替、斜撑等处祥禽瑞兽呼之欲出，琼花瑶草摇曳生姿，游梁、随枋、三架梁、抢头梁、穿插枋上遍饰戏文故事，最常见的内容有魁星点斗、九老天官、八仙过海、麻姑献寿等。当帝王将相、才子佳人、黎民众生纷纷亮相于眼前时，简直就像一次次盛大的精神典仪。我觉得这些人物雕刻通常代表着民间古建筑雕刻的最高成就。构图的对称、和谐、自然、均衡，线条的自由奔放、灵动、流畅，令我们不难想象抒发情感的刀笔在艺匠手中，那行云流水般的无拘无束状。尤其人物的造型丰富生动，神态刻画得细致入微，好像那些伟大的民间艺匠对人类的各种表情早已烂熟于心。

古戏台上飞金上漆的雕刻与气宇轩昂的飞檐翘角、艳丽华美的藻井天棚浑然一体，成为光宗耀祖的排场，氏族精神的象征。

当地有识之士为宣传古戏台奔走呼号一二十年，未见大的成效，听说近年有关方面倒是有了构建古戏台景观园的设想。我也愿意在想象中建设琳琅满目的博物馆，我更是只能拿想象作投资了。幸好有乐平的文友正做些实实在在的事，他们把抄录的古戏台楹联和横额，誊了一份寄给我。那些排列整齐的文字后面，就是一座座争奇斗艳的建筑。我差不多收到了整个古戏台博物馆，确切地说，是它的血肉部分和精魂所在。

那么，不妨摘录一些精彩的楹联来取代我对古戏台那笨拙的描述吧。

——那些文字里有传统剧目。仅我手头的乐平古戏台戏名联，就罗列了剧目一百五六十种，可以想见当年戏台上是怎样异彩纷呈。生旦净末丑，戏如人生，活脱脱人间忠佞贤愚；管弦丝竹琴，人生如戏，水灵灵世上喜怒哀乐。一台的君王将相，却是在悲歌金戈铁马，笑谈兴废盛衰；一台的才子佳人，却是在播撒风流情种，点化回头浪子。浓烈的乡风俚俗，看不够的装神扮鬼；圆润的饶音赣调，听不尽的打情骂俏。当那些三字、四字的戏名拼贴成联，居然也是对仗工整、妙趣横生，难怪人们毫不犹豫地把它装饰在神圣如宗祠一般的戏台上。比如，什么“盗御马，钓金龟”“三岔口，十字坡”“鸳鸯冢，蝴蝶杯”“拾玉镯，失金钗”，什么“秦琼卖马，时迁偷鸡”“钟馗嫁妹，霸王别姬”“问樵骂府，打渔杀家”“贵妃醉酒，倩女离魂”等，整体读来，甚是幽默。

——那些文字里有现场气氛。演出前热烈而又紧张："推推搡搡看戏，打打扮扮登台。"演出中道是无声又有声："台前有泪原非我，座上无声已入神。"演出活动仿佛是没有结局的，百姓痴迷于戏中出不来了："及时行乐朝连暮，刻意兴歌古及今。"严格地说，这类楹联未必珠联璧合，却把人们对戏曲艺术的喜好表达得淋漓尽致。兴之所至，一切雕饰自然都是多余的了。令人吃惊的是，连一些客套的大白话，他们也敢刻于木、镏以金，让它流芳百世，如果说"入耳务须平气听，当场顿觉笑颜开"还算庄重的话，那么"劝老哥不要回去，有小旦就快出来""看完了大家慢走，做得好明天再来"之类，简直就是粗声大气的吆喝了。通俗、稚拙得有些扎眼，却是声情并茂，富有谐趣，成了极为生动的现场传真。

——那些文字里有戏剧理论。他们认定戏剧本质在于"且将前代事，做与后人知""随尔演来无非扬善除恶，吾听却去都是教愚化贤"；而戏剧的美学品格在于，"纳喜怒哀乐感情色彩，容古今中外典型品貌""咫尺天涯评论是非功过，须臾岁月历数万古忠奸"。关于戏曲的综合之美，他们写道："吹拉唱弹声悦耳，兴亡成败事留心。""笑啼怒骂皆学问，悲欢离合尽人情。"关于戏曲的传神写意之美，他们写道："台中天地小，戏里是非多。""三五步能是千里江山，四六人可代百万雄兵。"关于戏曲的程式之美，他们写道："莫以衣冠分贵贱，但从脸谱辨忠奸。""大过关安排前面，好结果放在后头。"这些凝练而准确的概括，让我怀疑有的对联恐怕出自今人之手笔，但是，无论如何，面对那么多"演戏的癫子，看戏的呆子"，我没有理由不相信，乐平人是懂戏的，或许可以说，他们该是民间戏剧评论家。不妨再看看他们的评论风范：“好歹由他做去，高低让我评来。”“酸甜苦辣似实似虚，喜怒哀乐非假非真。”“戏非真处皆为幻，曲到清时自有神。”难怪有楹联击节赞叹：“欣观好戏两三折，胜读良书千万篇。”

为氏族荣誉而战的热情，倾注在楹联里就是“语不惊人誓不休”的追求。仿佛那些乡儒耆宿穷尽毕生，就为了在这方寸之地一显身手，上以告慰先祖，下以留传子孙。由以上所引证的例子，当可大致看出，即便都是题咏戏剧，它们也各择角度，另辟蹊径，不肯人云亦云，不肯落入窠臼的。凭着那些精辟的艺术见解，我愿意把一个个戏迷视作饱学之士。恐怕如今的“票友”“追星族”“模仿秀”们，只能望其项背了。

标新立异的企图跃然纸上，努力叫人过目不忘的心情悬于刻刀的锋刃。于是，才有了这些多姿多彩、久看愈好的乐平古戏台吧？

桃花源里可耕田

一个桃花源式的社会，曾经存在于德安县连绵起伏的丘陵间。现在，它的遗迹尚在许多史籍里、谱牒里，在许多学者的论著里，在天下陈姓的记忆或传说里，而在车桥镇义门村能够看到的，不过一堵残墙，几座古墓，若干遗迹。凭着造访义门村的印象，我几乎不能想象在这里曾经发生的一切。

由于儒家伦理的影响，在中国历史上，累世同居的大家族屡见不鲜，统治阶级为维护自己的统治，用旌表“义门”的方式加以褒奖，把它们树为社会的样板。江州义门陈，就以“萃居三千口人间第一，合爨四百年天下无双”的奇迹，创造了聚族而居最极端的例子。

这里究竟发生了什么呢？其新修的宗祠内陈列着义门陈的历史，且听我从中搜罗来的几个小故事。

——击鼓传餐。江州义门陈的始祖为陈旺，系南北朝时南朝皇帝陈霸先的后人。832 年，陈旺因官置产定居义门后，以儒家的忠孝节义为本，勤俭耕读传家，整个家族一同劳作，财产共有，过着“室无私财，厨无别馔”的氏族公社生活。击鼓传餐就是为了实行聚族合炊的需要，每到开饭的钟点，便有人在打鼓山上击鼓传令，发出用膳的信号，全族在各处劳作的三千多人就从四面八方赶到村中的食堂用餐。至于用餐时的场景，《宋史》亦有记载：每席必群坐广堂，不能“随其所有”，而要“布置周全”，启蒙儿童坐一席，女童七岁以上和七岁以下分坐一席，婆母新媳坐一席，六十岁以上老人同席，青壮男子同席，“以序而自行”，“数代而行之”。并区分不同对象，“因人而佐食”，病人、老人、孕妇和乳娘可享用不同的伙食。餐桌上的繁文缛节，分明体现了义门陈力求“合德同风”的良苦用心。

——百犬同牢。不知是重义尚德的环境氛围教化影响了牲畜，还是食堂中那长幼有序的广席为牲畜所效仿，村中畜犬百余，同饭一牢。喂狗用的石槽长二丈余，宽二尺多，直留存到新中国成立初期，后因修水库，人们将石槽砸断扔到水库坝底下垫基。而现义门小学对面小山坡的竹林里，便是“百犬同牢”的遗址。牢门曾有联称：“一犬不至百犬不食牢内异物皆效义，一吠突起百吠齐怒寨中同声共护门。”故事首先发生在宋昭宗庆历年间，说有条拐脚、眼瞎的老母犬，每晚守在门楼之上，伴长夜，防匪人，尽其义也，可能因疲累、伤痛吧，到了进食的时候，它仍卧在柴房旁。老犬不至，百犬也就不食了。后来，宋朝皇帝昭宗听说后，十分惊奇，派人做了一百个米粑送往义门试验。来人将米粑放进食槽后，群犬相邀而至，却嗅着粑香而不急于开吃。但见其中一条白犬叼起两个米粑顾自走了，来人疑窦顿生，便尾随而去。原来在一间柴房旁，躺着一条瘸腿的黄犬，白犬是给黄犬送饭去了。直到那黄犬也得到了食物，众犬才心安理得地共进美餐。皇上闻知，圣心大悦，那是自然。

——三岁孩儿不识母。义门陈的家法规定，凡四十五岁以下的妇女皆称为“蚕妇”，必须到都蚕院劳动，都蚕院其实是专门养蚕织布的家庭纺织厂。在都蚕院附近，建有千秋院，是蚕妇们健身休闲的场所；同时，为方便哺乳，还建了育婴堂。令人惊奇的是，在这里，不论是否亲生，只要婴孩饥饿啼哭，蚕妇们都会解怀捧乳，主动喂养，晚上也是轮流看管。因此，有诗赞道：“堂前架上衣无主，三岁孩儿不识母。丈夫不听妻偏言，耕男不道田中苦。”

从这些故事中，我们大致也可以窥见义门陈十分独特的生活形态。在这里，全族为一家，财产共有，聚族合炊，其乐融融，乌托邦的社会理想竟成了发生在封建社会的神奇现实。义门陈的最高统治者是家长，在其领导下，家族内部奉行礼义为先，孝道治家，人们根据明确的分工，各司其事，如北宋兵部尚书胡旦的《义门记》所述那样，“立主事以专家政，置库司以掌家财，立庄首以督赋租，勘司以序男女，书屋以教童蒙，书院以待学者，道院以业焚修，巫室以备祈祷，医士以供药石，德安廨宇以奉公门”，管理井然有序，各种公益设施也是一应俱全。

江州义门合家与国一体，几乎就是一个缩小的国家。这里具有同国家机制相对应的各种功能，不仅有基本大法《义门家法三十三条》，还有保障家法得以实施的族规、家训、各项管理制度等，那些神情庄严的文字，字里行间处处体现着忠恕孝悌的思想。不妨看看它的家训十六条：敦孝悌以重人伦；笃宗族以昭雍穆；和乡党以息争讼；重农桑以足衣食；尚节俭以惜财用；隆学校以端士气；黜异端以崇正学；讲法律以儆愚顽；务本业以定民志；训子弟以禁非为；息诬告以全善良；诫匿逃以免株连；完钱粮以免催科；联地方以弥贼盗；解仇忿以重身命；明礼让以厚风俗。

族人若有违家法，对不起，那就只好在刑杖厅里见了。刑杖厅，正是义门陈氏的执法场所。此处曾有楹联称：“家严三尺法，官省五条刑。”铁面无情得十分了得。

因为财产的家族所有制，为避免私房膨胀导致家族矛盾，从而危及聚族合欢的生活理想，义门陈实行严格的一夫一妻制，男丁纳妾的现象在这里被严禁。家法规定，义门陈男子“皆只一室，不得置畜仆隶及娶妾养婢”，一旦娶妾养婢将视为义门陈家族不肖子孙。但是，义门陈所实行的一夫一妻制，是其稳定聚居的重要条件，因此必然有着强烈的包办色彩。义门陈的家法连婚姻所用礼物也规定了统一的项目和数量，男婚女嫁的父母之命，在这里变成了族长之命，婚姻由家族操办，这是家族当权者的义务，也象征着他们的权力。

义门陈的生活模式适合当时农业自然经济的社会条件，整个家族很快兴旺起来，发展到宋仁宗朝，义门拥有庄田、园林三百多处，遍布江州大地，甚至超越省界。早在唐代，唐僖宗感其义聚一堂，御笔亲赠“义门陈氏”匾额，此后，江州义门累受旌表，闻名遐迩。

也许正是因为四方宾朋慕名而来，义门陈于北宋年间建起了廨宇，专门接待官员，或来访的文人学者，或名家大户，这就是胡旦在《义门记》中所说的“德安廨宇以奉公门”。廨宇内设有接官厅，外有迎宾亭、迎宾路。亭中有联不无自豪地声称：“接官厅内尽是进士博士大学士，迎宾路上又来侍郎礼郎尚书郎。”这个胡旦，因访名家，得诣陈氏，览世谱，阅家法，询事实，俱知其状，然后写下了传世文章《义门记》。陈氏后人将文刻在石碑上，故叫“义门碑”。然而，此碑历尽沧桑，饱受战乱匪患，屡立屡毁，以至于记文传至今日，某些内容恐有失真。

义门陈的家法不仅成就了义门陈长期稳定的聚居，也成就了江西教育在中国历史上的地位。义门陈氏是我国古代最重视教育的家族，它单列“学田二十顷”作为发展教育经费，创办了“东佳书院”“东佳书屋”两级学校，以供给制形式令适龄子弟入学普受教育。东佳书院是我国历史上最早的私办大学，始建于唐龙纪元年（889 年），起初“堂屋数十间”，发展到宋代，成为江南著名书院，所藏书、帖“号天下第一”。随着办学规模不断扩大，开始招收外姓子弟来此学习深造，并资助他们在此完成学业。一时间，生徒广聚，声名远播。如释文莹的《湘山野录》《五代史》中均写道：“延四方学者，伏腊皆资焉！江南名士皆肄业于其家。”宋太宗皇帝为了表示对东佳书院的欣赏，特地赐御书三十三卷，并亲笔书写“真良家”三个大字，以旌表其门。

唐宋时期，东佳书院培养了大批人才，如陈氏“八英九才子”“同榜三进士”广为美谈。据各地义门陈氏宗谱载：仅“宋庆历四年计，应举者四百有三，登科四十有五。部署之在朝者琛、逊而下十八人，当要路而居刺史、司马、参军、县令者跬、侍而下二十九人”，可谓桃李满天下。

书院建在东佳山下的东佳庄，石刻的庄联称：“东佳左峙形胜一方甲第，源泉右绕泽流百代人家。”东佳山悬崖峭壁，石壁中有大、小溶洞，常年泉水叮咚，音色悦耳，若琴若筝，故名人学士来此讲学、览景者甚众，留下许多诗词、楹联。

然而，古时的东佳书院早已不见踪影，只有一堵义门陈大院的残墙静静伫立，不能不让人怅然喟叹。

尽管自唐代以来到宋仁宗天圣四年（1026年），义门陈作为历代统治阶级传播忠孝伦理的典型，一直受到统治阶级的褒奖，又是免征徭役、钦贷粮谷，又是赐御书、题赠御匾，先后被十二位皇帝御赐旌表，然而，危机也随着频频到来的褒奖步步逼近。到了宋仁宗朝，当义门陈氏成为当时人口最多的一个家族时，难免就会树大招风了。朝廷既是怕这个上下敦睦、人无间言的家族势力过于膨胀，也是为了把义门陈作为封建家庭的样板播撒四方教化全国，于是想出了一箭双雕的好主意。这个以财产家族共有为基础，全体成员过平均主义的集体生活，历代聚居不分家，以吃大锅饭而著称的义门家族，最终不可避免地走向了解体。

当文彦博、包拯、范师道等重臣建议皇帝对义门陈实行分家时，正中了宋仁宗的下怀。嘉祐七年（1062年），宋仁宗颁旨分解义门陈，将他们迁往各地，以其义德教化天下。圣旨中说："切虑尔民生齿日众，难为统属之方，年谷不登得无饥馁怀之患，但世道颓靡已匪唐虞之日，人心不古岂皆尧舜之民，恐后失于检束，变起不虞，上负德于朝廷，下遗羞于阙祖。朕为尔等恤之怀之，特诏尔民：分居硕业，析俭营生，保持已往之仁，以杜将来之患。"皇上的忧思远虑跃然纸上。可能是为了宽慰义门陈氏吧，他又温情脉脉地说道："鸟兽有异巢之日，烽茧有散处之时；物类犹然合离，人生岂可长群？"不知写到这里，皇帝是否曾为之动容。

圣旨一到义门陈，全族上下号啕大哭。人们内心痛苦，但圣命难违。同年七月，宋仁宗派江南西路转运使率众官，亲自到场监护义门陈氏分家，他们带来全国通用的地经、各地行政手本和部分车马行杖。按宋仁宗的御赐编号，义门陈家族财产列为 291 份，人口分流至江西、河南、浙江、湖北、广西、江苏、广东、福建、山东等十六个省的上百个县市。传说，为了做到公道分家，家长们决定碎锅析庄，即把同炊使用的大锅吊在祠堂的梁上，让它自由落地，摔成多少片就分多少庄，结果铁锅落地碎成二百九十一块，于是义门陈就有了二百九十一个去处，并按碎片跌落的远近，抓阄儿确定迁徙地。

到了义门陈散伙的宋嘉祐八年（1063 年），陈氏建庄合炊已历时三百三十二年，十八代同堂，人口发展到三千九百多人。一道圣旨让这个累世义居的大家族分赴全国各地，开烟发户去了。这个家族因此创造了我国历史上规模最大的家族大迁徙，并成为我国历史上唯一由皇帝颁旨并派官员监督分家的家族。

虽然义门陈家族彻底瓦解了，但其成员在大半个中国居住繁衍开来，“天下陈氏出义门”的说法正是由此而来。徙居新址后，家家门口都遵照祖训挂起“义门”灯笼。之后又庄分庄，支分派别，时有变动。尤其在元朝末期，朱元璋与陈友谅争夺天下，民不聊生，有不少人移居海外谋生。据《德安县志》记载：朱元璋做了明朝皇帝后，义门陈氏受到株连，不仅两次遭兵燹，故居被毁，人也被贬为“丐户”“疍民”“贱乐户、不与齐民齿”，流放蛮夷荒野之地。为了“寻得桃源好避秦”，不少人再次迁居，有的藏居深山，有的漂洋过海，还有的改为他姓。

难怪如今的义门村陈姓人口不足半百，仅十余户而已。那些简陋的民居大约都是近几十年的建筑，一眼望去，便可确信建筑本身不会存有什么古迹。依傍这样一个普通的小村庄，那新修的、不可谓不气派的祠堂就显得有些突兀了，也许是因为缺少环境氛围的烘托，我甚至觉得，祠堂前后的几棵古柏也失去了其应有的沧桑感。在义门故居，最能够见证历史的，大约就是义门陈氏始祖夫妇的墓葬了。还有一堆堆吃大锅饭时用过的瓷碗碎片，还有散落在天下陈氏心中的一堆堆记忆碎片……

那个唯恐义门陈家族势力过大危及自己的统治，不惜颁旨令其分家的皇帝，其实格外钟情于义门陈。仁宗皇帝在位时间长达四十二年，直到驾崩前，他先后八次下诏，作诗、联五副恩赐义门，无论在精神上，还是在物质上，都对其给予特别的呵护，使之成了朝廷的宠儿。由此可见，他的确是把义门陈作为社会的楷模，向天下推广。

义门分庄后，仁宗皇帝重病在床，仍念念不忘义门分家之事。临终前，居然诗兴大发，吟得一首七律诗：

江州久著义门庄，庄上分庄世派长。
蒂固根深谁与并，珠辉玉廊孰同行！
漫夸诗礼追邹鲁，须信簪缨赛谢王。
子孙各知遵义范，永继舜德有重光。

这首诗，既高度评价了义门陈的忠孝仁义，又对分居各地的陈氏后人寄予了厚望，期望他们光大家风。

礼义为先，孝道治家，宗族敦睦，当然也是历代统治者所期望看到的。如果说宋仁宗尚且对义门陈情有独钟的话，那么，尽管朱元璋曾经迁怒于陈氏，但是到了他的八世孙、明世宗嘉靖皇帝那儿，也不得不对义门陈有所表示。嘉靖皇帝对先祖的“不义之举”作了反思后，下诏派官员到义门实地察看，了解义门遗址状况，意欲拨资修复，并责成九江府和德安县采取保护措施，还在义门祠堂前立碑，对义门陈表示歉意。

显然，江州义门虽作烟云流散，门庭分崩离析，但“义”字却播撒四方，随着万家烟火袅袅飘升，像一面面旗帜。这不能不令统治者投以关切的目光。而江州义门，成了散居在各地的义门陈后裔心目中的老家。清康熙年间的某个清明节，在义门故居的废墟上，曾聚集了来自各地的陈氏后人三千多人，祭拜过祖先后，人们用祖坟山旺公山上的树木做材料，建造了一座重兴祠，以表达重建振兴义门的心愿。果然，在中国近现代史上，江州义门陈在各地支派的后裔中，出了一大批声名显赫的人物。

尽管同居共爨的义门陈最终逃不出分崩离析的命运，但是桃花源的梦想却始终在蛊惑着人们。

过 去 的 雨

岁月改变了许多的人，许多的物事。没想到，江南的雨也会被它改变了形象，改变了性格，甚至连命运也改变了啊。

在最近的几年间，下雨好像成了稀罕事，伏旱、秋旱连春旱，旱象环生。有一阵子，我常常下乡，驱车奔走在连绵起伏的丘陵间，对干旱的感受尤其强烈，车窗外不时掠过片片焦土，间或尚可看见远处的黑烟和近处的火光，被火焚毁的山林叠印在我的记忆里，甚是触目惊心。

最让我震撼的是在某个干旱的春天去湖口，经鄱阳湖大桥时，竟见烟波浩渺的鄱阳湖居然成了一马平川，唯有一条窄窄的河沟尚珍藏着湖的记忆、湖的梦想，所有的船只都瑟缩在这条河沟里，所有的鱼鳍都躲藏在劫难的阴影里。其中，有我在 20 世纪 80 年代初期结识的“江猪”吗？我还记得它们一群群在水面上拱动的那副样子。

可惜，我没有带相机拍下那百年不遇的经典场景。我一直为此懊恼不已。

罕见的干涸，也把一个美丽的诗意的千古之谜彻底戳穿了，它的谜底袒露无遗。

湖口，顾名思义，是鄱阳湖水的入江口。县城边有座著名的石钟山，临水耸立。石钟山缘何以“钟”命名，历来有不同说法，苏东坡还曾亲临湖上探究，终于发现如钟鼓不绝的噌吰之声的原因，“则山下皆石穴罅，不知其浅深，微波入焉，涵澹澎湃而为此也”。他在著名的《石钟山记》中，不仅通过自己的经历论证了石钟山地名的缘起，还进一步引申发挥，得出了凡事要亲自见闻、不可主观臆断的结论。不过，明清时期又有人提出异议，认为石钟山“全山皆空，如钟覆地，故得钟名”。究竟若何，在这个春天里大可以西装革履信步走进往昔的龙宫去从容勘察。我因当时来去匆匆，竟疏忽了这千载难逢的机会。想必湖口人该看清了石钟山的本来面目。

到了第二年春天，连许多游客也走进了溶洞。他们中有人描述道：站在石钟山底下的溶洞前，正如《石钟山记》所描绘的那样“大石侧立千尺，如猛兽奇鬼，森然欲搏人”。十几个溶洞互相通连，各种险石林立，钻进洞穴 20 多米以后漆黑一片，充满鱼腥味，而且洞径愈行愈小。经千百年来的湖水冲刷，溶洞里大多淤满了泥沙，在一块绝壁上还留存着江西巡抚蔡士英镌刻的“玉壁铃宫”四个大字。据说，每年枯水季节，这些溶洞大多会显露出来，但像如今这样连年完全裸露的情况，历史上很少见到。

久旱之后必有久雨。后来的雨颠倒了季节，把本该秋高气爽的秋天淋得落汤鸡似的。那年秋天，连续六年裸露湖体的鄱阳湖，忽然变得丰腴起来。我在国庆节前曾泛舟湖上，由鄱阳县城至湖中的长山岛，沿途时有片片树林摇曳在水中，却几乎看不到湖洲了，水警的巡逻艇好像总也走不出茫茫水天。此时，鄱阳的水文记录竟达到了 19.3 米的高程。

江南的雨怎么啦，如此任性，如此乖戾？

我并非仅仅为反常的气候而感慨。我的感伤更多地来自对下雨的况味。在我的经验中，雨在不同的季节里有着不同的心情，或者说，每场雨都有着自己的性格和思想，有缠绵的，有奔放的，也有暴烈的；有深沉的，有爽朗的，也有忧郁多愁的。在我的记忆中，很多时候，雨是可以入诗入画的。而不似现在的雨，分不清季节，也失去了各自的形态。

此时，我沉浸在对它们的风姿情韵的想象之中。

我已经有好多年未曾领略牛毛细雨的缠绵了。

牛毛细雨可以发生在春天，也可以发生在秋天。在我的小学作文里，春雨绵绵，秋雨也绵绵，说的就是毛毛雨。雾一般的毛毛雨一旦下起来，能延续好几天，把我的小城包裹得像一只巨大的蚕茧。我曾傻傻地站在火车头边，仔细端详过被探照灯照亮的细密的雨丝，我发现毛毛雨并非像雾那么飘忽不定，那些锃亮如蚕丝般的雨丝其实有着非常清晰的形迹，在强烈的灯光里，它们就像细菌游动在显微镜下。所以，童年的我一直以为毛毛雨是有生命的，如一种昆虫或微生物。大人们就常常说，淋了毛毛雨头上会生虱子。尽管如此，下毛毛雨的时候，我们上学还是不肯带伞，一路上还张着嘴伸长舌头去捕捉那甜甜的雨丝，青蛙也有那样的舌头。走到学校，一个个都成了白头发、白眉毛的小老头了，我们穿的都是改小了的铁路制服，黑呢子衣服上染了一层白霜。蹦一蹦，拍一拍，雾珠凝成水珠便被抖落了。

毛毛雨在不知不觉间润湿了我的童年。后来，读中学时号召师生们“斗私批修”，进驻学校的工宣队总喜欢以“毛毛细雨湿衣裳”的比喻来阐述防微杜渐的道理，这个比喻让我倍感亲切和生动，顿时有一种鞭辟入里、大彻大悟的感觉。

在早春，更多的日子是被淅淅沥沥的小雨淋湿的。持久的小雨有一种坚韧的力量，一点一点地把冬天融化了，而土地则被膨化得酥松、油润。雨后的晴日，便有一团团蒸腾的水汽贴着地面奔跑，仿佛在追赶着擦身而去的阳光。六年插队的经历使我得以亲近土地，那时候我几乎每天都在以土地的心情窥望着天气。我刻骨铭心地记得，早春的雨水其实是富有歌唱性的。它沙沙地落在屋顶上，然后滴答滴答地在檐下织成一道雨帘，节奏时而舒缓时而紧张，但总的感觉是简洁明快的。在凌晨，躺在黑暗中，我能听到檐下成串的雨珠溅起来的和鸣，甚至能听到远处刚刚做好的秧田里雨的呢喃。我说的歌唱性不只是雨声的节奏，还有藏在云层中的歌声。那是一种看不见的鸟，在高空中啼啭的鸟。云端是它栖息的枝头，云罅是它往来的谷壑。它叽叽喳喳的鸣唱，穿透了云层和雨阵,既遥远又贴近,缥缈而真切,总在若隐若现之间。我不知道它是哪座林子里的鸟。我相信它是春雨催生的。只要雨一停，漫空尽是它的歌唱。我相信，它一直歌唱着，只是雨声淹没了它的歌声罢了。

淅淅沥沥的小雨很有耐性，往往能够断断续续地下个十天半个月。其间，也许会陡然雨停了，云薄了，天空露出几分清新的晴色，高空中的鸟儿啼鸣得格外欢畅，但这很可能只是一个情绪性的短暂片段。有农谚云：“当昼一现，两头不见。”说的就是中午的开天预兆着更多的风雨。

被春雨淋湿的季节，最容易染上相思病，严重的就是花癫了。我有几位下乡插队的同学就是在淅淅沥沥的春雨中匆匆地娶了房东的女儿，或者草草地嫁给了队长的儿子。

在被鸟鸣滋润的春雨中，许多枝条上的芽苞悄悄地鼓突着肚子，它们和江河湖泊、山冈田野一道受孕了。我想，春雨应该是许多生命的父亲。

“清明要晴不得晴，谷雨要雨不得雨。”农人们这样抱怨栽种时节的天气。凭着插队六年的经验，我惊讶于这一自然规律的精确无误。是的，过去的雨虽然有些矜持，但却是真诚守信的，它的行踪是有规律可循的。

我想，清明时节的雨不顾农人对烂秧的担忧，可能也是十分无奈吧，谁让这个节令承载了那么多的纸钱、那么浓稠的缅怀？雨水融化了香火里的哀思、纸钱里的告慰、新土里的祈祷，一点点渗入冥界，渗入先人的遗嘱中。

如今的清明节倒是很难得下雨了。于是，此时成了山林火灾的多发期。我不知道是不是因为天气晴朗的缘故，扫墓的风俗虽愈演愈烈，墓园与坟山总是车流浩荡、人头攒动，但情绪氛围却是可疑，非但谈不上庄严肃穆，有时竟让人觉得充满了娱乐性和游戏感。比如，我年年都能在故乡小城的郊外遇见扫墓归来的、喜气洋洋地手捧杜鹃花的队伍，那几乎是一支花枝招展的队伍。

过去的清明雨会把满山的杜鹃花撕碎，用来祭奠我们逝去的亲人。那些肥硕而鲜嫩的花朵，绽放在坟茔边、山崖畔，仿佛就是为清明准备的祭品，如香烛之一种，听任感伤的雨叩击着自己，撕扯着自己，最后零落成泥，只剩下几茎花蕊。

春雨也会以欢乐的心情抚弄花朵，当天气暖和的时候。从小城去我插队所在的农场，要过连通鄱阳湖的信江。江上的浮桥每遇涨水，就得拆除。桃花汛下来的时候，浮桥在一年间首次解开锚链一分为二靠着两岸歇息去了。这时河边的村庄就有了挣钱的营生，大大小小的渔船都投入了摆渡。那个村庄也有我的已婚同学，他的房东女儿的嫁妆当然是一只渡船。他学会了撑船，铠甲似的蓑衣斗笠把他打扮得像个威风凛凛的将军，向我收钱照样铁面无私。

渡船穿行在闪电和滚滚春雷中，穿行在滔滔奔流的花瓣之间。现在想来，那几乎是一次次浪漫之旅。一个打进船舱的浪涌，也许就是为了朝人们撒一把桃花和浪花。而密集的雨点总是很耐心很细致地把粘在船上、脸上的花瓣洗了去。雨好像要把成群的花瓣撵到什么地方去。雨水和花朵之间似乎有着不可告人的秘密；雨水和花朵像一对初恋的情人。

它们早就在果园里眉来眼去了，接着便是非常频繁的约会。它们的约会不仅发生在夜晚，也常常躲着阳光，发生在一片云影的遮蔽下，实在按捺不住了，它们便无所顾忌了，勇敢地在阳光的注视下热吻。小时候，我把这种天气叫作“太阳拉尿”，却不知阳光在雨水和花朵之间从来就是一个暧昧的角色，所以，这时候阳光经常会久久潜藏于厚厚的云层后面，暗自羞恼。有一年，因为花期久雨，把农场的蜂群憋闷坏了，几乎就要兴师动众转场北方，然而，它们做出决定的当天，雨立刻停了，天放晴了，蜂群炸了营似的冲出蜂箱，格外亢奋地扑向每一条花枝。蜜蜂会把花朵珍藏在内心中的雨珠当作花蜜采了去吗？

我用这个例子证明过去的雨是通情达理的，它并不会忘情地沉溺在花朵的姿色里，它缠绵于枝头好像正是为了荡漾春心。事实上，我的果园从未因花期久雨影响收成，雨大概也是传播花粉的一种媒介，像风和带翅膀的昆虫一样。

每年当枝头已经坐果，禾苗已经抽穗，雨总会像生养了许多孩子的父亲一样，变得脾气暴烈。这时雨后的梨园桃林里，遍地落果，那些青涩的果实其实是被暴雨击落的。当我得知这是一种自然的疏果手段后，我恍然，雨水原来还是一位了不起的园艺师。

端午节前后是江南的主汛期。在进入主汛期前，雨会通过我们身边的众多事物发出预告，比如，冒汗的墙，潮湿的织物，发霉的食品、书籍、照片及其他收藏物。我所有的黑白照片几乎都毁于那个季节。读初中时，正值“文革”，课程也被革命了，数理化分别被改为“工业基础知识”和“农业基础知识”，教“农基”课的化学老师操着浓重的方言背的一些农谚，我至今记得，如：“云行东，雨无踪；云行南，雨成潭。”“一日南风三日雨，三日南风涨大水。”等等。这些农谚看似矛盾，其实分别指的是不同季节的雨。端午节前后的云正是南行的云，很低，很沉，云层很厚，但灰色深浅、明暗、厚薄的丰富变化和云朵之间因为凝滞或游离所形成的对比关系，使满空的乌云有了错落有致的层次，像一幅情绪饱满的油画。那时的云真是一位擅长运用灰色的油画大师。现在的天气许多时候都是灰蒙蒙的，晴天如此，雨天也是如此，大师老去了吗？

雨是随北风一道抵达的，这时屋里的墙面、地面和潮湿的收藏物奇迹般地变得干爽了，而窗外是暴雨如注。我在作文里称之为倾盆大雨或瓢泼大雨。这样强劲的大雨能一口气下个几天几夜，让被拆除的浮桥好长一段时日不能连接起来。信江的江面宽阔了许多，浑黄的波涛汹涌而去。暴雨如鞭，尽管涛声如雷，我坐在渡船上也能听得到暴雨抽打江水的凌厉之声。

狂风骤雨中的渡船，时时可能遇到惊险。端午时节的雨，由此让我对它心存敬畏。也许它的暴烈，就是为了赢得我们的尊重吧？

真的到了端午节那一天，一直嚣张的雨反而平和了。我对每年端午节的天气都记得很清楚，出太阳的时候居多，而且是一阵零星小雨一阵燥热的阳光。那天信江上要举行赛龙舟，划船的农民往往来时还穿着蓑衣，开赛时全脱了。那时的阵雨和阳光仿佛是在两岸人群中追逐嬉闹的男孩儿和女孩儿。

最让我的小城担惊受怕的，是六七月间的暴雨。这场雨年年都会把我所认识的火车头和列车员阻隔在武夷山中，甚至暴雨的内部。鹰厦铁路好像是一条最经不得雨淋的铁道线，不是泥石流就是路基塌方，灾祸的消息弥漫了我的记忆。火车站最外面的那一条股道，平常停靠着救援列车，有客车车厢，也有载着吊机和枕木、石砟的车皮，静静的，像一条冬眠的蛇。每年到了那时节，它就出洞了，无影踪了。我经常通过它的在场与否来感受远方的雨。

汪洋恣肆的雨季，在我的父辈中成就了许多英雄和先进典型。比如有位司机在来不及制动的危急关头，喝令副司机和司炉跳车，自己则陪同他的机车一道钻进了泥石流中，他的生命成为一首歌，曾经传唱一时。我认识的几位站段长却和暴雨有缘，暴雨制造的险情给他们提供了立功的机会，从此走上领导岗位。现在他们都老了，回味人生，他们会感激暴雨的知遇之恩吗？

我尤其喜欢夏天的雨。过去夏天广播里的天气预报几乎每天都有雨的消息，说“午后到傍晚有雷阵雨，雷雨来时伴有六级以上大风”。雷阵雨果然在低飞的蜻蜓的邀请下如约而至。雷阵雨虽然短暂，但足以逼退蒸腾的暑气，给人们带来一阵凉爽。读小学时，我每年暑假都是在南京外婆家度过的，南京虽是“四大火炉”之一，可那时并没有感觉特别热，原因就在于几乎每天下午都会有雷阵雨。雨把火炉泡在水里。外婆家附近被法国梧桐遮蔽的严严实实的马路，一遇雷阵雨就变成了一条条小河，我每天蹚在水里，听任过往的车辆把自己溅得浑身精湿。

插队的经历，让我对夏天的雨有了更为深刻的体验。尽管伴随雷雨而来的大风曾屡次掀去了我们的屋顶，尽管漫空的闪电霹雳曾驱赶得在田野里劳作的我们无处藏身，我还是对它的翩翩而至心存感激。在酷暑难耐又紧张劳累的夏天，它是唯一能不时把关怀送到田间地头的“朋友”和“师长”了。

当然，雷阵雨是个殷勤的小伙子，经常眼看着就要过来了，忽然一拐弯，跑到别的地方给人帮忙去了。农场旁边有个村庄，那里有知青八姐妹，她们相濡以沫创办了“姐妹灶”，一时传为佳话，县里和公社的干部、四乡八村的男知青都喜欢去那里做客。午后到傍晚的雷雨也喜欢。我经常眼巴巴地看着雨在八姐妹的村庄里、井台边、田埂上谈笑风生，虽距我咫尺之间，但就是不肯过来。我甚至能听到八姐妹穿透雷声、风声、雨声的清脆笑声。

我并不嫉妒。我说雨可以入画，指的就是夏天的雷阵雨。它健康开朗而充满活力，正像我们现在所说的阳光少年。我在田间地头仔细观察过雨的生成过程。在闷热的正午，它就和瑟缩在远天的那些诡秘的云密谋着，把许多的云彩团结成一朵凝重的积雨云。然后，拖着长长的雨脚，披着后面的阳光，追撵着前方阳光驰过来。倾斜的雨脚，是一种行走的姿势。我经常爬上山冈，眺望雨的行走。它拖着风在旷野上行走，把风拖累了；它在阳光里行走，把阳光淋湿了，融化了。

那么浩大的雨阵，在苍茫无垠的天地之间，只是一团云和一束雨而已；而在它的衬托下，它前面泛黄的稻田更加明亮，它背后的阳光穿透雨阵，雨之林因此疏朗而温馨。当阳光照耀着雨阵，当飘荡的雨脚闪烁着阳光，这是不是某种寓言？

我期待那带着阳光的斜雨，绕过迷迷蒙蒙的城市、村庄，跋山涉水赶到我的身边。如贵客临门，给我一个收工的理由，让我理直气壮地高喊："要下雨啦！"然后扔掉耘禾耙或别的什么农具，往农场跑，钻进四围堆满松柴、里面熏得黢黑的小楼。在昏暗的寝室里，点亮一盏油灯，心安理得地看书，或把借来的《李白诗选》赶紧抄完。和着阳光的雨敲响了楼顶上的缸瓦，敲疼了我的窗户和前额。打开窗来，飘洒在书桌上的，一半是阳光，一半是斜雨，我知道还有风融入阳光和斜雨里。

即便最后雨偏斜了离我而去，也不要紧，我已真切地感受到翩翩而来的雨意，感受到雨阵背面的风，前后左右的阳光和内部的电闪雷鸣。直到今天，我仍常常在怀念中想象着雨倾斜的角度和受光的程度；想象着弥漫于画面的暖色，穿透了雨阵的诗情；想象着对抗中的统一，矛盾着的和谐，以及由此构成的自然的内在情绪。

我怀念过去的雨。

是的，很久以来我一直纳闷：如今的雨怎么会像如今的建筑一样变得那么潦草且雷同，怎么会像如今的语言文字一样变得那么直接又枯燥，怎么会像如今的大自然一样变得那么冷漠和无常？

想起紫云英

多么稀罕，我竟看见一片紫云英。一丘稻田里的紫云英。久违了的紫云英。

那丘田很小，怕只有两三分地吧。那丘田也很瘦，一簇簇紫云英稀稀拉拉地长在田里，草茎短短的，却开花了。伞状的花序，环绕着细碎的紫红色花冠，一朵朵，像蝴蝶翩飞在暖风中。

不记得从何时起，再也不曾领略紫云英的花海，紫云英的原野。而从前，冬天的稻田是属于紫云英的，所以，到了春天，紫云英回报给土地的是遍野红花，然后，它们将所有的花、茎、叶和根系，都化成了田土，营养了田土。

一种肥田的植物，在人类更加贪婪地向土地索取的时候，居然被人彻底抛弃了。

我无数次行走在乡间，只是偶遇过三三两两的紫云英。它们流落在路边、溪边，混迹于杂草丛中，竭力举起几茎瘦弱的红花，一副委屈且无奈的样子。

我想起紫云英的春天。

南方的春天曾是紫云英的春天。农人在头年的十月就开始播种来年的春天了。他们把紫云英的种子套播在晚稻田里。我也曾是他们中的一个，我清楚地记得其中的细节。他们管紫云英的种子叫草籽。撒草籽的时节，晚稻已经灌浆。“早稻易老难黄，晚稻易黄难老。”晚稻稻穗黄了，成熟仍需等待一段时日。那时，农人便在稻田里开沟排水、播撒草籽。排水，有利草籽落地生根，又可防止晚稻倒伏发芽。为避免撒得不均匀，草籽里往往掺和着草木灰。待到收割晚稻时，紫云英已经出苗。一对对嫩嫩的小小的圆叶，藏在禾蔸里，藏在禾衣下，憨憨地窥望着，像所有破土而出或破壳而出的生命。是的，在农人眼里，它们像禾苗一样尊贵，像鸡雏一样可爱。我一再被告知，扎禾秆，要好生打净禾衣。有农谚称：“早稻是草，晚稻是宝。”早稻的禾秆只能沤肥，晚稻则不然，禾秆可做牛的饲料，亦可铺床取暖。所以，收割晚稻的同时，要将脱粒后的禾秆扎好，一把把立在田里晒干，再挑回去码成垛。扎好的每一把禾秆，要以十指为梳，捋下蓬乱枯黄的禾衣。天冷了，禾衣可以给越冬的紫云英当被褥呢。

禾衣温暖着紫云英。绿茸茸铺展在冬天里的紫云英，则温暖着疲乏的土地。其实，被当作草的早稻禾秆，喂养的也是土地。那种方形的用来打谷的禾桶上，总是装着两把铡刀。打落谷粒后的禾秆，得一铡两段，再抛撒到田里。烈日当头，晒得人头昏脑涨。一身泥水，泡得全身难受。万一腿脚不稳，寒光闪闪的铡刀就可能割肉饮血。然而，没人敢省略这一环节。也许，他们担心土地囫囵吞下禾秆，不易消化。他们把土地当作了自家的孩子，或者掉了牙齿的老人。

从前的农人真是把土地当作父母来疼的。一年忙到头，盼到农闲了，他们还得精心侍候那么滥贱的紫云英。又是撒草木灰，又是施钙镁磷肥。紫云英长得好，裸露的土地就盖上了厚厚的被子。土地也怕冷，紫云英不怕。

做知青的时候，我喜欢留下盛钙镁磷肥的袋子，拍净灰，用来包书。然而，那时没有书。我借来《李白诗选》，买来《现代诗韵》，抄成了两本书。抄在铁路上用的列车编组顺序表上，封面正是包装钙镁磷肥的牛皮纸，那该是最肥沃的封面了。

我装订的笔记本也有那样的封面，里面抄录的是报纸上的诗歌和散文。报纸刊发文学作品并不多见，因而，对我来说很珍贵。它们通常是礼赞花朵的。比如，木棉花、格桑花、杜鹃花、英雄花，也有歌唱紫云英的。那时，所有的花朵都被人格化了，或者说被政治化了。花朵是品格和精神的象征。无疑，紫云英象征着牺牲精神。

紫云英在春天里义无反顾地牺牲了自己。

一开春，天气暖和了，紫云英疯长起来。紫云英比任何草木都更加珍惜春光。当枝头绽绿、河边泛青时，紫云英已用嫩绿覆盖了稻田里的禾蔸，覆盖了去年的记忆。也许，经历了漫长的冬天，紫云英知道自己属于春天。

田野上弥漫着阳光撩起的青涩气息。紫云英匍匐在田里，曲里拐弯地迅速长成了三节，长成了绿肥的模样。我曾拽起它来比量。倘若它能挺直腰身，便能没膝呢。然而，那样的话，它就必须有比较坚韧的主干，比如辣椒和茄子。紫云英没有。紫云英是水做的。它将溶于水而化为泥。所以，它青翠欲滴，鲜嫩无比。

农人总是说，千万不要让牛吃紫云英，吃多了，牛会胀死。也有另一种说法，说是紫云英里藏有蹦蹦虫，牛误食小虫就会死。书上则称，紫云英分为无毒和有毒两种。可是，整个冬天都在反刍干草的牛，怎肯放过嘴边鲜美的青饲料呢？事实上，插队几年，我不曾亲见也未曾听说哪里的牛真的因为偷吃紫云英而毙命。

于是，我怀疑农人的说法很可能是一种禁忌。就像他们不许牛啃噬庄稼一样。紫云英也是庄稼，土地的庄稼。他们要让土地得到足够的粮食。

三年困难时期，在南方，苦的是城里人，有钱也买不到吃的。黄菜叶、烂菜帮子剁巴剁巴拌上糠，就能当粮食，家家几乎餐餐都是糠菜团子就清汤寡水的稀饭。凭着供应证去粮站买米，得排老长的队，排着排着就没了米。粮食定量很少，有限的口粮中还要配售百分之十的糠，细糠掺些面还能对付，买来的若是粗糠，嘴和屁股就遭罪了，粗糠几乎就是稻谷的谷壳，咽不下去，屙不出来。也是饿极了，我家楼下的列检员瞄准了人民公社稻田里的紫云英。他养着一群孩子。下班路上，他经常顺手牵羊薅它一把，藏着掖着带回家来给孩子充饥。终于有一天，他在众多社员的围追堵截下，被逮住了。愤怒的社员剥光他的衣服，狠狠揍了他一顿，口口声声臭骂他是“做贼的”。可是，薅紫云英能算偷吗？吃绿肥能算馋吗？

为了紫云英，列检员哼哼唧唧地在床上躺了好几天。从此，他脾气变得更加暴躁。有一天夜里，他从梦中惊醒，听说外面捉住了一个小偷，便冲出去，凶神恶煞一般，对着捆绑在电线杆上的小偷就是一榔头。讨厌他的人都说，他的坏脾气是吃绿肥吃的，绿肥胀气。

好些年后，我从菜市场买回一小把紫云英。清炒出锅，多半是水。尝一尝，紫云英的嫩茎不失为一道美味。

紫云英开花了。普天之下，尽是它的颜色，尽是盛开的红花。所以，紫云英有个乳名叫红花草。红花铺在大畈上，便是一望无际的花海；铺在山坳里，便是倒映着桃红李白的花的港湾；铺在梯田里，便是梦里花世界。

紫云英中一定有一些花朵是报春使者。它们最早感受到春意，率先绽放，成为始花。真的是一花引来万花开。星星点点的红，丝丝缕缕的清香，仿佛在一夜之间，唤醒了万紫千红，也唤来无数的翅膀。

养蜂人也有一对翅膀。他们长年在路上，飞赴一个又一个花期。我家在铁路边，我居住的那个小城有江南最大的铁路编组站。每到春天，车站的股道间，沿线的路基上，总是摆放着很多蜂箱。晴日里，蜜蜂们飞去飞来，采的正是紫云英蜜。可是，漫山遍野的红花，绵延一个月的花期，也不能挽留蜂群，等待数日，蜜蜂们又出发了。仿佛前方有无尽的春天。

是的，春天也在路上行走，从南方到北方，直到遥远。蜂群紧随着春天。这是一个养蜂人告诉我的。他承包了农场的养蜂场，每年只在紫云英花开时节很不情愿地回来一趟。好像他对紫云英蜜不屑一顾，向往的是槐花蜜、苜蓿蜜、椴树蜜似的。其实，那是因为农场老是催逼他上缴管理费。每每回来，他根本顾不上动员蜜蜂们去采紫云英蜜，他得绞尽脑汁琢磨如何赖账。他赖账的策略是以柔克刚、绵里藏针。他以嬉皮笑脸对付汹汹呵斥，然后，再以死乞白赖的方式反击。最终的结果，竟然让他占着理。农场不仅没有得到拖欠几年的管理费，反倒给了他一些补偿。他得胜的理由是：春天在行走，为了追赶花期，所有的费用都超支，他亏了。

有一年，职工群众忍无可忍，把他押到场部来批斗。我还记得其中的痛斥：田里有红花，山上有梨花、桃花，你为什么还要满世界乱跑？为什么大肆浪费运输费？你存心想逃避群众监督！

他仍然嬉皮笑脸：春天也在跑啊。等到采完紫云英蜜，春天跑远了，就追不上了。

批斗依然没有好结果。到头来，农场还是不甘而无奈地补了他几百块钱。那年雨水多，他得买白糖喂蜜蜂。

养蜂人有一对儿女。当时，他女儿十八九岁。圆圆的脸，大大的眼睛，皮肤白白净净。挺漂亮一个女孩，见人却不说不笑，自然也就不怎么招人喜欢。听说，她没读过几年书，小小年纪就当了养蜂女，过着到处流浪而孤独的日子。如此看来，养蜂人的确亏大了。

火车载着蜂群，一路走走停停。由蜂群北上的路线，可以想见，当年的江南是红花江南，如霞似锦的江南。而今，在田野上几乎看不到紫云英的风景了，也不知超市里那许多的紫云英蜜采自何处。

我曾经鞭牛扛犁走向紫云英。犁尖之上，花浪翻涌，泥浪翻涌。一行行的泥浪，覆盖了一道道的花浪。

稻田该换季了。脱去绿茵茵的冬装，褪去艳丽的春装。这时的稻田赤裸着，不过，它把自己藏在水里。露出水面的那些零星红花，大约是攥在它手里，衔在它嘴上。

因为紫云英，我更愿意把春耕时繁复的精耕细作，想象为制作某种美食的工艺流程。譬如，犁田、耙田、耖田，好比是原料加工的多种手段；放水沤田，好比是炮制发酵的过程，如此等等。不错，紫云英正是献给土地的美食。

饱食后的稻田里蛙鸣如嗝，一声声，越来越响亮。它们是催促着农人快快插秧。我记得，从前的蛙鸣和从前的紫云英一样，有一种铺天盖地的气势。紫云英消失了，蛙声也微弱了。因为土地饥饿着。

水平如镜的稻田里，刚刚栽插的禾苗转眼间就返青了。紫云英早已溶于水而化为泥。或者说，蓬勃盛开的紫云英，此时一定盛开在泥土里。要不，稻田里怎会有那么多的泥鳅、黄鳝和鲫鱼呢？

鲫鱼喜欢斗水。田缺处，一群群的小鲫鱼迎着来水雀跃不停。用土箕、菜篮一捞，就是一盘好菜。捉泥鳅则要到天黑之后。打着灯，沿着田埂弯着腰，瞪大眼睛去寻找。泥鳅睡在浅浅的水下，睡在紫云英的梦里。看到它，尽可以从容地用带齿的泥鳅钳夹上来。黄鳝不比率性的鲫鱼和呆傻的泥鳅。黄鳝藏在田埂下的洞里。先得摸到它的藏身洞，再将钓钩挂上蚯蚓，塞入洞中。黄鳝一咬钩，就难以脱逃了。钓钩是钢丝做的，锉出倒刺就行。

没有紫云英的田野，所有的生灵都稀少了。

所以，我想，鲫鱼、泥鳅、黄鳝和青蛙，该是水里的蜜蜂、蝴蝶和别的什么逐花的生物吧？它们一定是因紫云英变化为泥而幻化成水族的。是吗？

笔钓鄱阳湖

老人和湖

鄱阳湖边曾有一座名叫青山的古镇。那座古镇如今唯有一户居民。那户居民住在青山古街上。

那条古街在青山脚下、绿水之畔，在浪涛以西、林涛以东，在山间石径的尽头，在水上航线的中途，在密林深处，在岁月远方。

是的，古街也不复存在。或者说，它容颜已改。它的街邻再不是店铺、客栈、酒楼、茶肆，而是杉树、梓树、柿树以及茶树和杂草；它的客人再不是来往于鄱阳湖上的船工、商贾、官员和诗人，而是常年寄居在这里的鸟与兽。

连废墟都湮灭在草木之中了。只有潜藏在绿荫里的新旧两幢房屋，似乎为证明古街及古镇的历史而执着地守护在这里，日日眺望着湖上的船来船往，云驻云飞。

如今的青山古街唯一的住户便是宋金山一家。如今的宋家只有宋金山老人独自陪伴着眼前不老的湖。老伴和五个儿女都搬迁到山那边的新居去了，其间距离是四五十分钟的山路。

六十六岁的倔强老人，舍家弃口，执意守望着一个六十岁的梦。

晚唐诗人赵嘏在《发青山》一诗中写道：“凫鹭声暖野塘春，鞍马嘶风驿路尘。一宿青山又前去，古来难得是闲人。”想必，引我去寻访青山的那条石块铺就的山道，就是赵诗中的驿路。

我沿着唐诗到达湖滩，再折向山坡上的宋家。进入宋家，须经过五道院门。姑且让我来为之命名吧。头门，网门，竹木搭的篱笆墙开一大门，以渔网为门扇，网上吊着一些易拉罐，一碰叮当作响，好比门铃；二门，石门，石板为桥，桥的那头，石块垒墙，竖起的四根毛竹就是门框了，依然以悬挂易拉罐的渔网为门扇，简易的门匾上题有“进入人间”四字；三门，树门，不知是一棵什么树，被主人弯成了一道拱门，门上还开着一朵不肯凋谢的牵牛花；四门，藤门，借生长在崖边的野藤之势，饰以酷如长蛇的绳索，而巧构成门形；最后才是正儿八经的院门。

看看，进入这个老人的世界将经历怎样的曲折，怎样的关锁。

其实不然，宋金山老人是热情慷慨的、质朴率真的。笑容里有几分腼腆，目光里却是一片诚挚。闪烁其中的，就是对湖的迷恋之情了。他以收藏鄱阳湖奇石而渐为世人所知晓，时有各色人等不辞辛苦登门造访。大约是先有媒体为之命名，随后他乐享其成，索性也自号“奇石老人”。

一个渔民居然成了收藏家！

一个渔民居然不惜把一辈子光阴投入风浪，苦苦搜寻着鄱阳湖的“真相”！

他的确是这么说的，加起来一共只读了三百天书的奇石老人，从孩提时，就梦想着“寻找真相”。我听不懂他的方言，再三追问什么叫“真相”。原来，他指的是化石。

对了，化石里生长着真相，珍藏着真相——关于宇宙和地球，关于海洋和陆地，关于自然万物和我们自己……那是怎样绚丽的真相啊，竟让一个孩子在痴迷的寻找中不觉间变成了老人，竟让一个渔民总在卸下满舱雷电后又划向浪涌的彼岸，竟让一个老人夜夜醉卧在漫长的孤独里？

寻找是有凶险的。比如，六十多年前的那声爆炸，至今仍回荡在他的记忆中。当年，国民党军队为阻止日军兵舰进入鄱阳湖，在湖中布下了水雷。宋金山的大哥便捕得一枚水雷。这个二十岁的年轻渔民心想：这是啥玩意儿呀，拿它做个米缸倒是挺好的。于是，便与伙伴一道把水雷拖到湖滩上，操起家伙，砸呀砸呀，硬是把它给砸开了瓢，成就了一口米缸。随后，他大哥又拾到第二枚水雷。第二次就没有那么幸运了。一阵猛砸之后，水雷爆炸了，三条生命化作了从湖滩上腾空而起的一团黑烟。

化石虽不至于爆炸，但它们总是藏在恶浪的血口之中，怒潮的利齿之下，狂风才可以把它们唤醒，暴雨才可以让它们现形。所以，有风暴的日子才是寻找化石的好时机。每每风暴未曾消停，宋金山老人便已驾舟出行，他踏平了鄱阳湖风浪。有时候，化石则是毒蛇的眠床。我便从他的右臂上看到了十分新鲜的蛇伤。我采访他的时候，咬伤他的那条眼镜蛇正趴在他的小院里，和我一样，直起脑袋用心听着他的故事。莫非，他把蛇抓了回来，就是为了向它炫耀自己的珍藏？

那么，他穷尽毕生，甚至不惜身家性命，究竟得到了一些什么宝贝呢？

看过院子，看厅堂、看厢房、看厨房，到处都摆放着石头。

我不懂石头。在我看来，奇则奇矣，却非想象中的那般动人。我以为，石亦如人，有表情、有性格、有思想，故能叫人一见如故、一见倾心。坦率地说，它们大多缺乏应有的魅力。仿佛为了让我兴奋起来，老人舀了一瓢水，往一块大石头上一浇，化石显露出它的“真相”。我果然一阵惊奇。那上面竟密密麻麻地镶嵌着大大小小的管状、螺帽状物，构成了奇异的纹饰。像金属，也像螺贝及某些海洋生物的骨骼。也许，它就是鄱阳湖生成的见证?

可是，老人随后从塑料袋中掏出的石头，又让我不以为然了。他认为那是某种动物骨骼的化石。对此，我内心生疑。因为，我屡次在湖滩上行走，也曾为拾得类似的石头而欢呼，向导却冷酷得很，说那不过是陶瓷的残骸而已。比如茶壶把手或碗底。是的，水是能够对付一切坚硬材料的雕刻师。

我不禁暗自担心：老人是否果真寻找到了“真相”，他的全部收藏究竟有多大的价值?对于这位显然缺乏赏石常识的渔民来说，他评判奇石的标准大约就是自己的直觉和幻想吧?他的直觉和幻想可靠吗，总不至于让他碌碌终身而一无所获吧?

老人却自信得很。他用别人为某块化石所给出的价格来坚定自己的信心。他的自信感染了我。是的，不要嘲笑他几近偏执的性格，即便他的珍藏并无多大的价值。他的执着，难道不是人类面对喜怒无常的大自然所应取的探究态度吗?这种探究，是一种抗争，也是一种热爱。

这恰好是宋金山老人的立场。他说，他离不开湖。所以，他夜夜枕着湖呢喃入梦，日日踏着湖吆喝出行。这是一颗伴着鄱阳湖水一起搏动的依恋之心。

也许，寻找化石，只是他为自己留守湖边所寻找的一个理由？

也许，所谓“真相”，其实就是老人替我们收藏着的一种精神？

老人和湖，共同替我们珍藏着。

现在，我循着老人慈爱的目光走向鄱阳湖，继续我绵延多年的造访。我知道，它的珍藏是极其丰富的，不仅仅是老人认定的化石，更多的珍藏，依然鲜活，在人们的记忆中穿梭往来，在方言土语的传说中蹦蹦跳跳。所以，我用心为饵，以笔垂钓。

鄱阳湖再次令我怦然心动。

因为，湖泊是大地的眼睛。眼睛与眼睛，无须三分钟的对视就会生情。而我的凝视，仿佛一只鸟，投影在它明亮的眸子里；仿佛一尾鱼，泅游在它炽烈的目光里；或者，是一艘船吧，航行在它的脉脉深情里。

其实，多少年来，整个江西就一直这么热切地凝视着鄱阳湖。从改革开放之初提出“山江湖工程”，到“98 抗洪”之后的“移民建镇”，直至如今决定建设鄱阳湖生态经济区。因为人们共同的珍视，鄱阳湖候鸟保护区成为中国第一个越冬候鸟保护区，鄱阳湖湿地成为中国第一批列入“国际最重要湿地名录”的湿地之一。

相爱着的眼睛总是格外明亮。浩渺无边的爱意，如碧波荡漾，让飞翔的生灵横生妒意。

于是，无数的翅膀从东北、西北飞来，从西伯利亚、蒙古、日本、朝鲜飞来。从一个泽国到另一个泽国，从一个季节到另一个季节。它们的迁徙需要怎样的毅力，又是什么在诱惑着它们呢？

当大地的众多眼睛就要沉睡了，它们飞临一只醒着的清澈的眼睛。

在那儿照影梳妆，衔羽传书；在那儿踏浪旋舞，交颈欢歌……

它们年复一年地践行着自己的允诺。在北方和南方之间。如今，许多的摄影家都精确地掌握着候鸟飞回鄱阳湖的日期，那个日子就像明白无误地标注在远方发来的传真上。年年都有年轻的鸟儿与鄱阳湖结缘，他们得扛着机子赶到吴城、沙湖山，或是别的什么地方。他们成了婚纱摄影师。

我愿和他们结伴同往，翻阅湖的履历，拾取湖的记忆，探问湖的心思……

水边的灵神

20 世纪 80 年代，我第一次乘船经过老爷庙水域时，曾见龙头山老爷庙前鞭炮大作、湖上也鞭炮轰鸣的情景。人们或上岸烧香许愿，或在船上对着老爷庙跪拜，一团团青烟随风随船在湖面上奔走。听说，直到如今，过往船只依然要按照旧俗，朝向老爷庙顶礼膜拜。

因为，那个方向就是一帆风顺、鱼满船舱的吉向。

最近的一个枯水季节，宽阔的湖面萎缩成了一条蜿蜒的河道，来往的船只挤挤挨挨地缓慢通过，夕阳下，裸露出来的湖底是一片金色的沙滩，是一片开着紫色小花的草洲。我漫步在沙滩上，只见不远处有两座沙丘，沙丘之上是两堆白得耀眼的乱石，走近才恍然，那是两船将被沙子完全掩埋的水泥，水泥是用白色塑料编织袋包装的，其出厂日期为 2003 年。

面对两条货船的新坟，我不禁想追问：我漫步走过的草洲、沙滩之下，该有多少人声嘶力竭的呼号，有多少已经腐烂的船的骸骨？

是的，作为咽喉要道的老爷庙水域，是鄱阳湖上的“魔鬼百慕大”。喇叭口似的特殊地理环境，让肆虐的大风在一年里刮跑了一百六十三张日历，经常出现的龙卷风能把船卷起十多米高，再摔成碎片；而在水陆交界处，由于湖面与陆地的热力差异常在水域周围形成积雨云，积雨云大多沿着湖边移动，即使停泊在港内的船只也会被雷雨大风掀翻；这里的水文情况也相当复杂，吉山、松门山两岛把这片水域与南湖大湖体隔开，赣江的数支与修河、抚河等几股强大的水流在此交汇，注入长江，由于此处骤然狭窄，同样造成水流的狭管作用，水流紊乱，流速增大，在主槽带产生涡流。由此可见吞噬了无数船只和生命的魔鬼究竟是谁了。

然而，在先民的眼里，这里的风是青面獠牙，雨是锋利魔爪，浪是血盆大口。其实，在生产力水平低下的历史远方，整个鄱阳湖，所有的江河湖泊，哪里不曾潜藏着灾祸和凶险？于是，人们只能把平安的祈愿，郑重地托付给形形色色的水神。

鄱阳湖上最威猛的水神，该是鼋将军了。传说它是鄱阳湖老龙王九个儿子中最难看的老大，大头，大眼，四只蒲扇一样的脚板，背上还有厚厚的甲壳，外形酷似甲鱼，重达千斤，力大无穷，名“大头鼋”。如此龙种，当然令龙王不悦。大头鼋挺无奈的，便去求寿星炼的仙丹，企图脱壳以讨龙王喜欢。仙丹需佐以玉柱龙的龙涎吞服，岂料，当玉柱龙吐涎时，湖上突然狂风大作，许多渔船都被掀翻了，大头鼋忙着抢救渔民，竟忘了去接龙涎，以至再也无法脱壳了，只好定居在鄱阳湖中。从此，每当风兴浪起，大头鼋都会奋不顾身去保护渔民。它成为鄱阳湖的保护神。

关于鼋将军的另一个故事是，当年朱元璋与陈友谅大战鄱阳湖，因遇风浪，朱元璋的乘船折断了风帆，舵也因触礁毁坏。危急关头，大头鼋以身代舵，救出了朱元璋，并保佑朱元璋取得了胜利。后来，朱元璋感念大头鼋的功德，封其为“定江大王”。历尽沧桑的老爷庙，其主殿内便祀有“定江王”塑像，殿前石柱上有对联赞曰：“数百年庙貌重修偏颂吾王功德，九万里威灵丕显顿平蠡水风波。”

鄱阳湖渔民、船工崇拜大头鼋，恰好反映了浩瀚时空背景下，面对种种神秘无解的自然现象，面对无从把握的生命之谜、生活之惑，人们在生存苦难面前那丰富复杂的心理，反映了人们不肯屈服于命运，企图通过幻想来征服大自然的美好愿望；老百姓凭着自己的想象力和浪漫精神所创造的众多水神，既集中体现了人的意志，充满了人性，又代表了人所敬畏的天地，充满了神性。所以，它们是能给心灵以爱抚、给精神以支撑的可亲近的灵神。

然而，面对“百慕大”风浪之下的呼号，不知大头的鼋将军面有愧色否？

历史上的江西，造就了众多的、大大小小的水神，大的灵显天下，小的护佑一方。也许，这是江河纵横、湖泊密布的地理条件所决定的。其中，影响最为广泛的水神当属许真君无疑，它的神迹不仅遍及全省各地，在南方多省也有它的传说。还有叫萧公、晏公的两位地方水神，明初因朝廷推崇而成为具有全国影响力的水神，职司平定风浪，保障江海行船，因此各地纷纷立庙奉祀。

如果说它们是走出江西的水神的话，那么杨泗将军则是被江西民间普遍信奉的外来水神了。

鄱阳湖沿湖地区也信奉萧公、晏公和杨泗，土生土长的水神则有大王爷、二王爷、三王爷等。以饲养渔鸟捕鱼的渔民，另有自己的专业神，他们尊薛元帅、千岁老子等为主神。过去，渔民在岁末收船靠岸时、年后第一次出船时，都要去祀奉水神的庙宇烧香朝拜。一旦新船下水，便要给新船披红挂彩，放炮点香，烧纸元宝以供诸神，求福求财求平安。每逢水神的祭日，必定要举行盛大的祭祀活动。

鄱阳湖上有座长山岛，属鄱阳县管辖，原名强山，岛上现有三千人，以杨姓为主，兼有陈姓，杨姓于明末由都昌县迁来。沿着码头而建的渔村呈带状绕岛半圈，村中有座福主庙建在山坡上。站在门前望去，万顷碧波尽在眼底，庙内祀奉的却是包大人和三大人，庙里的老人告诉我，那位三大人是屈原的三儿子。世世代代在风浪里讨生活，如何拜个黑脸包公做福主呢？追问起来，老人也茫然。于是，我想：莫非当年杨姓是蒙冤含恨，不得不背井离乡，偏安一隅？

坐落在鄱阳县县城里的晏公庙，应是鄱阳湖区水神崇拜的集大成者。我在几次访问鄱阳后，偶然得知此庙，便兴冲冲穿过那个叫管驿前的渔村，带着浑身鱼腥味来到庙前。

立庙六百年之久的晏公庙，除了祀晏公，还有一时间“灵显饶城”的定江王，也就是老爷庙里的鼋将军。然而，有着前后殿的晏公庙其实是一座“信仰超市”。前殿左右的神龛中分别端坐着土地神和社公，后殿上方神龛为晏公神位，左右两侧的神龛供奉杨泗将军神位和护国周王神位。列位神像的前面还有一群群小神像。靠在墙上的一排已经陈旧的鱼形彩灯，分明在告诉人们，这里的庙会充满湖区特色，那是鲤鱼、鳜鱼、鳊鱼们的狂欢，是船工、渔民及各色人等的祈福聚会之地。想必，那时鱼、虾、鳖、蟹们一定会簇拥着龙王和各路水神巡游。

就在我认识这座晏公庙不久，巧逢此庙举行两年一度的庙会。为期一周的庙会始于农历十月初三。这已是第十七届了。我到达的那天，正赶上信众们在“度关”。鞭炮声中，守候在庙院门前的人们忽然蜂拥而入，更有青壮汉子，从人潮中跳起来，伸臂去扯头上的红灯笼。男男女女挤挤挨挨，步履匆匆，在庙门前绕行一圈。值得注意的是，人们要么牵着、抱着孩子，要么紧紧搂着襁褓似的衣物。可见，“度关”的意义在于保佑子孙平安，人丁兴旺。

至于为何叫“度关”，据说，典出老子过函谷关的故事。公元前491年的某日清晨，函谷关令尹喜忽见东方紫气腾腾、霞光万道，断定紫气东来必有异人过，立即安排人打扫街道，盛情迎接。来人却是西渡隐居的老子，后来老子在那儿写下了《道德经》。既然如此，悬挂在晏公庙院门上的红灯笼就是祥瑞的象征了，难怪两只灯笼被撕扯得七零八落。

与平时相比，盛装的晏公庙里除了更热闹，还显得更为森严。后殿上空架起了罗汉宝座，层层叠叠地挂满了神像，它们是二十八星宿，三十六雷神，仿佛天庭一般，故有匾额称“咫尺天颜”。有许多女人在前殿敬香叩拜，拜了众神，又拜那纸扎的太平龙船、顺利凤船。到了送神日，这龙船、凤船将随晏公等水神巡游于管驿前窄窄的街巷，领受人们虔诚的香火，然后，去参加送神仪式，在饶河河滩上被付之一炬，化作缕缕青烟随神明而去。

水边的灵神，在水一方。试问，天上地下，又有哪位尊神能满足老百姓内心中那阔大无边的祈愿，能让他们高枕无忧呢？

然而，鄱阳湖区驳杂的民间信仰，像水，融入生活，深刻影响，甚至酿成了一方土地特有的风俗习惯；像鱼，游弋在广阔而深邃的文化空间里……

湖中神话岛

鄱阳湖曾经是一位故事大王。

它的故事像湖里的鱼群，游弋在粼粼波光中，潜藏在狂风骇浪下，或者随着暮归的渔船，拥挤在夜的码头、梦的港湾。

湖色就是它神情动人的脸色，瞬息变化间也许就是生离死别；水声就是它娓娓道来的讲述，抑扬顿挫中注定蕴含喜怒哀愁。我相信，鄱阳湖的故事是讲给包藏祸心的风浪听的，是讲给和湖一样辽阔的夜晚听的，是讲给那些即将落网的鱼儿听的。

我想，鄱阳湖的故事应该能够感动许多鱼，因为有些故事的主人公就是鱼，鱼是渔民的前生，或者后世，是他们的亲朋好友、妻子儿女，或者他们自己。

比如，俗名叫“江猪”的江豚和非常罕见的白鳍豚。它们一个浑身黢黑，就像真正的渔夫；一个洁白俊秀，仿佛渔家的掌上明珠。是的，在传说中，它们的确是一对父女变的。

这对父女的生活悲剧发生在女儿七岁生日那天。那天，母亲朱玉给女儿戴上亲手绣的荷包，父亲江珠要去给女儿买件漂亮的新衣裳。谁料到，就在他上岸不久，一队来湖边买鱼的官兵看见朱玉母女，顿生歹念，他们上船抢走了朱玉。

江珠回来时，只见一条无助的空船，便心急火燎地操起一把鱼叉，上岸寻找妻女。找了三日三夜，喉咙叫哑了，眼泪哭干了，人也像疯子一样。从此以后，这个老实巴交的打鱼人完全变了样，他把渔船卖了，在别人的大货船上当老大，而且，吃喝嫖赌，玩世不恭，只想糊里糊涂打发一生。却不知，女儿并没有死，她被卖给了烟花院。

一晃十年过去，江珠已经四十多岁。一天，他跟船来到湖边的镇子上，在酒馆里喝得八成醉后进了当地有名的白玉楼，点了名牌上价钱最高的白琦陪夜。第二天醒来时，细看白琦，再问她的身世，又验证了绣花荷包，江珠仿佛五雷轰顶，全身发抖。白琦见江珠失魂落魄，已是心知肚明，她又羞又恨，蒙着脸冲出门，冲向湖边。

江珠追到湖边，眼看着白琦纵身一跃，跳进了湖里。他跌倒在地上，一边呼唤着女儿，一边磕头。

风浪也是有情物。这时候，湖天乌云陡暗，湖面巨浪翻腾，白琦的尸身在浪里漂来浮去。江珠万念俱灰，也跳进了湖水里。江珠一扑下湖，白琦的尸体就沉入水下，但江珠还一扑一扑地寻找着女儿。

大慈大悲的观音娘娘闻知这对父女的冤情，就让他们变成了水族。于是，后人便称之为“江猪”和“白鳍”。“白鳍”恼恨人间的不平，总是藏在水底，从来不肯露面；江猪只要一见天暗有风雨，就会拱出水面，还想寻找女儿。

所以，我们现在几乎看不到白鳍豚，那貌若天仙、命比纸薄的女子了。

所以，现在我们一旦看到江猪，便见它仍在水面上一拱一拱的，仍是那集深仇大恨与奇耻大辱于一身的苦命父亲的形象。

“江猪拜风”的故事曾在湖区广泛流传。那些耕作在湖面的渔民、奔走在浪尖的船工、织补在湖滩的妇女、留守在湖岛的孤寡，口授着这个凄惨的故事，忘记了自己的悲苦。他们那浩瀚无垠的悲悯，弥漫在广袤的鄱阳湖上，温暖着众多飘零的孤独的心，抚慰着那些浮沉的寂寞的岛，也打湿了他们自己的眼睛。

我第一次听到这个故事，是在 20 世纪 80 年代的客船上。那艘客船在正午的星子码头，载上我和灼烫的风，横穿满湖的桅林和帆影，驶向都昌的灯火楼台。我记得有几个女孩正好奇地摆弄着同伴胸前的十字架，那是忽然流行一时的金色饰物，而一个手指湖面惊呼“江猪”的陌生汉子，激动之余，把江猪的身世告诉我了。

那时，他的眼里有湖水溢出。一只不知名的鸟儿，避开逐浪翻飞的鸥群，竟落在他身边的栏杆上。我不知道，是如此深沉的情感滋养了那些鲜活的故事，还是那些动人的故事培育了一颗颗情感丰富的心灵？我想，以船为家的人们，就像那只在湖面上飞倦了的鸟儿，需要蓊郁的山林、烂漫的花朵和坚实的峭岩，甚至还需要可以远眺的山巅。于是，在我看来，民间故事就是撒落湖中的一座座小岛了，人们飞临其上，亲密地依偎，自由地鸣唱，或者任意用尖利的喙，啄击世间的不平和人心的恶。幻想和语言是他们生活的另一处湖天。

难怪，湖边的山、湖中的岛，都被人们口口相传的故事赋予了灵魂、性格和情感。在人们的想象中，石钟山本是为王母娘娘的蟠桃园雕制的两口玉钟，只缘挑着玉钟路经鄱阳湖上空的高力士，为鞋山上的美貌女子而意乱神迷，一个趔趄，弹起的扁担打缺了嫦娥姑娘捧着的圆月，坠落的玉钟化作了上、下石钟山，山后一座名叫嵩山的小山，则因压着遭玉帝惩罚的高力士而得名。邻近的月亮山、扁担洲都和这个传说有关。

鄱阳湖上有岛屿四十多座，多数在中低水位时表现为滩丘，可分为石岛、土岛、土石岛和沙岛。每座岛也是神话岛。它们各有来历，语言却是它们共同的故乡。传说印山是玉帝听信谗言用左手抛下的一枚玉印；鞋山是天界瑶池玉女大姑丢下的一只绣花鞋，爱恋渔夫胡青的大姑，用它压住了企图抓走胡青的渔霸；七姐妹墩是七仙女立机纺织之地，当年她们就是在这儿，一夜之间将一堆无头丝织成十匹锦绢，才使得董永三年长工改百日，“夫妻双双把家还”；帮助七仙女私自下凡的丫鬟莲花，却被王母娘娘打入了鄱阳湖水牢，因而，花山岛生得怪石嶙峋、状若莲花；棠荫岛则得名于鄱阳湖蚌神之女棠荫与打鱼郎王小庆的爱情故事……湖天茫茫。对于耕作在风浪里的胡青们，谁说那些岛不是爱情之岛、温柔之乡呢?

岛屿是真、善、美的纪念碑，也是假、恶、丑的墓志铭。比如，马鞍山下就压着贪心的乌龟婆和她那好逸恶劳的小儿子。乌龟婆有两个儿子，小儿子才是她亲生的。她对亲生子宠爱、娇惯，对勤劳善良的老大却是刻薄、狠毒。大儿子得到自己亲娘在天之灵的庇佑，能够呼唤白龙驹献宝，乌龟婆和她的亲生子便施计企图偷走金马鞍，结果母子俩葬身马鞍形高山之下，永远不能复生了。

鄱阳湖上最小的岛屿罗星墩，因传说葬有金口玉牙的罗隐而得名。罗隐为唐末文学家，弃官隐居后，足迹遍及赣、浙数省。有史料称“隐才思敏捷，即事指物滑稽诙谐”，“事俗近怪者，皆隐所为”。江西各地都流传着他嘲弄权贵、惩恶扬善的逸事，在那些传说里，他是玩世不恭的，也是机智的。都昌县传说，他冒犯天神被抽去龙骨，侥幸留下一口龙牙。从天庭回来后，罗隐定居在矶山，凭着金口玉牙，他喝山山变色，喝水水改流，给浩渺的鄱阳湖增添了几分秀丽。民间对智慧人物的崇尚，由此可见一斑。

鄱阳湖区的民间故事，生动表现了老百姓对美好生活的向往，广泛反映了惩恶扬善主题和我们民族崇尚的勤劳勇敢、聪慧善良、尊老爱幼、知恩图报、爱情忠贞、疾恶如仇等传统美德，这是无疑的。值得注意的是，当湖与岛乃至一切风物在方言俚语中获得灵性后，它们不就成了渔人的亲朋和友邻吗？更何况，还有许多传说强烈地传达出人们对生存环境的珍视之情。

比如，彭蠡开湖的传说。相传远古时的勇士彭蠡为造福于民，锲而不舍地坚持挖湖，哪怕千年成精的绿头蜈蚣不断填塞他挖出的湖。天上司晨的西星官被彭蠡的事迹所感动，遂命儿子大鸡、小鸡下凡，帮助彭蠡打垮了蜈蚣精。虽然战败的蜈蚣精变成了僵卧在碧波之中的松门沙山，可大鸡、小鸡生怕它僵而不死，便化作大矶山、小矶山，时刻盯着它，忠诚地守护着这一湖清水。

原来，这些浪漫的神话不仅蕴含教化人心的意义，也饱含着古人对天地、自然的朴素认识和敬畏之情。它们不仅仅是坐在颠簸的夫妻船上讲给漫漫长夜听的，也是讲给子子孙孙听的。所以，后来我屡次行走在鄱阳湖上，一旦发现江猪，惊喜过后，便是无尽的感伤……

鄱阳湖上的每座湖岛依然年轻秀美，可是，它们的故事却老了。是关于湖、关于岛的那些神话传说，那些白发苍苍的故事养育了万顷碧波和湖里的一切吧？

天鹅之恋

我曾这样写道：许多的摄影家都精确地掌握着候鸟飞回鄱阳湖的日期，那个日子就像明白无误地标注在远方发来的传真上。

现在，我瞥见摄影家手里的传真了，无数的鸟衔着那个共同的日子，正向我们飞来。它们就在湖的翘望之中，在我们的头顶之上，它们是遮蔽天日的翻滚涌动着的云，是在高空呼啸着的风，或者，就是我们倾听到的千啼百啭。

现在，我要追着那千啼百啭，抢在众多摄影家前去迎接白鹤、天鹅以及所有的翅膀。说起来，真是惭愧，年年都动了去鄱阳湖看鸟的念头，一耽搁，便是冬去春来。殊不知，候鸟是不等人的，片刻都不等。在一个早春，我曾领略过迟到的遗憾。那是在吴城。湖天茫茫，鸟影寥寥，只有几只白鹭踏水而行，似在收拾白鹤、天鹅们遗落的羽衣。它们张望于草洲，搜寻于苇丛，突然又飞了起来，却不知飞往谁边。几多落寞，几多惆怅。而圈养的一对天鹅呢，它们眼里的感伤犹在，离情依然。这一切让我相信，候鸟大约是头一天告别鄱阳湖走的。候鸟悄悄地飞走，正如它们悄悄地来。

可是，我错了，万万想不到，候鸟的到来和离去，竟是热闹非凡、壮丽无比的，就像我们的节日，我们所经历过的最为隆重、最为难忘的典仪。凭着摄影家的介绍，我想象着那不可思议的场面。

在我的想象中，初冬的鄱阳湖是一座辽阔的广场。所有的翅膀纷至沓来，降落在碧波荡漾的水面上。确切地说，所有的候鸟不约而同，首先要齐聚在主湖区，仿佛就为了举行到达的仪式、盛大的联欢，庆贺成功的抵达，庆贺友好的重逢，庆贺亲情的团圆。白鹤的方阵来了，天鹅的方阵来了，东方白鹳的方阵来了，鸿雁的方阵来了，许多的方阵中，包括被国际鸟类保护组织列为世界濒危鸟类的十三种鸟。它们快乐地歌唱着，激动地叙说着，或许它们的歌唱本来就是叙事长诗，叙说着遥远的草原、沼泽和荒野，叙说着去年的离愁别绪，去年的怀想如梦，以及此刻的美梦成真。在这个共同的仪式之后，各种的鸟类，无数的翅膀，带着意犹未尽的心事和歌唱，一群群地去找它们各自的家了。它们冬天的家园分别在各个小湖里、港汊里，却有一样清澈的水路相连，一样纯净的暖阳临窗。

我在沙湖山看到的天鹅们，也许就是刚刚离开联欢会现场吧？一个个的，好像还忘我地沉浸于那万鸟来朝、众声欢鸣的情境之中，它们仍在放声歌唱。那嘹亮的歌声、铿锵的和鸣，具有金属的质地、金属的光泽，穿透了密密的芦苇丛，飞扬在整个湖湾里。远远地，还没有见着湖，我就听到了天鹅的唳鸣。我说，这么热闹，大概是中央电视台的“心连心”剧组来了吧？成千上万只天鹅的唳鸣，营造出来的，正是心连心的氛围。它召唤着人们，像孩子似的，撒欢儿一般扑向天鹅的家园，扑向天地之心。

芦苇在湖滩的这边，芦苇是天鹅的篱笆；水岸在芦苇滩的那边，水岸是天鹅的庭院。天鹅在自家的庭院里排练，我在天鹅庭院的墙外、窗下窥望。芦苇丛中的我，成了踮着脚尖的一竿芦苇，或笑眯着眼的一柄花穗。芦苇似幕，芦花似帘。拉开大幕，卷起珠帘，便是精美绝伦的《天鹅湖》。成千上万只天鹅聚集在一起，却是仪态万千。一群群的，仿佛在温习昨天赶排的集体舞；成双成对的，或以喙相碰，或以头相靠，大约是忙里偷闲说几句悄悄话；三三两两游离群体的，应该是找僻静处练嗓子去了；至于那些把头钻入水中觅食的天鹅，在我看来，它们一定是正在给自己换上新的舞鞋。

天鹅们成群结队地游弋于湖上的情景，不仅令我联想到那出著名的芭蕾舞，也让我恍然大悟为什么人们把候鸟王国鄱阳湖称为“中国第二长城”。所谓“第二长城”，大约是用来比喻令人叹为观止的“白鹤长城”的，其实，当成千上万只天鹅那么优雅、那么自在地沿着水岸铺展开去，何尝不是一道气势磅礴、蜿蜒逶迤的天鹅长城呢？这是以有翅的船队筑起的长城。

法国科学家、作家布封在其名篇《天鹅》里对天鹅之船有生动而细腻的描写：“它的颈子高高的，胸脯挺挺的，圆圆的，仿佛是破浪前进的船头；它的宽广的腹部就像船底；它的身子为了便于疾驶，向前倾着，愈向后就愈挺起，最后翘得高高的就像船舳；尾巴是地道的舵；脚就是宽阔的桨；它的一对大翅膀在风前半张着，微微地鼓起来，这就是帆，它们推着这艘活的船舶，连船带驾驶者一起推着跑。”

何止是跑起来呀，它们连船带自己都飞起来了。不知是受到了惊扰呢，还是风怂恿的，尽管湖上是无边的宁馨，却时有一些天鹅突然在水面上向前冲跑一段距离，然后起飞，飞翔时长颈前伸，徐缓地扇动双翅。而更多的天鹅依然从容地栖息在水上，它们庄重地伸直脖子，欣赏别个兴致勃发的飞行，就像品味自己雍容高贵的仪表。所以，一次次起飞，不过是短暂的表演。

沙湖山的天鹅，有芦苇作篱笆，我可以潜入其中，小心翼翼地接近水岸，接近它们的呢喃和鼾声。而在吴城却不可以。吴城附近的湖面，也是天鹅的家园。住在观测站里的几个老外，应该知道飞临沙湖山、吴城及鄱阳湖别处越冬的天鹅分别来自哪里。

吴城的天鹅以高高的堤岸为屏障。我在高高的观鸟台上俯瞰它们，它们成了盛开的莲花，一朵朵、一簇簇，遍布在近岸的湖面上。那是会唱歌的莲花，它们把一些别的鸟都招来了。

水边，有一位摄影家正悄悄地把镜头对准了它们。它们早已是明星模特儿了，它们一定认识许多摄影家。那些许多年年来拍鸟的记者，已被当地百姓亲切地唤作“鸟记者”。可是，天鹅们即便在自己熟悉的鸟记者面前，仍带着几分矜持、几分腼腆、几分羞怯，就像天生丽质的少女。不过，那是欲抱琵琶半遮面的羞赧，发现镜头后，由天鹅组成的水线缓缓后退，天鹅们一个个环顾左右，犹豫徘徊，很不情愿似的，也许，它们中有谁还想抢镜头呢。

天鹅们在歌唱着鄱阳湖。其实，在天鹅的歌声中，我分明听到了鹤唳雁鸣，听到了百鸟的抒情。它们不远万里飞临冬天的鄱阳湖，就是为了歌唱这里的水和风、云和月、花朵和人心吧？

对了，还有铺满四季的绿，在芦花和荻花上开放着的暖融融的阳光和目光。

接下去，我要赶紧造访白鹤、白鹳及其他候鸟。我要把它们的歌声和恋情一并记录在我的文字里。因为，到了春天，它们就要迁徙。在它们刚刚抵达的日子里，我想象着候鸟离别鄱阳湖的情景。

告别候鸟的鄱阳湖，就像一座机场，一座车站，一个码头，就像我们为亲人送行的每一个现场。整个水乡泽国都在为它们送行。野花含着笑，青草噙着泪，万顷碧波频频挥手，大约挥了一万次吧。草洲上的牛，喃喃地，咀嚼着它所亲近的某只鸟的语言。而候鸟们不约而同地启程，正如它们不约而同地抵达。它们从各自的家园各自的湖湾起飞，却像约定了似的，都在鄱阳湖上空反复盘旋，一圈又一圈，它们盘旋在自己的歌声中，盘旋在大地的眼睛里。此刻，它们的啼鸣催人泪下，因为这啼鸣里面有万般缱绻。

它们把万千依恋都播撒在烟波浩渺的鄱阳湖里了。然后，它们分道扬镳，各奔前程。

所以，鄱阳湖呵护着它们，或者思念着它们，就像对待自己的孩子一样。是的，通灵的鸟啊，多像人类，多像我们自己。

有了生命的豹还需要什么

老人携妻要去北京参加展览，他俩却买了三张硬卧车票。有一张是给随行的豹买的。老人不肯委屈了自己精心呵护着的那只豹。

不肯让豹趴在座位底下或蹲在过道上，让人踩着挤着；不肯让豹待在车厢两头的吸烟处，让烟熏着呛着；当然，更不肯拿豹当行李包裹去托运，担心万一野蛮装卸把它磕碰恼了。也是，论野蛮，它真算一个主。

也许豹的身高不及一米四，但买了全票，它就是一位成年旅客了。我本应该细问老人：当时，体重几乎与你相当的豹是睡下铺，还是中铺、上铺？想来，可能是中铺，下铺免不了有干扰，上铺呢，爬起来太累，束之高阁的也闷得慌。我坐火车也比较喜欢中铺。

这对夫妇小心翼翼地照料它。用抚摸、用语言，安抚它紧张的肌肉和心情，守护它警觉的目光和尾巴。仿佛，即便是伤及皮毛的入侵，也会顿时把它永远定格的表情激活了，让它堵在喉腔里的咆哮喷发出来。

一路上，因为老人的珍爱，豹出奇地温驯。静静地躺在自己的铺上，想象着在北京的展厅里，该有多少化腐朽为神奇的传说。

是的，这是一件根雕。

然而，这件根雕在获得一张车票、一个铺位的同时，分明也获得了生命的尊严！

我是在一家行将倒闭的木材厂听到这个故事的。据说，这里的厂房和大片土地眼巴巴地盼着买主，一栋栋低矮、破烂的职工宿舍，仿佛当初建造它们，就是为了有朝一日让人来扒的。曾经遍地锯末的厂区，现如今到处荒草萋萋。草漫过了宿舍一楼的窗台，俏立于楼道口的门檐，甚至蹿上了屋顶。野草的生命，是来自腐殖质，还是来自新鲜的木屑？

正是在黑暗、潮湿的深处，我看见另外一种生命——以自然为砧木，以思想为精血，孕育着、生长着的艺术生命。那是怎样动人的嫁接呀，枯枝有了肌腱、脉搏和气韵，柴蔸有了眼睛、鼻息和心事，拥挤的居住空间竟接纳了大千世界所有的吼叫和啼鸣、呼喊与歌吟。

在略胜于树洞石窟的陋居里，我见到几位根艺家。如果时间允许，我的访问还可继续下去，这里有一个令人吃惊的根艺创作群体。令我惊奇的并非他们的作品如何栩栩如生，而在于那些作品所表现的品格和精神竟然与“生”俱来。设身处地想想，这些命运飘摇的作者倾心于艺术，可能也为将来的稻粱谋存有侥幸，但是，他们每个人几乎都有类似的故事：在无人问津的清贫、寂寞之中，偶有某件作品被人看中，许以高价，但他们却不约而同地拒绝了。

如今，敢于对金钱说“不”的，尚有几人？

珍惜以至疼爱，疼爱以至视为己出。莫非，被他们拥以自重的妙品，恰恰先天就遗传了自己的基因，成长为他们自己——有血有肉，却不卑不亢；有欲有求，却超凡脱俗？

即便是未事雕琢的树根，也是有灵魂有性格的，也是可以恃才傲物的。我在一个山区乡镇遇到一位只管着百十本破书旧刊的文化站干部。他让我欣赏了几件同样舍不得卖掉的根雕之后，领着我钻入迷宫似的村巷，来到默哀于岁月深处的公社礼堂。蛛网若幡，飞尘若烟，地上霉黑的纸片，不知是若干年前最后一场电影的入场券，还是化给谁未拾尽的纸钱。

但是，拉开一道道幕幔，当我看清舞台上那影影绰绰、千姿百态的树根时，礼堂里的光线蠕动了，空气复活了，有一伙野蜂破窗而入。

他收藏的树根竟堆满了偌大的舞台。

他坦言，希望以此为股本与人合作开发根艺。然而，几次洽谈都未能成功。原因在于，堆积如山的枝杈根蔸，在开发商眼里不过是托架凳椅而已。

他决不肯委屈它们。

想象一下，那么壮观的舞台，那么生动的倩影，是在排练一出气势磅礴的大型歌舞，还是一台热闹非凡的儿童剧？

我不知道为什么，竟是这些平民百姓更懂得尊严是根……

长在龟背上的村庄

江西的古村是水做的。依偎着丘陵，依偎着一片古樟，温存如水，柔软如水，它为自然而倾倒，而融化，那模样、那神情正是女性才有的陶醉。有时，我更喜欢把一座座村落，看作是一群群匍匐于田野上的孵化期的大鸟，就因为密密匝匝的灰色屋顶，像一件件湿漉漉的羽衣。

水做的古村要水养着。村前的池塘养着它的容颜，环村的小河养着它的秀发。瓦檐下的滴水，养着墙脚处大片大片的青苔；门罩上一抔潮湿的浮尘，慷慨地养下了一蓬草或一棵树。铺着石板的窄巷被水浇透了，愈显得清幽而深邃；斑斑驳驳的山墙被雨淋湿了，方见历尽沧桑的伤和痛。不妨大胆地把它喻作女性的眼睛吧，有水养着，于是，才有了秋波和热泪，才有了叫人怦然心动的妩媚和怜爱。

我是在刚刚过去的夏天里，发现古村与水的秘密的。在夏天里，我访问过四个热得蜷缩在树荫下的村庄。村庄里面的旱情比田野的更严重，田野仍然碧绿，老房子却干得发白起燥，瓦是枯涩的灰，墙是失血的青，村巷的石板是晃眼的亮。看来，建筑比庄稼更需要水的滋润，仍然需要水分的历史才是古村，不需要的，就是陶器了。

我在满目旱象的一方方天井里感慨和仰望。从前每次造访古村，几乎都是雨天，有时明明是冲着晴天出发的，进了村，藏在山后的积雨云就过来了。雨殷勤得像在田里劳作的主人。对了，雨就是村庄的主人，天井就是它出入的门户，起居的宅院。它站着，成了飘飘洒洒的雨丝；坐着，成了袅袅飘升的水汽；躺下去，成了遍地嫩绿的湿和那从砖缝里长出来的水灵灵的绿。访问干旱的古村，大概正是不见主人的惆怅令我陡然兴败。

有趣的是，恰恰在这个夏天，我第一次听到了龟的传说，而且，所到之处每个村庄的人都不约而同地指着干爽的天井告诉我，钱币状的下水口里放养着比老房子更长寿的乌龟。人们在担忧着龟的饥渴吧？

龟是一条挖泥船，一位疏浚水道的工程师。当年古村的祖先在建房时，为了排水设施的永久通畅，他们的奇思妙想居然是那么浪漫，那么一致！仿佛心有灵犀。他们请来了龟，让龟一辈子在自家的宅基之中，养护那四水归堂的祈愿，以保那祈愿永不壅塞。龟的一辈子该有多长？人们比画着，很认真地告诉我：千年的王八万年的龟，早几年我们在山上捉到一只乌龟你猜多大，有二三十斤重呢——长了千百年的龟，一定搬走了千百吨淤积吧？

其实，民间古建筑的规划以及对排水、防火、采光等功能的匠心设计，充分体现出民间的智慧和经验，而且，这些智慧和经验渗透了民俗传统和精神。就拿目前尚鲜为人知的贵溪耳口曾家村来说吧，它依山而建，层层叠叠，住宅分为四排，外部顺山势圈起高墙，整个村庄浑然一体，如雄峻的城堡；山庄大门坐北朝南，一条石阶山径横向而上，至门前作了九十度的拐弯方折入村中，一步步踏着的是“迎日而上”的吉祥寓意；村中每栋房屋四周越脊，相连却不相通，但广开小门自由往来，以四五栋房屋构成的小住宅院也是四面青砖墙到顶，以防不虞，听说历史上发生过几次火灾，只是烧毁着火的局部，周围小院安然无恙。这样的住宅院群形成偏向东南方向的梯形递进式布局，既便于屋内采光，又巧妙地传达了紫气东来的希冀；在一堵倾斜得岌岌可危的围墙下，坐着一位躲荫的老人，即便刮风下雨，我也不必为之担心，因为我已知道由于建筑结构严谨，这里的墙从未发生过自然倒塌。

能工巧匠的技艺令人叹为观止。凭此，排除屋面雨水自是游刃有余。可是，人们为什么把理当属于自己的荣誉拱手与龟呢？

我愿意相信这个传说的真实性。我甚至猜想，人们当初放养乌龟一定伴有庄严的典仪，他们把延年益寿的心事告知它了，把福佑子孙的祷祝托付给它了。是不是种植在龟背上的村庄，才长成了千百年的古村？

想念一把织布刷子

很奇特的一把刷子。

是用草根扎的。那草根粗壮如我幼时嚼过的甜甜的茅根，但颜色不同，它有铜的色泽、铜的质地，忽然在老房子里的织机上发现它，我真以为是铜丝的呢。说它奇，奇在捆扎成一大把的草根，根根弯曲成波浪状，不知天然如此还是因长期使用造成的。秩序与浪漫集于一身，精工与野趣珠联璧合。想想看，置于案头或挂在墙上，是不是一件很有现代意味的装置？

于是，我想把它买下来。

但这个想法被身着自家织染的士林蓝布衫的婆婆拒绝了，像迎我进门参观织机一样热情大方地拒绝了。她说，你明年来，我扎一把给你。

有许多东西是不能出卖的。比如这把织布刷子。珍惜它，就是珍惜纺织的岁月，珍惜织进土布中的命运之经、情感之纬。即便是附着在它上面的残絮乱线，也是构成生活的琐屑而生动的细部。

可是，为什么要等到明年？给草一个生长的过程？给根一个坚韧的期限？

我相信这不是敷衍，她和善的笑意分明是真诚的允诺。

我的祖母也时常这样慈祥地笑。当人们赞叹她的针线活儿时，当有人不经意地问她眼力如何时，她的笑便从老花镜的上方溢出来，说："赶明儿，送你两双鞋垫。"

从前，她眼睛好使的时候，最拿手的针线活儿是手工缝制的便装棉袄和婴儿衣，还有美观结实的布鞋。她曾颠着小脚被远远近近的人家请上门去做衣服。打小我就听惯了人们对她手艺的褒誉，有的近邻至今还珍藏着当年请她做的婴儿衣。这令我懊悔不迭，我的儿子已经成人，曾经庇佑他健康成长的那些精美的小衣服却被我陆续送人了。我忽略了裁剪缝纫中的艺术，以及那种民间艺术所表达的情感意蕴。

祖母纳不动鞋底了，也看不清画在衣料上的粉线了。于是，她老眼昏花的晚年，一直旋转在一个用筷子和铜钱做的捻轴上，一直穿行在针脚细密均匀的鞋垫上。她拆掉家中存留的劳保手套，把纱捻成线，然后用那种纱线绣鞋垫。在那一双双鞋垫上，她的技艺在延续，生命在延续。有时望着她坐在冬日阳光里做活儿的那副沉醉的样子，我会觉得，技艺就是一个人的生命。

祖母后来长眠在九十岁的银发里。她下葬的时候，我们在她的骨灰盒边埋下了捻轴、针锥、鞋楦和内里别着几枚缝衣针的眼镜盒。离开那片墓地时，我猛然发现，周围的石碑上尽是我熟悉的姓名，而且大多是因为他们上门来请祖母做衣服才认识的。为此，我大吃一惊。如果他们地下有灵，他们的灵魂冷暖有知，祖母又该戴上老花镜了。以银发为丝，她的绣品会是什么呢？

祖母去世时，我从她的床头柜里竟翻出十多双鞋垫。细看她的遗物，我忽然明白，"明儿"与"明年"并非时间概念，而是对珍视提出的聚焦标准，是测度我们内心拥有多少珍惜之情的容量单位。

我不由得把自己曾经收藏的物品和情感盘点了一番。有的散失了，有的丢弃了，有的破损了……不懂得珍惜，是不是证明了生活的马虎和内心的粗糙？

我开始想念那把织布刷子。几年间，屡次动过念头。可我不知道去了那个迷宫似的古村，是否还找得到那户人家；进得那雕龙画凤的大屋，是否还看得到那架织机；抚摸着那苍老的织机，是否还听得到陪伴它一生的祈愿，那好客的笑音，那婉言和慷慨。

那把刷子还挂在织机上吗？那个婆婆果然为我新扎了一把吗？我不知道。我把想念置于案头或挂在墙上。

为什么被毁的总是历史的表情

这个问题纠缠我很久了。

在咸阳城郊的乾陵，一群文官武将的石雕大多丢了脑袋；在洛阳的龙门石窟，众多遭破坏的佛像被毁的仍是脸部；在我所造访的每个古村里，更是到处可见被毁容的雕塑、雕刻。

听说，文武百官石雕的首级和佛像有的是被当宝物盗去的。而在平民百姓的栖身之处，由那些雕刻作品上破坏性的凿痕便可当即断定，他们的脸是被人施以斧錾，是凌迟铲去的，是一点一点撕碎的。从下颌部下手，由浅渐深，血与浆喷涌出来，红与白汇流一股。

他们的身子还在，他们的造型依然。依然灞桥折柳、西厢拜月，依然茅庐三顾、桃园结义，依然抚琴弄箫、裙裾飘飘，依然横刀跃马、盔甲铮铮。这群无头的冤魂！没有了花容月貌，也没有了千娇百媚；没有了慈眉善目，也没有了怒发冲冠；没有了经世的吟唱，也没有了千古的聆听；没有了滋润四季的泪和笑，也没有了激活生命的苦和怒。这群失去表情的人！

在好些古民居里，我吃惊地发现，被毁容的并非只是雕刻在门、窗、隔扇这些比较顺手的地方的才子佳人，梁上、檐上、门楼上的人物雕刻也未必能幸免。想来，那是得借助很高的梯子才能攀爬上去的，而在乡间，依我的乡村生活经验估计，要找一架现成的高高的梯子并不容易，可以去村后的祖坟山上砍来竹木特制。我吃惊的是破坏者的耐心，老房子飞檐翘角雕梁画栋的，满目是神话传说、戏曲故事，而有的屋子里老祖宗留下的“脸”竟无一漏网，那真是件劳神劳力又费时的活儿。千百年的灰尘烟垢不会迷着他们的眼吗？马马虎虎悬挂在梁上的铁钩、木钩不会磕着他们的头吗？扑啦啦打黑暗中窜出的燕、雀、蝙蝠不会惊着他们的魂儿吗？靠老墙、朽木支托，梯子站得稳吗？柱础已经风化，经得起震吗？一手握錾一手举锤，不会闪着腰吧？

最甚者，是在中原某个不算有名的小石窟里，洞壁上雕着的无数个小佛像，居然被人一一揭去了脸部，从錾痕看，吃刀的部位一致，用力均匀，技艺娴熟得绝不伤及其他，相对我的一位誉满全城却两次走火入魔割断人家动脉的大夫朋友而言，这精致的破坏堪称无与伦比了。

看来，破坏者对那些雕塑、雕刻并无深仇大恨，否则就该大刀阔斧杀它个片甲不留。老房子里保存完好的花卉禽鸟、祥龙瑞兽的图案证明，那些敌意全是冲着人类的面孔、历史的表情去的。

为什么？

我一次次抚摸着丢失面目的地方，想象着那些身体该有的容颜，追问着自己。

为了破坏得比较高明而文雅？为了取其性命而不致碎尸万段？为了隐蔽和保全？为了敬畏和叛逆？为了简洁的风格？为了致命的效果？

或者，原因在于那些饱经风霜却丰富生动的脸让后人无颜以对。那慈眉善目不让人心虚吗？那忠肝义胆不叫人羞惭吗？那风流倜傥不令人沮丧吗？嫉而生恨？爱而结仇？如以硫酸施暴的失恋者？

再不，就是民间工匠的技艺叫人自惭形秽了。

维纳斯断臂之谜众说纷纭，无论如何，它残缺的只是手臂；米开朗琪罗的大卫被破坏了，伤残的是脚趾，据说破坏者还是个疯子。我努力搜寻西方艺术中的这类逸事，企图证明即便是破坏，别人也如何的不同。可惜我孤陋寡闻。不待我找见更多的例子，一位朋友用嘲笑制止了我钻牛角尖似的追问。他说："连小孩子打架都知道打脸，你不是从孩子过来的吗？"

一句话，噎得我透不过气来。仔细一想，忽然觉得事物的真相也许真的就这么简单，那许多的破坏也许就出于原始的欲望，愚蛮的冲动，就为了打架打脸的快感。

有意思的是，在一座古祠堂里，梁上得以保全的雕刻人物，证明民间不乏如我朋友那样的智者。当今人决定要和古人打一架的时候，他们赶紧用黄泥糊在木雕上，给那些才子佳人、文官武将戴上了头盔面罩。如此这般，果然防护得法，稍高处的木雕作品完好地保存至今。

现在，剥去泥巴，那些人物露出真容，尽管一个个灰头土脸，却是有鼻子有眼。

我们一直嘲笑顾首不顾尾的鸵鸟。原来，在大难临头时，鸵鸟政策不失为最高明的政策啊。

田野漫笔

风水的话题

村庄永远津津乐道于风水的话题。不管我们愿不愿意接受，它总像一位满脸风霜的老人，站在村口的古樟下絮叨个不停。

走进村庄，就是走进它没完没了的絮叨。它指着云缠雾绕的远山，夸耀着宗族的悠远来龙；指着山明水秀的环境，赞颂着祖先择址开基的功德；指着水口、村巷、殿宇及其他建筑，陈述着村落的匠心布局；指着任意一处雕刻、绘画或文字，说道着其中刻意设计的玄机……它陶醉在自己的述说里。仿佛，一切的幸运都来自祖先择定的风水宝地，一切的灾祸都消弭于辟邪纳吉的营构，一切的祈愿都可以托付给这个深藏于自己内心的信仰。它总是用许多生动的传说来证明自己的说法，在流传千百年的传说中，它微笑了千百年，它欣慰的笑容，真诚而诡秘。

最近的几年间，我频频造访幸存于乡间的老房子。在我看来，那些砖木有血肉、有神经，维系着家族的死生祸福、兴衰荣辱，牵连着人们内心的幸福和疼痛。令我神往的，正是存储在建筑中的大量文化信息，正是寄寓在建筑及装饰中的丰富而微妙的思想情感。然而，对同样渗透于建筑中的风水观念，我一直采取排斥的态度。这是一种认识本能，源于我所接受的教育；也是一种文化自觉，源于长期以来风水文化批判的刻骨影响。

可是，如果真的企图全面而深入地了解古村，古村那真诚而诡秘的笑容是绕不过去的。我终于不由自主地被它的笑容打动了。

我想做的事，只是勾勒它的笑纹，录取它的笑音，探究被那神秘的微笑掩藏着的内心而已。我时时提醒自己：千万别掉进那幽深、玄奥甚至充满荒诞意味的风水陷阱里。我好奇地倾听着、品味着古村落中的种种风水讲究，并且力求客观地记下我的所见所闻所感。竟也奇怪，让我们讳莫如深的风水话题，到了村庄的嘴里，竟是这么自然而然，坦坦荡荡。

仿佛，村庄所要表述的，是它对大自然的充满敬畏的尊崇和膜拜。任何一座古村，哪怕它已是千年高寿，在大地母亲的襁褓里，它永远是一个嗷嗷待哺的婴孩。在辽阔的苍穹之下，它通过屋宇水平铺开构成建筑群落，形成优美的天际线，仿佛舒展身体紧贴着大地，用全部的肌肤和血肉吸纳着天光地气。假如它成群结队地匍匐在田畈上，密密匝匝，如同成百上千只永远沉醉于孵化期的大鸟；而在逼仄的山坳之中，它依偎着团团绿荫，聚族而居，则似进入梦乡也在反刍生活的牛。在自然的环抱里，它是恭顺的，也是谦卑的，而作为古村，它的恒久恰恰得益于自然的庇护。访问古村的见闻，让我相信，历史上风水学说之所以能够大行其道，正说明它在一定程度上体现了天道与人道、自然与人为的关系，和中国人“天人合一”、亲和自然的价值观、审美观自有相吻合之处。

仿佛，村庄所要传达的，是它的生活经验以及源于生活经验而形成的传统习俗。正是重视建舍的深厚的传统习俗，为风水学说提供了滋生、蔓延的土壤，而重视建舍的传统习俗，不仅来源于人类基于生存需要而产生的避凶趋吉的心理，也来源于人们重视、关心建筑环境所获取的代代相传并不断丰富的生活经验，那些涉及地质地理学、生态学、景观学、建筑学、伦理学、美学等内容的经验，体现了社会生产和生活的客观需要。几乎所有古村的选址、定位、规划和布局都是有讲究的，然而，一旦为那些讲究揭去风水迷信的外衣，便不难发现，许多的追求实在是有利于人居的必然选择，许多的崇尚不过是有益于人心的内在需要。比如，溪河和池塘无疑是关乎生计的生命之源，人们近水、亲水的情感与生俱来，可是，村庄对水的经营却是在生气说的驱遣下进行的；建筑方位、大门朝向的选择，本来出自人们应对环境、气候等自然条件的经验之谈，可是，村庄偏偏要对此冠以吉凶的说法。凡此种种，正好说明在生产力水平低下的历史条件下，面对太多的自然之谜、生命之谜，对天地满怀膜拜之情的人们宁愿把自己的生活经验归功于信仰的力量。而在信仰的大地上，关于建舍的经验也只有借助风水学说才能传布开来，传承下去。也许，这是一种智慧的传播方式。

仿佛，村庄所要强调的，是体现为避凶趋吉心理的生命意识。在时间的远方，在苍茫的天地之间，面对频频发生的天灾人祸、生老病死，面对种种神秘无解的自然现象和太多的人生苦难，人类感到了自己的渺小和孤独无援。祈望避凶趋吉，追求生活环境的平安舒适，成为人们的共同心理。如果说，在宗族血缘关系中聚族而居，是人们化解孤独感和恐惧感的最可靠的人文环境选择的话，那么可以说，在山水林木的围护中生活起居，是人们获得安全感和温暖感的最美好的自然环境选择了。遍访江西古村，我强烈地感受到，避凶趋吉的心理原来是民间想象力和创造力的巨大温床，它不仅造就了巧妙融合地域特点又不乏独特个性的绚丽多彩的建筑艺术，也造就了符合老百姓的审美心理、为群众所喜闻乐见因而通行于广阔民间的装饰艺术。人们通过建筑及装饰来营造风水，以此表达对祖先灵魂的敬畏之情，对生活理想的祈愿之意，对人生境界的追求之志，反过来，又用这些渗透在砖木中的愿望、理想来抚慰自己。所以，我说，古村始终是有生命的，它的建筑本身就是活生生的存在，就是依存于自然的一种生命。时间已把古村造化为山水田园间不可或缺的景物，成为山水之精神，田园之魂魄。

仿佛，村庄迫切期望着的，是我们对它的情感和思想、性格和心理的全面体认。尽管时过境迁，深入那长满苔藓的村巷和天井，仰望那布满积尘的隔扇和藻井，浓郁的历史生活气息依然扑面而来，其中当然也包括浓重的风水意味。所以，我把古村叫作“风水的村庄”。风是柔软的，也是刚劲的；水是温存的，也是暴烈的。风水的意象是辩证的，风水的理念也不无辩证，如我以上所述。再如，由村庄以“避”与“藏”为突出特点的风水选择，我们不难看出含蓄内敛的集体性格和心理特征，以及在“家家生计只琴书”的历史情境中，受禅宗、道家思想影响形成的隐逸文化所反映出来的社会理想、人格价值和审美情趣，对民间的广泛而深刻的影响。如此看来，倾听让广阔民间神往并热议了数千年的风水话题，其实也是我们认知自己民族生存发展历史的一条途径。我以为，随着时代的进步，人们的认识也在不断地抵达自然的本质，这样，风水观念中的迷信思想，注定会被人们不断变化的观念意识所摒弃。正如那些本来用以辟邪纳吉的灵物和符号，悄悄地演变发展，更多地成为养眼入心、寄情励志的图案纹饰，丰富了建筑的装饰艺术。

在曾经产生风水学说的形法派并遍布众多堪舆大师足迹的江西大地上，我更愿意把风水看作是一种广为传播的民俗文化的载体，因而，我关注的是村庄的表情和内心，而不是那些堪舆大师远去的神秘背影。或许可以说，恰恰正是建筑在风水理念上的村庄，帮助我们看破了那些故弄玄虚，甚至荒诞不经的迷信，祛除了云山雾罩，老百姓所笃信的风水原来是那么明朗、那么质朴。

村庄是真诚的。既然如此，我们何不冲着它的真诚，客气地报以宽厚的微笑呢？毕竟，它的笑容穿越时空，抚照着大地人心，已如磐石松鹤，坚固而又恒久。

香火大地

如今的清明节是越来越热闹了。

城市早早地安排好了临时公交线路，早早地颁布了交通管制的告示；商贩们早早地准备好了足够的冥币和丰富的祭品，与时俱进的祭品花哨得令人喷饭，充满“搞笑”意味；人们则忙着与家人相约，与周末相约，与天气相约。

如今的天气也搞笑了。那句古谚“清明要晴不得晴”，竟成了老皇历。近年我所经历的清明，几乎都是阳光灿烂的日子。明媚的春光，催开了满山的杜鹃。于是，我年年前往的那座坟山，便成了城里人向往的花山。

尽管有林立的墓碑，林立的香烛，林立的青烟，人们的心情依然好极了，就像热得有些发燥的春阳。那座坟山的气氛，一点儿也不古典。因为花儿浪漫地开着，扫墓的人们也浪漫起来。大人们忙完该做的活儿，也随着孩子采花去了。此起彼伏的鞭炮声，盖不住满山的欢声笑语。扫墓的理由，为举家踏青提供了机会。可是，在欢快氛围中生长的缅怀，难道不会像采回去的杜鹃花，很快便蔫了去?

这是我所亲历的城里的清明节，它是隆重的，也是空虚的。或许还可以更刻薄地说，它愈见隆重，则愈显空虚。仿佛，如今的人们祭祖重视的只是形式而已，敬畏而神圣的情感却悄悄地流失了。无疑，形式也具有维系情感的作用，不过仅靠形式维系的情感大约只剩下苍白的铭记了吧?

至于乡村，谁说那忙于修谱、忙于兴建宗祠以及寻找宗亲之类表面上热热闹闹的宗族活动，不也是苍白的铭记呢?

毕竟，时过境迁，祖先崇拜正在成为历史，祈求祖灵庇佑的虔诚情感也将成为历史；宗族意识日渐稀薄，崇宗敬祖的心气难免也将作风云流散。毋庸讳言，社会的发展，生活的进步，观念的更新，让人们摒弃了太多太重的精神因袭，获得了个性的极大解放，与此同时，人们也为之付出了一定的精神性的代价。比如，往往通过宗祠建筑集中反映出来的，可以约束人心的民间信仰，可以教化人心的人文传统，可以激励人心的宗族情感，可以温暖人心的生活理想，和被冷落的宗祠共着命运，也是备受冷落。由此，我们不难管窥，传统生活那由神圣性和神秘性所构成的生活魅力，在今天迅速被祛魅、被消解的令人感伤的过程。

走进蝙蝠或蜘蛛盘踞的老祠堂，尽管里面凄清而昏暗、潮湿而阴冷，我感伤的心却总会莫名地兴奋起来。因为，它享堂上方的神龛，似有迷离的目光；供桌上猴年马月留下的残烛，仿佛虔敬的泪滴；立柱上的对联，是喋喋不休的叮咛；门面上的雕饰，是绵绵无尽的翘盼。那些砖木有血肉、有神经，摸一摸，仍能感受到它的体温，神圣的情感因此油然而生。于是，我写道：我由它厚实的砖墙、粗大的梁柱，体味它象征人们生生不息、繁衍发展的人类价值；由它显赫的门面、宽阔的空间，追溯它激励后人勤劳上进、光大门第的精神价值；由它考究的建筑、精致的装潢，品评它极尽炫耀的外表之下，确实蕴含着的艺术价值。

遗憾的是，许多至今仍让村人自豪的古祠堂，早已迁址于人们的记忆深处，连废墟也找不到了；许多风雨飘摇中的古祠堂，估计要不了多久，就会成为一片片废墟，不仅是民间古建筑的废墟，也将是农耕文明所孕育的精神的废墟；许多依然健在的古祠堂，幸运地得到人们的珍视，那珍视是厚厚的油漆、坚固的水泥和亮得刺眼的琉璃瓦，着上新装的历史变得滑稽可笑，这幸运便是大不幸了。

尽管如此，在历史上江西作为全国立祠最多的地区之一，至今乡间仍散落着蔚为大观的古祠堂，建祠祭祖的风气得以推广，也与朱熹、夏言这两位江西籍历史文化名人有关，历史上江西又是五次北人南迁的中转站，可以说，源远流长的宗族文化扎根于斯，却影响着更为广阔的地区。我想，既然宗祠建筑承载着一个宗族全部的历史情感、生活理想，以及维系情感、支撑理想的宗法关系，那么宗祠建筑本身也就被赋予了极其重要的文化意义。因此，感受祠堂的建筑艺术及其装饰艺术，就是感受人们血脉相袭的思想感情、信仰崇拜、观念意识，就是感受众多姓氏各具魅力的生活史和精神史，并由此反观我们民族特有的文化风度、精神气质和心灵历史。

那么，且把我的文字当作一束香火罢。

谁是你的福主

我一次次询问村庄：谁是你的福主？

一些村庄笑而不答，一些村庄茫然挠头，一些村庄闪烁其词。如今，村人很少有知道本村福主姓名、来历的。也许，对于人们来说，福主姓甚名谁并不重要，重要的是，人人心中应有这样一尊菩萨——

它是众多神灵中的一员，却是属于一个村庄所特有的神灵；众多的神灵庇佑着天下苍生，它却倾尽心力保护着一方土地；佛教、道教的诸多菩萨、神仙远离尘世隐居于僻静的山林，而它却依偎着村庄，呼吸着人间的烟火。在信仰的天空上，它是一个村庄触手可及的精神酋长，与这个村庄里的人们有着最亲近的情感联系。说不定，它就是一个村庄祖先的魂灵。

不管它出身如何、来历怎样，每个村庄都虔诚地供奉着自己的福主。建筑在村里村外的福主庙，常年香火不断；一旦举行民俗活动，在参神、请神时，福主菩萨总是最显赫的尊神；尤其是，乡村在特定日子举行盛大的庙会等禳神活动，表达的正是福主崇拜之心，那个日子一般为福主的诞辰或忌日。

茫然挠头的村庄，说起福主显灵的故事来，却是眉飞色舞，而后啧啧称奇。我在井冈山下的南车水库边，看见大坝下的水湾中央，竟矗立着一座小小的庙宇。水面是它的前庭，也是它的后院；水声是信士的祷祝，也是菩萨的神示。

一问，才知道，这里曾有一个村庄，叫白马洲，因为筑水库，当地政府动员村人外迁，但人们却不肯离开故土和自己的山林，便在紧挨水边的山脚住下来，以捕鱼和经营竹木为生。过去的村庄在水下，过去的福主庙也在水下。

水下的福主依然保佑着水上的村人。据说，多少年来这里没有发生一例因溺水而毙命的事件，尽管水常常漫到了人家的门前。前两年，曾有个五十多岁的“旱鸭子”，在水上打鱼不慎落水，当时村人都出去干活了，他呼救不应，看来是凶多吉少了。岂知，他自个儿在水中扑腾了好几个小时后，居然无恙。

村人将此事归功于福主，福主当然笑纳。岂知，这位福主并不是省油的灯，它索性顺竿子爬，托梦给村人，希望重建庙宇。村人便在水下庙址上，抬升了好几米，建起了贴着瓷砖、盖着琉璃瓦的新庙。庙门前有横批：福主赐福。

而这位福主，正是无名英雄。我问过好几位男女，众口一词，只称其为菩萨。

其实，每个村庄的福主几乎本来都是一个个有名有姓的具体形象，或者是本土的义士，或者是传说中的神灵，或者是受到民间追捧的各色人物……来历千奇百怪，形象丰富驳杂。它们分别被各个村庄认作自己的福主，一定是有故事的，是和这个村庄的生活命运、历史遭际有关联的。只不过，在流逝的时间中，村庄把那些故事丢了，甚至把福主的尊姓大名也遗忘了。

这当然与民间信仰在过去特定时代背景下一度被斩断了传承之链有关。我想，恐怕更深刻的原因还与中国老百姓对于宗教信仰所持的实用主义态度有关。人们礼拜神明，为的是保佑自身，非常实际的功利考虑支使着他们，见菩萨就磕头，见庙便烧香。至于福主姓甚名谁，当然也就无所谓了。他们只需要一尊泥胎的菩萨、木雕的神像，或者一个灵神的象征。

甚至，有时候，人们需要的是一种形式，一种虔敬的姿态。

我在全南县来龙村的溪边，看见对岸桥头有一座新建的庙宇，大门上还没有命名，估计应是福主庙，便过去看看。可是，庙里空空的，并没有菩萨塑像，也没有任何替代神像的标志物。一问，村人回答说："这是新庙，什么庙还没有定呢，先建起来再说吧。"

可是，尽管菩萨尚未到位，也不知将来的是哪路尊神，却已经有香火迫不及待地供奉在庙里庙外了。

那些明明灭灭的香火，就像人们的目光，真诚却混沌，执着且迷惘……

如今，当我听到一些村庄把各自的福主指认为财神时，当我看到更多的村庄皈依了上帝、它们在许多雕花的匾额上贴上"神爱世人""哈利路亚"之类的横批时，我不禁内心震撼。也许，这两种情形恰好反映了当下乡村的精神现实。一方面，依然生长在乡土上的民间信仰看上去蓬勃蔓延，可是，它却逐渐摈弃了蕴含其间的精神价值，成为徒有其表的民俗形式。刻薄地说，遗存到今天的福主崇拜只是保留了对形式的记忆而已，因此，在物欲横流的今天，被人们装点上许多媚俗的花朵，也就不奇怪了；另一方面，“哈利路亚”的轻易进驻，难道不是传统的民间信仰日渐丧失其信仰力量的结果吗？毕竟，人们信仰着，崇拜着，是祈望获得精神的慰藉，实现内心的和谐。

是的，福主崇拜本来是充满着信仰力量的。它的力量不仅仅体现为对于族人的凝聚力，更重要的是，它所张扬的价值取向，通行于民间，对于人心有着巨大的感召力。造访各地的福主，追寻它们的来历，我真切地感受到，福主崇拜总是大张旗鼓地彰显着民间的英雄情结，总是绘声绘色地述说着乡土的人类情怀，总是润物无声地播撒着传统的道德理想……

探究为了祈福弥灾而产生的福主崇拜，其实就是探究民间千百年的精神收藏。

在山多林茂、江河密布的江西，四周有自然屏障，内有完整体系结构相对封闭的地理环境，“吴头楚尾，粤户闽庭”的交通区位，北人南迁带来的驳杂的民俗信仰，中原文化、湘楚文化、吴越文化的传播交融，等等，这些条件决定了这块土地更是诸神狂欢的地方。

诸神犹在，诸神依然狂欢，却是不知为何狂欢了。所以，我赶紧走向一座座村庄，去拜访一尊尊福主。因为，认识它们，有助于我们深刻认识民族的心灵世界，有助于我们全面认识民族的传统文化。

认识它们，其实就是认识我们自己的前生。

来认识这个汉字

傩。一个生僻的汉字。这个字很容易被人认字认半边，误读作“难”，或者想当然地念成“滩”。

这个字似乎距离我们非常遥远，越来越遥远。凭着这个字的形体和读音，专家们做出了多种解释：一说，它是个象形字，是繁体字“鸟”的象形；一说，这是会意字，是人有难的意思；也有人说，它是形声字，是人们驱邪逐疫时“喏喏”的呼喊，如此等等。怎么说，都能指向这个字的部分实在意思，也许，这恰好能证明它的神秘性吧。

如果说，汉字中有一个字曾经戴着面具舞蹈于宫廷与广阔的民间，这个字就是“傩”了；如果说，汉字中有一个字令人惊奇地指向一种世界性的文化共生事相，这个字就是“傩”了；如果说，汉字中有一个字兼收并蓄地包容了巫、道、佛以及俗神崇拜在内的丰富驳杂的民间信仰，这个字就是“傩”了；如果说，汉字中有一个字几乎被一切课本所遗忘，却被一些村庄年年唱颂着，这个字就是“傩”了……

傩，乃人避其难之谓，意为“惊驱疫疠之鬼”。它作为古代驱鬼逐疫的仪式，至今仍遗存在江西乡村，尤以南丰、萍乡、万载等地为甚，这不能不说是一个奇迹；而在更多的地方，尚能从纷繁多样的民俗事相中捕捉到傩的踪影或其变异后的遗风余韵。即便在仅存记忆的村庄，傩的消失也不过是距今很近的事情，对于它的追思就在老人的唇齿之间，在他们惘然而留恋的眼神里。

所以，我常常追寻着傩的身影，踉踉跄跄地游走在乡间，只为窥望这个汉字的内部真相。它的内部很深，就像漫漫长夜，就像幽幽窄巷，就像被夜色涂得黢黑的村庄和人面。真相被几千年的夜色笼罩着，给了我们巨大的想象空间，也为我们抵达真相提供了多种可能。关于“傩”字，学者通过探究它的渊源、形态和演变，去追溯它深厚的历史意味和文化蕴含；而我不过是一个好奇的浅尝辄止的观众罢了，我所要做的事，只是描述我所看到的夜晚，被夜色涂黑的村庄，尤其是闪烁在黑夜里的黑色的眼睛。那些村庄便是傩的最后的隐匿之地，那些村庄也把自己藏在傩的后面。

戴上一枚木制的面具，顿时，人就可以亲近一切神灵了。因为，面具缩短了人与神的距离，面具是人从卑微前往神圣的身份证和邀请函，凭借附着在脸上的那些或狰狞，或怪异，或丑恶，或祥瑞，或诙谐，或搞笑的与人想象世界中的“神”相似的形象，人们确信自己获得了与神对话的资格。人们召唤着神灵，用虔诚的香火、匍匐的心灵恭迎着它们，用由衷的赞颂、古朴的舞蹈取悦于它们，它们好像就在人们中间，倾听着，观望着，思索着。也许，它们还在疑惑着，那些因为戴着面具而酷似自己的舞者，真的是自己吗，或者是自己的影子？

换上一副非凡的面目，顿时，人就是主宰自身命运的神灵了。是开山、钟馗、傩公、傩婆，是张天师、关元帅、八十大王，是唐将军、葛将军、周将军、欧阳金甲将军，是来历纷繁的众多名字。它们来自遍布山林原野的所有寺庙宫观，来自神话传说、戏曲故事以及所有口碑相传的功德事迹。它们走下神坛、走出人们的语言生活，偶像摇身一变而成为真神。它们呼吸着芸芸众生的鼻息，依附于凡夫俗子的身体，那些身体让神有了人的灵魂和意志，那些面具让人有了神的表情和神能。一群群戴上面具的人，以神的形象、神的手段威吓着、搜索着潜藏在村庄每个角落、未来每个日子中的一切鬼疫和邪祟,并一一逐除,以祈风调雨顺、人丁兴旺。

其实，那些舞蹈着的神灵，都是极其普通的农民。他们经营着自己的水田、果园和山林，或者一年到头在外打工。命运给予农民的喜怒哀乐，对于他们也是一样的，一点也不多，一样也不会少。在我十多年间积攒下来的关于石邮傩的照片里，有一张年轻的面孔特别引人注目，那方正的脸膛棱角分明，浓眉大眼间透露出几分英气。所以，我总是喜欢把镜头对准他。我的照片记录了他历次角色、司职的变化。石邮傩班艺人依入班先后为序，分称大伯、二伯直至八伯，大伯为掌班人，八弟子中如出现空缺，依次升任。历年的照片见证了他在傩班中地位的升迁，由八伯而至七伯、六伯直到成为三伯。可是，往后恐怕他再也难以升任了。摘下面具，他和所有的石邮人一样，依靠经营橘园为生，同时他还兼做生意，不幸遇上一次车祸，腿脚不灵便了。如今，他依然是傩班的虔诚弟子，却是跳不得傩了，正月里一瘸一拐地跟着傩班打杂。我保留着他在搜傩仪式上击鼓、报饭单、卜筶的影像，而最近的一张，他只能做圆傩仪式上的场外指导了。

大概到了正月里，那些普通农民的身份才变得与众不同，是面具让他们成仙、成佛、成神圣。想必，他们的内心此时注定会充溢着非同常人的神圣感和光荣感。但是，且慢，这时的他们还是他们自己吗？那一支支举着火把、扛着铳、挑着桶，敲锣打鼓挨家挨户去搜傩的队伍，穿行在排山倒海般的轰鸣声中，村庄因此而连通着蛮荒的远古，连通着苦难的众生，连通着蒙昧的人心大地。一枚枚轻盈的面具，让脆弱的生命有了精神的重量，让瑟缩在天地之间的村庄有了历史的重量。面对仍频频发生的灾祸，人其实是瑟缩在自己的幻想世界里，以高扬生命的神性观念、以非凡的想象力创造出各种神明，在抚慰自身的同时，也在向自然学习与灾害抗争的智慧和努力。是的，打动我的，正是浸润在这一民间祭祀活动中的强烈的生命意识，是那种借重超自然力的信仰崇拜表现出来的生命尊严。是的，我感受到了戴着面具的生命尊严。原始的傩舞依然能够幸存于民间，大约与此有关吧？

人的童年充满幻想。可能是因为幼小吧，那些幻想总是荡漾着重塑自我、变化英雄的期待。比如出生于 20 世纪 50 年代的我。我生长在鹰厦铁路的起点，那个小城是华东地区重要的交通枢纽，被称为前线的后方、后方的前线。从小我就被告知：拾到糖果不能吃，那是企图“反攻大陆”的美蒋飞机扔的。美蒋的 U2 型高空无人侦察机真的光顾过我们的头顶，报载在华东地区击落敌机的消息，其确切地点就在小城周围。于是，凌厉而恐怖的空袭警报笼罩着我的少年时代。哪怕明知多为防空演习，然而只要警报一响，便如大祸临头，全城人惊恐万状朝着防空洞口夺路奔逃，挣出怀的奶子和扶摇于风中的白发，以及孩子和冲在他们前面的狗、咬着他们裤脚的鹅，那场面很像暴雨之前的蚁阵，浩浩荡荡却又慌慌张张。惊魂甫定，我总是做梦或痴想。在梦想中，我类似齐天大圣和后来在美国电影中看到的超人，飞翔着，呼啸着，非但能轻易地击落 U2 型侦察机，甚至能捣毁它的老巢。我成了怀抱鲜花的无敌英雄。

面具正是萌生于无边黑暗中的梦想。童年的人类，大约唯有藏在梦想中才能消灾避祸吧？要不然，天各一方的人群，无论肤色如何，不管是农耕族群还是狩猎部落，怎会不约而同地创造出形形色色的面具形象，并戴上它们舞之蹈之呢？

国际萨满学会副主席白庚胜先生在《追根问傩》一文中说：

> 傩之起源极古，当是我国各民族先民史前信仰之集大成，只不过在汉族中称傩、满通古斯民族称萨满而已。其原初形态以巫术信仰为内核，属人类最早收获的精神成果之一。
>
> 在这个意义上，蒙古族的“敖包”、维吾尔族的“巴克西”、藏族的“本波”、彝族的“毕摩”、傈僳族的“斯尼”、纳西族的“东巴”和“达巴”也与之本质一致，甚至全人类的 shamanism 都和它息息相通。这也就是从北欧闪米人到南美洲印第安人都称自己的原始宗教为萨满，英语将“巫术主义”写作“萨满主义”，我国瑶、苗、土家、布依、彝（部分）、藏（部分）等民族都要将自己的巫术信仰与“傩”连在一起的原因所在。

此文乃 2005 年 6 月在南昌召开的国际傩文化学术研讨会的论文集序文，而那次研讨会属中国江西国际傩文化艺术周系列活动之一。艺术周还邀请了二十余支中外傩舞队做踩街表演，国内的队伍几乎都由农民组成。艺术周活动组委会要求，踩街表演结束的第二天，所有队伍必须疏散。也是，浩浩荡荡的队伍，那可是数千人呀！我作为组委会秘书长，让会计备足现金随时应急，一旦因报支与表演队伍发生纠纷，付钱就是，唯愿其立即返程。可是，第二天有两支来自西南的队伍并未回马西南，我们立即追索其下落，获知行踪方如释重负，原来他们已离开南昌，分别前往吉安和余干寻根祭祖去了。

祖先辗转迁徙的路线，未必就是傩神崇拜流布的足迹，何况，傩原本便是一种文化共生事相。然而，我想说的是，江西的傩历史悠久、分布广泛、积淀丰厚，时至今日，不仅文物遗存众多，而且在那些重点地区，傩神仍是老百姓心目中的灵神，各地的傩事活动融汇着当地的宗教文化、宗族文化、民俗文化、民间艺术及民间传统观念，呈现出纷繁绚丽的多样化形态，并为老百姓顶礼膜拜地崇祀着、乐此不疲地享受着。因此，傩，人类曾经普遍共有的假面、我们的假面，在江西大地上，仍然是一个鲜活的汉字。

——一个以人字为偏旁、结构中含有两个人字的、笔画较多、难写难认的汉字！

后 记

行走于田野，作业于田野，这些文字本来就是生长在田野上的某些植物，譬如水稻、南荻、紫云英，毛楂、樟树、马尾松，那么，索性将此书命名为《田野》吧。

我眼前的田野是民俗大地。欢娱的场景，连接着辟邪纳吉的共同心理；淳朴的乡俗，浸润着富足安康的民间理想。山野间的乐声舞姿，滋养着凝聚人心的精神；戏台上的古韵雅调，繁育着教化后代的力量……我不由得为之感慨道：“看来，结识一方土地，需要抵达它的节日，抵达它的内心，抵达乡村每个盛大典仪的现场。庄严的神情，是探问它的来路的方向标；欢乐的氛围，是了解它的性格的说明书。”

我笔端的田野是信仰大地。差不多有二十年了，古村落用许多由神圣性和神秘性构成魅力的故事，吸引我步步深入其间。我以为，古村落虽是人们生活起居的窠巢，却堆砌着驳杂的民间信仰和崇拜，铺筑着传统文化孕育出来的精神追求和人格理想，所以，我的写作沉醉于村落文化题材。自然地为之感动，我感慨道：“面临失去农耕文化土壤的巨大危机，一些古村落之能够保存至今，一些民俗仍能鲜活地生长至今，其根本原因在于，老百姓依然延续着传统生活方式，依然秉持着包括宗族意识、风水观念和俗神崇拜在内的传统民间观念。一句话，就是依然有信仰的力量在支撑着。”

我心中的田野是美人大地。正如山明水秀的膏腴之地，恍若打动天下人心的天仙。古村落令人神往，是人类的精神家园，无疑也是珍藏中华美学精神的富矿。古村落形象地表达了中华美学精神的要义，即道法自然、天人合一的审美价值观，生动演绎了既入世又出世的人间情怀和优雅、诗意的生存格调，充分展示了中华美学精神的营造意象与追求意境的艺术表征。为了探访大地美人，二十年来，我兴致勃勃地去过四百多座村庄。我曾经动情地写道：“时间已把古村造化为山水田园间不可或缺的景物，成为山水之精神，田园之魂魄。”“村庄的建筑仿佛就是一种述说，一种饱含沧桑感的历史叙事。”“随着现实生活的日趋表面化、肤浅化和内在价值的丧失，浸透砖木的历史也许能给我们越来越多的温馨抚慰。”然而，俏丽千百年的美人忽然就华落色衰、垂垂老矣。我忍不住为之感伤、为之感慨：传统村落文化消亡或被改造的速度和力度都是难以想象的。想当年，强大的政治力量辅以极端的手段，也不过是像炼山一样，虽为焦土，根脉犹存。而现在，树蔸连同须根都被大面积地翻刨出来。只有少数地区和一些古村落，尚替我们留存着乡村社会的遗迹。

我的这类写作最初的动机是为了“记住”。然而，当江南的雨也被改变了形象、性格之后，当健忘成为时代症之后，谁还能记得住？谁愿意去记住？谁愿意被记住？

那么，为了凭吊吧，就像我在本书末尾凭吊一棵蹊跷死去的马尾松那样。